Emilia Thomas

Das kleine Buchcafé an der Isar

W0416027

MIX
Papier aus verantwortungsvollen Quellen
Paper from responsible sources
FSC® C105338
FSC
www.fsc.org

Liebe Leserin, lieber Leser,

herzlichen Dank, dass du dich für ein Buch von beHEARTBEAT entschieden hast. Die Bücher in unserem Programm haben wir mit viel Liebe ausgewählt und mit Leidenschaft lektoriert. Denn wir möchten, dass du bei jedem beHEARTBEAT-Buch dieses unbeschreibliche Herzklopfen verspürst.

Wir freuen uns, wenn du Teil der beHEARTBEAT-Community werden möchtest und deine Liebe fürs Lesen mit uns und anderen Leserinnen und Lesern teilst. Du findest uns unter be-heartbeat.de oder auf Instagram und Facebook.

Du möchtest nie wieder neue Bücher aus unserem Programm, Gewinnspiele und Preis-Aktionen verpassen? Dann melde dich für unseren kostenlosen Newsletter an:
be-heartbeat.de/newsletter

Viel Freude beim Lesen und Verlieben!

Dein beHEARTBEAT-Team

Melde dich hier für unseren Newsletter an:

Weitere Titel der Autorin

Rosmarinküsse in der Toskana

Über die Autorin

Emilia Thomas wuchs in einer idyllisch gelegenen Kleinstadt am Bodensee auf. Dass es in Deutschland sowie dem Rest der Welt auch andere liebens- und lebenswerte Orte gibt, fand sie aber spätestens durch studiums- und berufsbedingte Umzüge und natürlich auch auf Reisen heraus. Nichts desto trotz, zog es sie nach fast zehn Jahren dann doch wieder zurück in die Heimat. Dort lebt sie nun mit ihrem Mann und ihrer gemeinsamen Tochter und schreibt, neben ihrem eigentlichen Beruf, Liebesromane mit Happy End.

Emilia Thomas

Das kleine Buchcafé an der Isar

be HEARTBEAT

beHEARTBEAT

Vollständige ePub-to-Print-Ausgabe des in der Bastei Lübbe AG
erschienenen eBooks »Das kleine Buchcafé an der Isar« von Emilia Thomas

Textredaktion: Ulrike Gerstner
Lektorat/Projektmanagement: Annika Hartmann
Covergestaltung: Guter Punkt GmbH Co. KG unter Verwendung von
Motiven © iStock / Getty Images Plus (Charcom | L_Mirror | Noppasin
Wongchum | bluejayphoto |
Ziviani | Kat72 | Bilanol | RuudMorijn)
Innenillustrationen: Motiv © Shutterstock (NauCreative)
Satz: 3w+p GmbH, Rimpar (www.3wplusp.de)
Druck: Books on Demand GmbH, Norderstedt

ISBN 978-3-7413-0333-3

be-heartbeat.de
lesejury.de

Für meine Schwester

Kapitel 1

»Jessas, Maria und Josef!«, hörte es Marlene hinter sich an der Straßenecke fluchen. Sie hatte beim Hinausgehen die Haustür des etwas heruntergekommenen Wohnkomplexes mit einem heftigen Ruck zugezogen, und durch den Knall war Gerti, die Obdachlose, aus ihrem Mittagschlaf hochgeschreckt. Das urbayrische Original, das vor etwa zwei Jahren das Kapuzinerviertel als ihren Stammplatz auserkoren hatte, sah sich verschlafen um.

»Entschuldige, Gerti«, murmelte Marlene. »Ich wollt dich nicht wecken …« Normalerweise hätte Marlene noch ein paar Worte mit ihrer kauzigen Bekannten gewechselt. Doch sie war im Geiste viel zu sehr mit den zwei Jobabsagen beschäftigt, die sie am Morgen in ihrem E-Mail-Postfach gefunden hatte.

Gedankenversunken stapfte Marlene die Straße entlang. Das Kapuzinerviertel, in dem Marlenes Zweier-WG lag, befand sich mehr als ein gutes Stück abseits des belebten Münchner Altstadt-Zentrums, östlich der Isar. Hier wurde nicht gerade glamouröses Großstadtflair versprüht. Neben einem gewöhnungsbedürftigen Bio-Bäcker gab es im Dunstkreis der Straße eigentlich nur noch eine heruntergekommene Bierkneipe, einen Imbiss, der im halbjährlichen Takt den Besitzer wechselte, und das verstaubte »Krimskrams-Café-Post-Geschäft«, vor dessen Tür Marlene nun anhielt.

Zum ersten Mal, seit sie hier in München wohnte, betrachtete sie den Laden aus direkter Nähe. Es war eines dieser altbackenen Spezialgeschäfte, die man oft in den weniger beliebten Gegenden einer Großstadt fand und bei denen die Besitzer versuchten, ihre finanzielle Lage zu verbessern, indem man Post-Partner wurde. Zumindest glaubten Marlene und ihre beste Freundin Canan, dass es sich um so einen Laden handelte. Ganz genau wussten sie es allerdings nicht, denn obwohl Marlene schon vor sechs Jahren bei Canan in der WG eingezogen war, hatten sie nie einen Fuß hineingesetzt.

Trotz des großen Schaufensters konnte Marlene nicht ins Ladeninnere sehen. Beinah die gesamte Glasfront war mit sonnengebleichten Plakaten oder handgeschriebenen Gesuchen vollgehängt. Und dort, wo sich keine Aushänge befanden, waren Reste von Klebestreifen. Einen Moment überlegte Marlene, doch lieber mit der Tram zur nächsten richtigen Postfiliale zu fahren. Wahrscheinlich würde ihr Brief nie am Ziel ankommen, wenn sie ihn hier abgab.

Marlene hatte an diesem Mittag unverhofft eine Stellenausschreibung gefunden, die perfekt zu ihrem Profil passte. Allerdings lief die Frist Ende der Woche ab, und die Unterlagen sollten in Papierform eingereicht werden. Also musste sie die Bewerbung heute noch abschicken. Ein Blick auf die Uhr bestätigte, was sie ohnehin längst wusste. Bis Marlene in der Innenstadt ankommen würde, hätte die Filiale schon geschlossen. *Was soll's*, dachte sie schließlich und drückte die Tür zögerlich auf, *verzweifelte Zeiten erforderten verzweifelte Maßnahmen.* Die zwei Absagen waren niederschmetternd gewesen, doch Aufgeben war für sie keine Option!

»Klingklong«, meldete ein goldenes Glöckchen, das an der dunkelgrün lackierten Eingangstür befestigt war, Marlenes Eintreten an. Neugierig sah sie sich um. Sie hatte damit gerechnet, drinnen ein, höchstens zwei ältere Leutchen anzutreffen, die dort aus Loyalität einen Brief aufgaben oder einen Kaffee tranken. Stattdessen bildete sich sogar eine kleine Schlange vor der Theke, und die vier zusammengewürfelten Bistrotische, die im Raum verteilt standen, waren allesamt belegt. Nur was das Eingestaubte anbelangte, da hatte sich Marlene nicht getäuscht. Das Innere des Ladens sah aus wie aus einer anderen Zeit – und das nicht gerade im positiven Sinne.

»Lotte, der neue Ostseekrimi für Frau Blume, ist der schon eingetroffen?« Hinter der Kassentheke stand eine gut gelaunte Mittvierzigerin, die unbekümmert quer durch den Raum rief.

»Dritte Ablage von oben«, ertönte irgendwo aus den Tiefen des Ladens eine schroffe Stimme.

Marlene schaute sich automatisch um und bemerkte dann, dass eine dürre alte Dame mit weißem schulterlangen Haar ihren Kopf zwischen zwei Regalen hervorstreckte. Sie musste mindestens schon Mitte siebzig sein. Erst jetzt wurde Marlene bewusst, dass der Laden im hinteren Teil noch einen zweiten Raum hatte. Ein Raum, der offensichtlich Bücher beheimatete.

Mit kleinen, aber bestimmten Schritten stapfte die alte Frau nach vorn und ging auf die Kundin zu. »Grüß Gott, Christel. Dein Buch wurde wie gewünscht bestellt, allerdings habe ich dir auch noch den neuen Nele Neuhaus dazugelegt. Der wird dir besser gefallen als der Ostseekrimi von dem Bohlmann«, erklärte die Ältere mit einer wegwerfenden Handbewegung.

»Na gut, machen wir es so. Ich setz mich hin, trinke einen Kaffee und lese die ersten zehn Seiten. Wenn mir diese Nele gefällt, dann nehme ich einfach beide Bücher mit.«

Die alte Frau nickte knapp, aber sichtlich zufrieden. Da an der Kasse noch weitere Kunden warteten, spähte Marlene in den Nebenraum mit den Büchern hinein. Der Raum war so winzig, man musste achtgeben, nirgendwo anzustoßen, wenn man umherging. Während sich in den Buchgeschäften, die Marlene sonst besuchte, ordentlich sortierte, einheitliche Bücherregale befanden, war hier alles in drei Kommoden und zwei uralte Regale hineingequetscht, die aussahen, als hätte man sie vom Flohmarkt gerettet. Doch nicht nur in den Schränken drängten sich Bücher, auch auf dem Boden stapelten sie sich. Trotz der Beengtheit fanden zwei durchgesessene, aber dennoch auf eine Art einladende Lesesessel Platz. Zu Marlenes Überraschung stellte sie nach einer kurzen Durchsicht des überschaubaren Sortiments fest, dass die Anordnung einem System folgte. Wäre ihr klar gewesen, dass es sich bei dem Krimskrams-Café-Post-Geschäft in Wirklichkeit um ein Buchcafé handelte, wäre sie vermutlich schon früher einmal hergekommen. Marlene war ein echter Bücherwurm, und als solcher brauchte sie regelmäßig Lesestoff. Und eben hatte sie sogar auf Anhieb drei Bücher gefunden, die sie gern lesen würde. Schade nur, dass es ihr Kontostand nicht hergab, alle drei mitzunehmen.

Während Marlene versuchte, sich zu entscheiden, welches der Bücher sie kaufen sollte, hörte sie die Mitarbeiterin mit der alten Frau sprechen. Die stand mittlerweile auch am Tresen.

»Lotte, hast du dir eigentlich schon überlegt, ob du den Studenten, der neulich zum Probearbeiten da war, als Ersatz für mich einstellen willst? Wir sollten uns wirklich langsam darum kümmern. Sonst stehst du bald allein hier drin.«

»Ach der … Der hat doch keine Ahnung von Büchern, und sowas will Deutschlehrer werden. Wie soll der dich ersetzen? Und Kaffee kochen konnte er auch nicht …«, grantelte die Alte.

»Nimm es mir nicht übel, Lotte, aber es ist halt nicht sehr attraktiv für junge Menschen, hier zu arbeiten.«

»Na, dann suche ich eben jemand Älteres.«

»Lotte! Du brauchst jemanden mit Kraft und Ausdauer, um dich hier zu unterstützen. Wie stellst du dir das vor? Wer soll die Bücherbestellungen einräumen? Denk an deine Arthrose …«

Die Alte brummte. »Ist ja gut, ich werde ihn anrufen und einstellen.«

Marlene kicherte leise vor sich hin, als die alte Frau vor

sich hin schimpfend abdampfte und in einem privaten Hinterraum verschwand.

»Was kann ich für Sie tun?« Die Stimme der Mitarbeiterin klang nun wieder fröhlich, als sie sich Marlene widmete, die mittlerweile an der Reihe war.

»Ich nehme das Buch hier und würde diesen Brief gern per Einschreiben versenden.«

»Gern, das wären dann bitte vierzehn Euro fünfzig.«

Marlene kratzte das Kleingeld aus ihrem Portemonnaie zusammen. Bald würde es auf ihrem Konto sicherlich genauso aussehen. Vielleicht hätte sie das Buch besser nicht gekauft, aber sie konnte einfach nicht anders …

Kapitel 2

Als Marlene das kleine Buchcafé verließ, zeigte der April wieder einmal, wie launisch er war. Denn der strahlende Sonnenschein war einem grauen, wolkenverhangenen Himmel gewichen. Und aus diesen Wolken platzte im nächsten Moment heftiger Regen, der Marlene voll erwischte. Das lange dunkelbraune Haar klebte ihr bereits nach wenigen Metern im Gesicht, genauso wie der Stoff ihrer Lieblingsjeansjacke an ihrer hellen Haut.

»Ich hoffe, das Regencape hält dicht!?«, rief Marlene Gerti zu, ohne ihr Tempo dabei zu verlangsamen.

Die Obdachlose sammelte in aller Ruhe ihr Hab und Gut zusammen, um es vor dem Regen zu schützen. »Jo freili! Des hot mir bislang no' immer gute Dienste erwies'n, seit du's mir überlassen hast. Aber du schaust ehrlich g'sagt aus wie a begossener Pudl!« Gerti redete stets nur in breitem Bayrisch, weshalb sich Marlene oft nicht sicher war, ob sie alles richtig verstanden hatte. Im Vorbeirauschen winkte Marlene ihr daher nur noch einmal zu, und Gerti verabschiedete sich wie üblich mit einem genuschelten »Pfiat di!«.

Mit vor Nässe quietschenden Schuhen stieg Marlene Stufe für Stufe die fünf Stockwerke bis zu der winzigen Dachgeschosswohnung nach oben. Immerhin würde der Regen dafür sorgen, dass die Temperaturen in ihrer Gipfel-WG – wie sie und Canan ihr Zuhause scherzhaft bezeichneten – nach ein paar sonnigen Frühlingstagen wieder etwas erträglicher waren. Besonders während der heißen Monate im Jahr wünschte sich Marlene mehr als sonst, dass die Wohnung einen Balkon hätte. Aber wer in München leben wollte, durfte nicht wählerisch sein. Insbesondere dann nicht, wenn das Budget knapp war.

Kaum hatte Marlene die Eingangstür aufgedrückt, die wie üblich ein wenig klemmte, hörte sie schon Rufe aus der Küche.

»Komm rein, Frau Doktorin, es gibt gleich Essen!« Seit Marlene vor ein paar Wochen ihre Doktorurkunde im Fach Literaturwissenschaft überreicht bekommen hatte, konnte sie Canan nicht mehr davon abbringen, sie mit ihrem Titel anzusprechen.

»Hey ihr zwei, ich dachte nicht, dass ihr heute hier seid.« Marlene nahm ein frisch gewaschenes Handtuch vom Wäscheständer, der vernachlässigt und noch voll behangen in die Ecke gequetscht war, und trocknete sich damit Gesicht und Haare ab. Dann steckte sie ihre Nase in die beiden Töpfe auf dem Herd. »Mmh … riecht lecker.«

»Canan dachte, du könntest vielleicht ein bisschen Aufmunterung gebrauchen. Daher haben wir unseren Kochabend spontan in eure WG gelegt«, erklärte Dennis, Canans – und mittlerweile auch Marlenes – guter Kumpel. Dennis und Canan kannten sich bereits, seit sie Kinder waren. Und seit einer verlorenen Wette, vor einem Dreivierteljahr, bei der Dennis für Canan ihr Leibgericht kochen musste, veranstalteten die beiden regelmäßige Kochabende, die abwechselnd in Dennis' Wohnung und bei Canan und Marlene in der WG stattfanden.

»Das ist lieb«, sagte Marlene gerührt und spürte, wie das schlechte Gewissen in ihr hochkroch, weil sie ihre Freunde seit Monaten mit Gejammer über ihre erfolglose Jobsuche nervte.

»Bier oder Wein?« Canan schubste Dennis mit der Hüfte

ein Stückchen beiseite, sodass er nicht mehr die mit Magneten und Fotos übersäte Kühlschranktür blockierte.

»Für mich ein Bier, bitte! Ich geh nur eben rüber und zieh mir was Trockenes an.«

Marlenes Zimmer war, wie die gesamte WG, winzig, aber gemütlich. Denn über die Jahre hatten sich darin etliche liebgewonnene Dinge angesammelt. Den Platz unter dem nach Süden ausgerichteten Fenster, das das Zimmer den ganzen Tag mit ausreichend Licht versorgte, hatte sie zu ihrem Leseplatz auserkoren. Unter einem Wandregal, das bis zum letzten Zentimeter vollgepackt mit Büchern war, stand ihr französisches Bett – einfach und unheimlich bequem, lag man erst einmal darin. Daneben befand sich ihr kleiner weißer Vintage-Kleiderschrank, an dessen Türen ihre Bewerbungsoutfits hingen. Auf der gegenüberliegenden Seite des Zimmers, wo die Dachschräge sich breitmachte, hatte Marlene ihren Schreibtisch aufgestellt. Auf ihm stapelten sich jede Menge Dokumente und Bücher.

Marlene konnte hören, wie ihre beiden Freunde in der Küche herumblödelten, und ließ sich etwas mehr Zeit als nötig, sich aus ihren nassen Klamotten zu schälen. Als sie gerade dabei war, in ihre Lieblingsjeans zu schlüpfen, klingelte ihr Handy. Das Display zeigte das Gesicht ihrer Mutter. Sofort spannte sich Marlenes Nackenmuskulatur an.

»Hallo Mama! Was gibt's?« Marlene klemmte sich den Hörer zwischen Ohr und Schulter, sodass sie nebenher ihre nassen Sachen aufhängen konnte.

»Störe ich dich gerade?«

»Nein, ich muss mir nur kurz etwas Trockenes anziehen. Ich hab eben noch eine Bewerbung zur Post gebracht, und auf dem Heimweg hat mich der Regen erwischt.«

»Oh, eine vielversprechende Stelle? Hätte ich nicht besser noch mal über den Text schauen sollen?«

Marlene presste die Lippen fest aufeinander und antwortete dann lediglich mit undeutlichem Gebrummel. Sie stammte aus einer reinen Akademikerfamilie – wenn man es denn Familie nennen mochte, denn sie bestand nur aus Marlenes Großvater und ihrer Mutter. Ihr Großvater war ein angesehener Chirurg gewesen, und ihre Mutter war Professorin und Leiterin des Instituts für Germanistik an der Frankfurter Universität. In ihrer Familie war es also nicht unbedingt eine außergewöhnliche Leistung, zu studieren oder einen Doktortitel zu erlangen.

»Dein Großvater lässt dich übrigens grüßen. Ich war vergangenes Wochenende mit ihm essen, und er wollte wissen, wie es bei dir vorangeht ... Viel konnte ich ihm ja leider nicht sagen.« Marlenes Mutter legte eine ihrer berühmten rhetorischen Pausen ein. »Er macht sich natürlich Sorgen, weil du deinen alten Job aufgegeben hast, ohne etwas Neues zu haben.«

Wenn Marlenes Mutter sagte, dass ihr Großvater sich Sorgen machte, dann hieß das, er hatte sich wieder einmal darüber ausgelassen, wie naiv Marlene doch durch ihr Leben stolperte.

Marlene wand sich. Sie hatte keine Lust, sich ihre ohnehin angeknackste Laune mit Gesprächen über ihre erfolglose Jobsuche noch weiter zu verderben. Aber – natürlich – tat sie es doch. »Du kannst ihm sagen, dass ich, mit der heute, diese Woche nochmals drei Bewerbungen losgeschickt habe ... Er muss sich keine Sorgen machen«, sagte Marlene bemüht positiv, woraufhin es einen Moment ruhig wurde zwischen ihnen.

»Hast du denn von den anderen Bewerbungen, die schon eine Weile offen sind, noch nichts gehört?«, fragte Marlenes Mutter irgendwann.

»Das meiste waren Absagen. Aber nächsten Dienstag habe ich noch mal ein Vorstellungsgespräch – es ist eine Stelle als Lehrkraft für Deutsche Literatur am Bayrischen Bildungszentrum. Es geht darum, ausländische Studienbewerber auf ein

Studium an einer Hochschule in Deutschland vorzubereiten …«

»Hm … Ja, das wäre zumindest ein Einstieg. Vielleicht klappt es jetzt ja endlich«, sagte ihre Mutter, doch es klang nicht danach, als würde sie daran glauben, dass ihre Tochter bald nicht mehr arbeitslos sein würde. Und wenn Marlene daran dachte, wie zäh es mit der Jobsuche voranging, und dass sie sich nun schon seit Monaten erfolglos bemühte, dann konnte sie es ihr nicht einmal verübeln.

Geräuschlos ließ Marlene sich auf ihr Bett plumpsen. »Ich will mich nicht zu früh freuen, aber ich habe ein gutes Gefühl.« Marlene hatte sich fest vorgenommen, ihrer Mutter nicht zu zeigen, wie niedergeschlagen und verunsichert sie durch die vielen Absagen schon war. Doch diese Maske aufrechtzuerhalten strengte sie jedes Mal an.

»Bevor ich auflege … Großvater hat mich gebeten, dir zu sagen, dass er dich in dieser Übergangsphase natürlich finanziell unterstützen wird, wenn nötig. Dasselbe gilt selbstverständlich für mich. Ich schätze, deine Rücklagen sind bald aufgebraucht …«

Marlene betrachtete ihre gepunkteten Socken und ließ sich mit einer Antwort Zeit. »Danke schön, Mama. Das weiß ich wirklich zu schätzen …«

Als Marlene aufgelegt hatte, blieb sie noch einen Moment auf ihrem Bett sitzen. Denn es dauerte, bis sie ihren ständigen Begleiter – das Gefühl, eine Enttäuschung für ihre Mutter zu sein – abschütteln konnte.

»Kommst du endlich? Dein Bier wird warm«, rief Canan aus der Küche über den Flur in Marlenes Zimmer und unterbrach damit ihre Gedanken. Frisch eingekleidet ging sie zurück in die Küche, wo Canan und Dennis bereits fürs Abendessen gedeckt hatten. Mit drei Tellern, zwei Töpfen und ihren Getränken kam der kleine Tisch an seine Kapazitätsgrenzen. Das machte es zwar schwer, die Arme beim Essen zu bewegen, insbesondere weil Dennis ein ziemlich breites Kreuz hatte. Doch eigentlich war es genau diese Enge, die ihre kleine WG so gemütlich machte.

Kapitel 3

Marlene sprühte vor Optimismus, als sie am Dienstagmorgen das Haus verließ und sich auf den Weg zu ihrem Bewerbungsgespräch am Bayrischen Bildungszentrum machte. Zwar waren die Rahmenbedingungen und finanziellen Aussichten alles andere als optimal, aber sie hatte sich ausführlich eingelesen und schlussendlich festgestellt, dass das Bildungszentrum als Arbeitgeber sehr interessant klang. Vielleicht war das ja endlich der Neuanfang, nach dem sie suchte.

Marlene trug ihr Lieblingsoutfit für offizielle Anlässe, bei denen sie einen sympathischen, aber gleichzeitig seriösen Eindruck hinterlassen wollte: eine weiße oversized Bluse, enge dunkelblaue Skinny Jeans und die Ballerinas mit Fesselriemchen, die sie letzten Sommer bei einer Shoppingtour mit Canan gekauft hatte. Das Haar hatte sie zu einem lockeren Zopf geflochten, der ihr weich über die Schulter hing, und wie fast immer trug sie ihre Brille.

Im Bildungszentrum wurde Marlene zu einem Besprechungsraum geführt, in dem bereits das fünfköpfige Bewerbungskomitee um einen Tisch saß. Wie Marlene nun erklärt wurde, handelte es sich bei den Anwesenden um die Personalchefin, den Leiter des Studienkollegs (wo die freie Stelle verankert war), zwei Kollegen und die Geschäftsführerin des Bildungszentrums sowie einen Schriftführer. Nach der kurzen Begrüßung und dem obligatorischen Einstiegsgeplänkel nahm das übliche Spiel dann seinen Lauf.

»Also Frau Baumgärtner, bevor wir uns und unsere Institution vorstellen und natürlich auf die Stelle zu sprechen kommen, erzählen Sie uns doch erst einmal von sich und was ihre Motivation war, sich an unserem Bildungszentrum zu bewerben«, bat die Geschäftsführerin.

Super, dachte Marlene. Darauf war sie vorbereitet. Es war der klassische Einstieg in ein Vorstellungsgespräch und eine dankbare Frage. Doch als Marlene gerade ansetzen wollte, ergriff plötzlich der Leiter des Studienkollegs das Wort. Der Mann strahlte etwas Einschüchterndes aus.

»Wie ich in Ihren Unterlagen gelesen habe: Sie haben ja vor ungefähr drei Monaten ihre Doktorarbeit abgegeben und verteidigt, und sie hatten dafür ein Stipendium, ist das richtig?«

Marlene nickte, und in ihr breitete sich ein ungutes Gefühl aus.

»Wissen Sie, ich kenne Leute wie Sie, und ich bin mir sicher, Sie haben ihren Titel nicht erworben, um jetzt befristet für zwei Jahre in einer gemeinnützigen Organisation wie dieser zu arbeiten. Abgesehen davon bringen Sie keinerlei Lehrerfahrung mit. Ich schätze, bei einem Stipendium bleibt einem das erspart. Ich bin also neugierig auf Ihre sicherlich gut vorbereitete Motivationsrede …«

Es war im Grunde keine Frage von ihm, aber es war klar, dass Marlene auf diese Bemerkung reagieren musste. »Ähm … nun ja …«, stammelte sie und suchte ihr Hirn verzweifelt nach einer souveränen Antwort ab. Marlene führte solche Gespräche, seit sie ihren alten Job vor ein paar Monaten gekündigt hatte, und die kritische Frage nach ihrem Hintergrund und ihren Motiven wurde – mehr oder weniger direkt – fast jedes Mal gestellt. Sie war also im Grunde gut vorbereitet. Aber die Art und Weise, wie der Studienleiter sie regelrecht anblaffte, noch bevor sie die Chance gehabt hatte, sich vorzustellen, brachte sie völlig aus dem Konzept. »Ich möchte mich gern neu orientieren, und die Arbeit mit jungen

Erwachsenen würde mich reizen. Außerdem denke ich, dass ich durch die Promotion ausgezeichnet ausgebildet bin, um die Literaturkurse zu halten, auch ohne Lehrerfahrung und spezifische Ausbildung. Ich lerne sehr schnell …«, gelang es Marlene, schließlich etwas halbwegs Sinnvolles von sich zu geben, woraufhin der Mann im Anzug sich aufgefordert fühlte, weiter zu ätzen.

»Sie sollten wissen, wir sind eine gemeinnützige Organisation und kein Unternehmen, das bevorzugt Personen mit Doktortitel einstellt, um sich damit zu schmücken … Ich will Ihnen nicht Ihre Fachkompetenz absprechen, doch ich glaube einfach nicht, dass Sie die Richtige für diese Stelle sind. Aber bitte … belehren Sie mich eines Besseren.«

Autsch. Das saß … Marlene schluckte den fetten Kloß hinunter, der sich in ihrer Kehle gebildet hatte. Sie versuchte, den Drang, einfach aus dem Raum zu stürmen, mit aller Kraft zu unterdrücken. Doch nach diesem Auftakt nun noch ein überzeugendes Gespräch zu führen schien ein unmögliches Unterfangen geworden zu sein.

***

»Ich geb's auf, Canan. Die echte Arbeitswelt will mich einfach nicht.« Marlene seufzte und legte ihren Kopf an die Schulter ihrer Freundin. Gemeinsam saßen sie auf dem durchgesessenen Sofa in ihrer beengten Fernsehecke und besprachen Marlenes missglücktes Bewerbungsgespräch.

»Tut mir leid, dass der Kollegleiter so ein Arsch war«, sagte Canan zum wiederholten Mal. Dann holte sie zum Trost eine Packung vegane Gummibärchen aus dem Kühlschrank und reichte sie ihrer Freundin.

»Vielleicht muss ich mich doch auch in anderen Städten bewerben«, überlegte Marlene laut, während sie in die Tüte mit den fröhlich aussehenden Tierchen griff.

»Du könntest zum Beispiel in Frankfurt suchen. Da wäre immerhin deine Mutter, und ein paar deiner alten Studienfreunde wohnen noch dort.«

»Ich will aber nicht zurück nach Frankfurt oder sonst wohin«, schimpfte Marlene, obwohl es ihr eigener Vorschlag gewesen war. Sie war für ihr Masterstudium nach München gekommen, nachdem sie die Nase voll hatte von Frankfurt. Seitdem hatte sie die Stadt in ihr Herz geschlossen.

»Ich versuche ja nur, dich zu unterstützen.«

»Ich weiß, entschuldige. Ich möchte einfach hierbleiben.«

»Ja so ist das eben mit München. Von außen gesehen ist es eine ziemlich überteuerte und versnobte Stadt. Aber sie hat auch viele liebenswerte Seiten …« Als echtes Münchner Stadtkind war in Canans Stimme nun deutlich Heimatstolz zu erkennen. »Denk an das gute Bier und das Isarufer um die Ecke …«

Marlene musste grinsen. »Und unsere kleine Bruchbude hier ist schon auch ein ganz besonderes Highlight.«

»Absolut. Eine Mitbewohnerin wie mich wirst du nie wieder finden.« Canan lachte, und Marlene stimmte mit ein. Canan hatte definitiv recht. Sie und auch ihre anderen Freundinnen würde sie am allermeisten vermissen. Hier in München fühlte sie sich mehr zu Hause als jemals in Frankfurt.

»Ganz genau. All das mein ich. Das alles würde mir woanders fehlen. Mir ist ja sogar mittlerweile der nuschelige Dialekt ans Herz gewachsen …« Alles andere wäre vermutlich auch schwierig gewesen. Denn diesen Dialekt sprachen hier selbst die Politiker.

Canan zuckte die Schulter. »Dann bleib. Ich meine, es ergibt schon Sinn, darüber nachzudenken, dich auch anderswo umzuschauen. Aber du hast doch noch lange nicht alles versucht hier in München, weißt du? Du suchst erst seit drei Monaten!«

»Erst?! Mir kommt es vor wie ein halbes Jahr …« Marlene

ließ sich nach hinten in die Kissen fallen. »Ich kann noch maximal einen Monat die Miete bezahlen, und dann sind meine Ersparnisse aufgebraucht.«

Canan überlegte. Marlene wusste, dass sich Canan die Wohnung allein auch nicht leisten konnte. Sie brauchte eine Mitbewohnerin, die Miete zahlte. »Kannst du nicht deine Mutter fragen?«

Marlene schüttelte heftig den Kopf. »Auf keinen Fall werde meine Mutter bitten, mir etwas vorzuschießen. Die denkt ja ohnehin schon, dass ich nichts auf die Reihe kriege.«

»Und wenn du dir einen Aushilfsjob suchst? Irgendwas, um deine Kasse aufzubessern.«

Marlene ließ sich Canans Vorschlag einen Augenblick durch den Kopf gehen. Ihre Freundin hatte recht. Vielleicht war es gar nicht nötig, in einer anderen Stadt nach Jobs zu suchen. Sie brauchte nur für den Moment einen Brotjob, um über die Runden zu kommen, und nebenher konnte sie sich fleißig weiterbewerben. So lange, bis das Richtige dabei war. Ewig würde es sicherlich nicht mehr dauern …

***

Marlene radelte im Schneckentempo durch den Englischen Garten. Das sonnige Wetter passte kein bisschen zu ihrer trüben Stimmung … Nachdem Marlene im Internet in Sachen Brotjob nicht fündig geworden war, hatte sie kurzerhand alle bekannten Buchläden und die Stadtbücherei abgeklappert und persönlich nachgefragt, ob sie eine Mitarbeiterin suchten. Doch obwohl München eine Millionenstadt war, schien dort jeder leicht zu kriegende Minijob, der Bezug zu Büchern hatte, vergeben zu sein. Wenn es so weiterging, dann würde sie die Branche wechseln müssen … Vor Marlenes innerem Auge sah sie sich bereits in einem der vielen Bierkeller in der knallenden Sonne Tabletts voll mit Krügen und Haxen umherschleppen. Oder noch schlimmer, sie würde im Callcenter hocken müssen und fremden Menschen Versicherungen oder Fensterputzmittel andrehen. Marlene schauderte.

Als sie an ihrem Wohnhaus angekommen war und ihr Fahrrad abgestellt hatte, schoss Marlene plötzlich eine Idee durch den Kopf. Aber natürlich. Warum hatte sie nicht gleich daran gedacht? Mit festem Schritt steuerte sie das Krimskrams-Café-Post-Geschäft um die Ecke an, hielt dann jedoch vor der Tür kurz inne. Marlene atmete einmal tief durch, um Mut zu sammeln. Getrieben von der abschreckenden Vorstellung, in einem Callcenter zu verstauben, trat sie schließlich ein. Zielstrebig ging sie auf die alte Frau an der Theke zu, die zum Glück allein mit ihrer Mitarbeiterin im Laden war.

»Ich möchte nicht aufdringlich erscheinen, aber ich habe vor ein paar Tagen zufällig eine Unterhaltung zwischen Ihnen mitbekommen. Wenn ich Sie richtig verstanden habe, dann schauen Sie sich nach einer neuen Aushilfe um, oder? Mein Name ist Marlene Baumgärtner. Ehrlich gesagt bin ich gerade dringend auf der Suche nach einem Job, und ich kenne mich recht gut mit Büchern aus. In einem Café gekellnert habe ich während meines Studiums auch schon mal, und ich wohne hier gleich direkt um die Ecke …« Marlene nahm einen tiefen Atemzug.

Die alte Dame beäugte Marlene skeptisch. »Hier um die Ecke?«, hakte sie nach. »Ich habe dich noch nie bei mir im Laden gesehen …«

Marlene hatte keinen Zweifel daran, dass sich die Frau jedes Gesicht merken konnte, das mehr als einmal ihre Ladenschwelle passierte. »Ja … also … das stimmt. Ich war erst einmal in Ihrem Laden.«

»Wieso nicht öfter? Haben Sie nicht gesagt, Sie interessieren sich für Bücher?« Der Blick der Frau wurde bohrender.

»Nun ja, das stimmt, aber … ähm … von außen erkennt

man nicht, dass man hier drin Nele Neuhaus und Co antrifft«, antwortete Marlene wahrheitsgetreu.

Im Gesicht der alten Dame zuckte ein schwaches, aber verschmitztes Grinsen. »Also, ich will jemanden für fünf bis fünfeinhalb Tage die Woche, neun Uhr dreißig bis achtzehn Uhr. Samstags wird der Laden um fünfzehn Uhr geschlossen. Du kannst nächste Woche Montag zum Probearbeiten kommen – sei pünktlich zur Ladenöffnung da. Über das Gehalt reden wir, wenn ich weiß, was du kannst. Nur so viel: Der Laden läuft, und er gehört mir, also kann ich mir eine Mitarbeiterin leisten. Reich wirst du hier aber trotzdem nicht.«

»Gut, abgemacht. Ich werde da sein«, bestätigte Marlene, ohne zu zögern. Es war sicherlich kein Traumjob, und sie würde beim Bierkrügehieven vermutlich mehr verdienen. Aber immerhin war der Job im Laden der alten Frau nicht ganz so weit von dem entfernt, was sie studiert und gelernt hatte, im Gegensatz zu den anderen Auswahlmöglichkeiten. Vielleicht würde sich diese Erfahrung ja sogar recht gut in ihrem Lebenslauf machen – natürlich nur in ausgeschmückter Form. Jedenfalls musste sie sich so, während sie weiter nach etwas Ordentlichem suchte, zumindest nicht länger darum sorgen, dass das Loch in ihrer Vita und auf ihrem Konto seit dem Ende ihres Jobs an der Uni immer weiter wuchs.

Kapitel 4

»Guten Morgen, Frau … ähm …« Erst als Marlene zu ihrem Probetag erschien, fiel ihr auf, dass sie gar nicht wusste, wie die alte Frau hieß, der das kleine Buchcafé an der Isar gehörte.

»Liselotte Eigner.« Marlenes potenzielle neue Chefin streckte ihre Hand aus, und Marlene tat es ihr gleich. Liselotte Eigners Händedruck war allerdings so fest, dass Marlene kurz erschrak, weil sie bei der drahtigen Person etwas anderes erwartet hätte. Wie auch bei ihrer letzten Begegnung trug Frau Eigner eine dunkle Stoffhose, darüber ein T-Shirt und das farblich passende Jäckchen. Das kurze weiße Haar hatte sie nicht ganz ordentlich mit einer Haarspange zurückfrisiert.

»Also gut, dann komm mal mit. Anna hat vorn alles fest im Griff, ich kann dir also kurz den Laden zeigen … Hier im Eingangsbereich haben wir den Verkaufsbereich und die Küchenzeile.« Marlene spähte neugierig hinter den Tresen. Aus der Nähe betrachtet bemerkte sie, dass die Ausstattung und vor allem die Kaffeemaschine schon einige Jahre auf dem Buckel hatte. Aber immerhin schien es eine Spülmaschine zu geben. »Dort hinten«, Frau Eigner bedeutete Marlene, ihr zu folgen, »befinden sich die Bücher. Cafétische gibt es nur im Raum vorn. Bücher können allerdings dorthin mitgenommen und gelesen werden.« Lotte Eigner führte Marlene weiter in einen Lagerraum, wo einige Bücherbestellungen in Kisten darauf warteten, dass jemand sich um sie kümmerte. »Wie du siehst, ist mein Buchcafé nicht wahnsinnig geräumig, und die

Literaturauswahl ist nicht groß. Aber es gibt uns seit fast vierzig Jahren, also scheint das wohl keinen zu stören.«

Marlene konnte den Stolz, der in Frau Eigners Stimme lag, gut nachvollziehen. Nicht viele kleine Geschäfte schafften es, so lange zu bestehen. Doch da Liselotte Eigner ihr nicht wie jemand vorkam, der gern Komplimente und Bewunderungen von Fremden annahm, nickte Marlene nur anerkennend und hörte ihr weiter dabei zu, was sie über die Geschichte des Ladens zu sagen hatte. »Also … du sagtest, du kennst dich mit Büchern aus?!«

»Ja. Ich habe Literaturwissenschaft studiert.«

»Hm …« Die Ladenbesitzerin zeigte keinerlei Regung. Offenbar war sie nicht zufrieden mit Marlenes Antwort.

»Also, ähm … Ich habe auch in diesem Fach promoviert.«

»Ja, nun, ich gehe davon aus, du liest Bücher und informierst dich regelmäßig über Neuerscheinungen? Zumindest solltest du das in Zukunft tun, wenn du hier arbeiten willst. Wie ich bereits sagte, wir haben hier keine große Auswahl, aber dafür eine äußerst hochwertige …«

Marlene las sehr viel, und sie las Bücher aus unterschiedlichen Genres. Manchmal las sie sogar Bücher, bei denen sie von vorneherein wusste, dass ihr das Genre oder das Thema nicht gefallen würde, nur um rauszufinden, warum es so gute oder schlechte Kritiken erhielt. Und sie schrieb auch Rezensionen im Netz. Das hieß, wenn sie Zeit dazu fand. Doch anstatt Frau Eigner zu erklären, dass sie kein Dummerchen war und sich tatsächlich auskannte, nickte sie nur. Die alte Frau hatte sie verunsichert.

»Also … du hast jetzt alles gesehen. Ich muss zurück an die Arbeit, aber ich möchte, dass du die neu eingetroffenen Bücher hier einsortierst. Da du nicht auf den Kopf gefallen zu sein scheinst, wirst du sicher herausfinden, wo was hingehört.« Und mit diesen Worten ließ Liselotte Eigner Marlene im Lager zurück.

»Was ist das?«, fragte Liselotte Eigner mit hochgezogener Braue. Marlene hatte ihre Arbeit abgeschlossen, und gemeinsam machten sie einen Kontrollgang durch die Bücherregale.

»Das ist ein Empfehlungstisch«, erklärte Marlene und fühlte sofort, wie sich in ihr Zweifel ausbreiteten ob der Arbeit, die sie in der letzten Stunde verrichtet hatte.

»Das sehe ich. Aber das hatte ich dir nicht aufgetragen.«

»Na ja … Sie hatten mich beauftragt, die Bücher einzusortieren. Das hab ich getan, und die besten habe ich hier aufgestellt und eine Empfehlung dazu geschrieben.« Marlene deutete auf die fein säuberlich von Hand beschrifteten Karten, die sie in die Bücher gesteckt hatte.

»Wieso?«

Vor wenigen Minuten hatte Marlene ihre Idee noch großartig gefunden, doch jetzt, wo sie die Reaktion der resoluten Chefin sah, war sie kaum mehr überzeugt davon. »Auf dem Tischchen stand nur eine verblühte Pflanze, und heutzutage stehen in jedem Buchladen solche Empfehlungstische«, begann sie sich zu rechtfertigen. »Ich hab diese Romane bereits gelesen und halte sie für sehr gut.«

»Hm …«, brummte Frau Eigner statt einer Antwort und las sich stattdessen erst eine und dann noch eine zweite der Karten durch. »Na denn …«, sagte sie schließlich, ohne weiter auf den Tisch oder die Empfehlungen einzugehen. »Gehen wir jetzt zu Anna, damit sie dir alles, was das Café angeht, zeigen kann.«

Kapitel 5

Seit vier Wochen arbeitete Marlene nun in dem eingestaubten Buchcafé an der Isar. Das Ganze entsprach so gar nicht dem, was sie für ihr Leben geplant hatte. Marlene hatte immer vorgehabt, in die Fußstapfen ihrer Mutter zu treten. Zumindest hatte sie sich vorgenommen, es zu versuchen. Und selbst als sie ihre Stelle am Lehrstuhl gekündigt hatte und sich neu orientieren wollte, da dachte sie noch, sie würde sicherlich bald einen aussichtsreichen Job in der Wirtschaft bekommen. Sie hatte sich schon als Redakteurin in der Unternehmenskommunikation eines großen Münchner Unternehmens gesehen. Immerhin war sie nach mehreren Gesprächsrunden in der engeren Auswahl. Sie hatte sich in ihrem neuen Büro sitzen sehen und bildlich vorgestellt, wie sie Pressemitteilungen und Reden verfasste, redigierte oder die Führungskräfte bei ihren Fragen zu Kommunikationsstrategien beriet. Sie hatte sich ausgemalt, wie sie ihrer Mutter und ihrem Großvater davon berichtete, und diese deswegen große Augen machten. Doch nichts davon war eingetreten. Mit einem schlechtbezahlten Aushilfsjob hatte es nach ihrer Promotion nicht weitergehen sollen. Aber es gab definitiv schlimmere Jobs als der bei Lotte Eigner. Das stand fest. Denn immerhin war sie dort von Büchern umgeben, sie hatte keinen weiten Weg zur Arbeit, und jeden Tag traf sie auf interessante Menschen.

Von der Theke aus beobachtete Marlene eine Frau, die soeben das Buchcafé betrat. Sie hatte langes blondes Haar und trug ein modisches Frühlingskleid. Sie musste etwa in Marlenes Alter sein. Mit einer eleganten Bewegung ließ sich die Kundin auf den Stuhl gleiten und warf dann keck ihre Haare nach hinten. Befangen zupfte Marlene an ihrem mittlerweile etwas zerzausten Zopf herum und sah an sich hinunter. Obwohl sie an diesem Tag ihre Lieblingsjeans trug und ein Oberteil, das ihrer eher unspektakulären Figur schmeichelte, fühlte sie sich mit einem Mal unwohl in ihrer Haut.

Marlene ging ein wenig verlegen auf sie zu, um ihre Bestellung aufzunehmen. »Guten Morgen, was darf ich dir bringen?« Marlene blickte sie freundlich fragend an, doch ihr Lächeln fiel sofort in sich zusammen, als die Frau ihr im bissigen Befehlston antwortete:

»Also als Erstes sollten *Sie* hier mal den Tisch abwischen, ich bin schon mit meinem Ärmel kleben geblieben. Und dann schieben Sie noch etwas unter das Tischbein, um ihn zu fixieren. Bei dem Gewackel fällt bestimmt später noch was runter.«

Marlene stand mit offenem Mund da und brachte keine Antwort zustande. Beinah wäre ihr sogar der Stift aus der Hand gefallen, mit dem sie die Bestellungen auf ihren Block schreiben wollte. Sie konnte sich nicht daran erinnern, wann sie das letzte Mal so unfreundlich von jemandem behandelt worden war … Der hässliche Ton der Frau stand im kompletten Kontrast zu ihren feinen Gesichtszügen und dem hübschen Kleid, das sie trug.

Mit einem verächtlichen Blick sah die Kundin auf die kleine, abgegriffene Karte vor ihr, wo das überschaubare Angebot des Buchcafés aufgelistet war. Zuerst dachte Marlene, die Frau würde gleich mit einem tiefen Seufzer verkünden, dass nichts ihren Wünschen entsprach, doch sie rang sich durch: »Ich nehme einen Espresso, sonst nichts, danke.«

»Gern. Und um den Tisch kümmere ich mich gleich.« Als Marlene dabei war, die Bestellung vorzubereiten, tauchte Lotte Eigner neben ihr auf. Mit einem abschätzigen Blick betrachtete sie die Frau, die Marlene gerade so unfreundlich begegnet war.

»Die schon wieder …«, polterte sie. »Dem Zitronenschnitz hätte ich längst Hausverbot erteilen sollen …«

»Wie bitte?« Marlene riss die Augen auf und musste ein Kichern unterdrücken.

»Die Frau da … Auf ihre seltenen Besuche in meinem Café könnte ich gut und gern verzichten. Nörgelt jedes Mal wegen etwas anderem. Frag mich, wieso sie überhaupt herkommt.«

So plötzlich wie Lotte neben Marlene aufgetaucht war, verschwand sie auch wieder. Marlene schüttelte schmunzelnd ihren Kopf. Sie hatte bereits einige Arbeitswochen hinter sich und Liselotte Eigner ein wenig kennengelernt. Es würde sie nicht wundern, wenn ihre Chefin in ein paar Minuten zurückkäme und die unfreundliche Schöne vor die Tür setzte. Doch obwohl die Kundin noch eine ganze Weile im Café sitzen blieb und weitere abwertende Bemerkungen über das Buchcafé abgelassen hatte – die für Anwesende schwer zu überhören waren –, passierte nichts dergleichen.

Auch als der blonde Zitronenschnitz schon eine ganze Weile weg war, fühlte sich Marlene noch immer ein wenig unwohl. Unschöne Begegnungen wie diese hingen ihr lange nach. Auch wenn sie überhaupt nichts falsch gemacht hatte. Grübelnd räumte Marlene ein paar Bücher zurück, die Gäste während des Kaffees angelesen, aber nicht gekauft hatten.

»Entschuldigung Sie, haben Sie hier eigentlich auch Schreibratgeber?«, fragte eine junge Frau, die, wie Marlene jetzt erst bemerkte, etwas ratlos die Bücherregale durchsuchte.

»Tut mir leid, nein. Wir führen hier ausschließlich Romane. Im Bereich Sach- oder Fachbuch haben wir unglücklicherweise nichts da. Aber wenn Sie mir den Titel nennen, dann kann ich Ihnen gern das Buch bestellen. In drei Tagen wäre es zur Abholung bereit.«

»Das ist nett. Nur ich weiß gar nicht genau, was ich brauche. Ich hatte gehofft, in ein paar verschiedene Ratgeber reinschnuppern zu können.«

»Beschreiben Sie mal, wonach genau Sie suchen. Was möchten Sie beispielsweise schreiben? Vielleicht kann ich Ihnen ja trotzdem weiterhelfen.« Marlene hatte während ihres Studiums und auch noch während ihrer Promotionsphase immer wieder Kurse und Seminare belegt, bei denen sie mit solcher Ratgeberliteratur in Berührung gekommen war. Oft ging es um akademisches Schreiben, aber insbesondere in den Anfängen ihres Studiums hatte sie von Kursen zum Drehbuchschreiben, über Journalismus bis hin zum kreativen Schreiben alles ausprobiert und mit Begeisterung aufgesogen. Die Inhalte waren nicht nur in den Ordnern in ihrem WG-Zimmer vorhanden, sondern auch in ihrem Kopf.

Fünfzehn Minuten später verließ die Kundin Lottes Buchcafé, zwar ohne Ratgeber, aber dafür mit einer Liste mit Titeln, die ihr nützlich sein könnten. Zwei Bücher der Liste hatte die Kundin sogar direkt bestellen lassen. So wie der Tag anlief, konnte sich Frau Eigner heute nicht über einen zu geringen Umsatz beschweren.

Kapitel 6

Liebevoll drapierte Marlene ihre selbstgebackenen Schokoladen-Brownies, die gestern bei Canans Geburtstag übrig geblieben waren, auf einer altmodischen Kristall-Etagere. Sie hatte das Gestell im hintersten Winkel der kleinen Küchenzeile im Laden entdeckt, und es war gar nicht so leicht gewesen, die dicke Staubschicht, die sich darauf angesammelt hatte, herunterzubekommen. Das Gebäck war noch immer saftig, denn Marlenes Brownieteig bestand – neben einer vernachlässigbaren Menge an Mehl – nahezu nur aus Butter, Schokolade, Zucker und Ei. Hinzu kam jede Menge Johannisbeermarmelade, die sich unter der Schokoladenglasur versteckte.

Der Duft des Gebäcks mischte sich mit dem Aroma, das von der Kaffeemaschine ausging, und breitete sich heimlich im Laden aus. Heute, da es draußen trüb und regnerisch war, erschien Marlene das kleine Krimskrams-Café-Post-Geschäft von Lotte Eigner regelrecht gemütlich. Und scheinbar ging es den Leuten, die draußen vorbeikamen, genauso. Kaum hatte Frau Eigner den Laden aufgesperrt, suchten in regelmäßigen Abständen Bücher- oder Kaffeefreunde Zuflucht bei ihnen.

»Darf es für Sie außerdem noch etwas sein?«, fragte Marlene eine junge Mutter und ihre Tochter, für die sie eben ein bestelltes Kinderbuch herausgesucht hatte.

»Eigentlich sollten wir gleich weiter, aber wenn ich so rausschaue …«

»Nicht gerade einladend, oder?«

Die beiden Frauen schauten mit wenig Begeisterung nach draußen. »Nicht wirklich, nein … Wissen Sie was, ich nehme einen Kaffee und eine heiße Milch für meine Tochter. Ach, und einen von diesen Brownies hier. Die sehen lecker aus, oder?«, wandte die Mutter sich beim letzten Satz an ihre Tochter, die eifrig nickte.

»Gern. Nehmen Sie ruhig schon mal Platz. Ich bringe Ihnen dann gleich alles an den Tisch.«

Als Marlene gerade den noch dampfenden Kaffee auf das Serviertablett stellte, tauchte – wie immer wie aus dem Nichts – ihre Chefin neben ihr auf. Aus irgendeinem Grund sah sie heute weniger mürrisch als sonst aus. Ja, Marlene fand sogar, dass die alte Dame einen zufriedenen Gesichtsausdruck hatte. Es hatte zwar eine Weile gedauert, aber Marlene war sich fast sicher, dass Frau Eigner sie nach den zwei Monaten, die sie mittlerweile schon bei ihr arbeitete, als vollwertige Arbeitskraft ernst nahm. Immerhin kontrollierte sie nicht länger jeden ihrer Handgriffe. Vielleicht war jetzt ein guter Moment, um Frau Eigner auf eine Idee anzusprechen, die Marlene seit einiger Zeit nicht mehr aus dem Kopf ging. Rasch brachte Marlene die Bestellung an den Tisch der Mutter und richtete sich dann mit ihrem Anliegen an Frau Eigner, ehe sie der Mut verließ.

»Haben Sie einen Moment für mich?«, fragte sie und versuchte, dabei selbstbewusst zu klingen. Gestern Abend hatte Marlene lange wach gelegen und über diese Idee nachgedacht, die ihr zum ersten Mal gekommen war, als eine Kundin im Buchcafé nach Schreibratgebern gesucht hatte.

Die ältere Frau legte den Stapel Bücher, den sie in der Hand gehalten hatte, zur Seite und signalisierte Marlene, dass sie fortfahren sollte.

»Ich wollte fragen, ob Sie mir erlauben würden, Ihren Laden zu nutzen – natürlich nur nach Feierabend –, um eine Art Schreibwerkstatt anzubieten.«

»Eine Schreibwerkstatt?« Frau Eigner sah mehr als skeptisch aus, aber damit war erst einmal zu rechnen gewesen.

»Ja.« Marlene nickte mit einer Mischung aus Begeisterung und Unsicherheit.

»Was muss ich mir darunter vorstellen?«

»Na ja, in einer Schreibwerkstatt können Leute, die Lust dazu haben, gemeinsam an eigenen Texten arbeiten und sich darüber austauschen, wo Stärken sind oder ungenutzte Potenziale liegen. Oder die Leute entwickeln erst in den Workshops ein Schreibprojekt, das geht auch. Ich habe jede Menge Ideen dazu, aber es kommt natürlich darauf an, was für Personen teilnehmen …« Marlene schilderte noch eine Weile weiter ihre Pläne, bis Frau Eigner ihren Redeschwall rüde unterbrach.

»Und wie oft soll das stattfinden?«

»Ich dachte erstmal an sechs Treffen, vielleicht dienstags nach Feierabend. Sie würden davon quasi nichts mitkriegen …«, versprach Marlene. Sechs Wochen hielt Marlene für eine realistische Zeitspanne. Danach würde sie sicherlich bereits einen neuen – richtigen – Job haben.

»Und du glaubst, darauf hat die Welt gewartet?«

Uff … diese Frau wusste wirklich, wie sie einem den Wind aus den Segeln nahm. »Das kann ich nicht mit Sicherheit sagen – ich hoffe es …«, entgegnete Marlene kleinlaut. Die vergangenen Wochen hatte sie die Idee mit der Schreibwerkstatt jedenfalls nicht mehr losgelassen. »Es gibt zumindest etliche Schreibbegeisterte …«

»Ich werd's mir überlegen«, verkündete die alte Frau und klang dabei nicht, als würde ihre Entscheidung positiv ausfallen.

Marlene bemerkte, wie Frau Eigners strenger Blick plötzlich am Tresen hängen blieb – sie kannte diesen Ausdruck in ihren Augen bereits. Er tauchte immer dann auf, wenn Marlene etwas nicht ganz genau so gemacht hatte, wie Frau Eigner es sich vorstellte oder seit Jahren gewohnt war. »Seit wann bieten wir denn Backwaren an?«

»Ich habe gestern Abend gebacken, und es war noch einiges übrig, da dachte ich, es wäre vielleicht nett, Ihren Gästen heute etwas zum Kaffee anzubieten.« Marlene blickte ihre Arbeitgeberin freundlich an, obwohl sie aufgrund ihrer ablehnenden Reaktion ein wenig enttäuscht war. »Spricht etwas dagegen?«

»Wenn es einmal Gebäck gibt, dann erwarten die Leute, dass es die ganze Woche welches gibt …«, wandte Frau Eigner ein.

»Dann back ich eben ab jetzt öfter.« Marlenes Vorschlag kam ihr schneller über die Lippen, als dass sie richtig darüber nachgedacht hatte. Aber eigentlich sprach auch gar nichts dagegen. Sie buk liebend gern, also wäre das keine Last für sie. Und wenn sie dafür ihre Schreibwerkstatt bei Frau Eigner im Buchcafé machen durfte, dann war das doch ein fairer Deal.

»Ich kann mir aber nicht leisten, dir zusätzliche Arbeitsstunden für aufwändige Torten zu bezahlen.«

Marlene musste sich beherrschen, nicht mit den Augen zu rollen. Wie konnte man nur so umständlich und negativ sein. »Wer redet denn von Torten … ich meine so etwas wie ein paar frische Schokocookies oder einfache Muffins mit Beeren. Die gehen wirklich schnell. Und wenn Sie mir pro Woche, sagen wir, dreißig Euro zur Verfügung stellen würden, könnte ich jeden zweiten Tag etwas mitbringen. Sie werden sehen, es wird sich lohnen. Und wenn nicht, dann lassen wir es eben nach ein paar Wochen wieder sein.«

Frau Eigner schnaubte. »Die Handwerkskammer erlaubt nicht, dass man zu Hause Gebackenes im Café anbietet …«

»Ich weiß«, sagte Marlene. Seit sie denken konnte, wurde ihr Lieblingscafé daheim in Frankfurt von einem pensionierten Standesbeamten, der leidenschaftlich gern buk, mit Kuchen versorgt. Es war vielleicht nicht legal, das so zu handhaben, aber die Wahrscheinlichkeit, dass jemand in Lottes Buchcafé kam und kontrollierte, wo die Kuchen herkamen, erschien Marlene doch sehr unwahrscheinlich. Außerdem, wem schadeten sie schon damit? »Es wäre ja nur eine Ausnahme für kurze Zeit, eben solange ich hier noch arbeite. Aber Sie müssen ja nicht …«

»Hm …«, war alles, was die alte Frau von sich gab. Doch Marlene wusste mittlerweile, dass dieses Brummen in Kombination mit dem Ausbleiben von Widerspruch in den meisten Fällen so viel bedeutete wie »Einverstanden«. Und sie hatte recht. Bereits am Abend, als Marlene einen letzten Kontrollgang im Laden machte, hatte Frau Eigner ihr einen Umschlag mit dreißig Euro bereitgelegt. Dabei lag ein Zettel, auf dem stand »Nichts Ausgefallenes! Und etwas, das sich mindestens zwei Tage hält.« Unten in der Ecke hatte sie ein »Vielen Dank!« hingequetscht, so als wäre ihr in letzter Sekunde eingefallen, dass das zum guten Ton gehörte.

Marlene musste schmunzeln. Taute Liselotte Eigner etwa langsam auf? Eine Tatsache, über die sich Marlene irgendwie freute. So sehr, dass sie sogar noch eine weitere Idee angehen wollte, die ihr schon vor einer Weile für das Buchcafé gekommen war.

***

»Sag mal, brauchen wir den Tafelaufsteller von deiner Geburtstagsparty eigentlich noch?«, fragte Marlene ihre Mitbewohnerin, als sie zu Hause angekommen war.

Canan dachte einen Moment nach. »Hm, hm … nö. Der steht ungenutzt im Putzschrank und nimmt Platz weg. Wieso fragst du?«

»Ich hab mir überlegt, ihn zu beschriften und vor Frau Eigners Buchcafé zu stellen. Damit zumindest irgendwas darauf hinweist, dass es da drin Bücher und Kaffee gibt.« Marlene war sich sicher, dass es einem Großteil potenzieller Kunden, die an dem Laden vorbeispazierten, ging wie Canan und ihr. Sie hatten sich stets gefragt, was das für ein seltsames Geschäft war.

Wenn Marlene schon vorhatte, Liselotte Eigners Buchcafé als Location für ihre Schreibwerkstatt zu nutzen, konnte sie den Laden zumindest ein wenig aufpeppen – oder besser gesagt etwas entstauben. So lockten sie möglicherweise mehr Kunden an, was sich wiederum auf den Umsatz des kleinen Buchcafés auswirken mochte. Und dann würde Frau Eigner vielleicht auch eher der Schreibwerkstatt zustimmen.

Nachdem Marlene und Canan gemeinsam zu Abend gegessen hatten, machte sich Marlene auf die Suche nach der Tafel. Anders als vermutet, befand sie sich nicht im Putzschrank, sondern im muffigen Kellerabteil, das zu ihrer Gipfel-WG gehörte. Ein Ort, den sowohl Canan als auch Marlene höchst selten aufsuchten. Und seit Canan dort unten einmal eine kleine pelzige Kreatur mit gelben Augen über den Weg gelaufen war, mieden sie den Keller noch mehr. Als Marlene den Aufsteller in der Badewanne von Staub und klebrigen Partyresten befreit hatte, zog sie in ihr Zimmer um. Dort suchte sie sich eine Sommerplaylist heraus, die im Hintergrund vor sich hin dudelte, während sie sich jede Menge Zeit ließ, das Angebot des Buchcafés in ihrer schönsten Schrift auf der Tafel zu platzieren.

Marlene hatte richtig Spaß an der Aufgabe gehabt, doch ihre positive Stimmung war nicht von Dauer. Als sie sich vor ihren Laptop setzte und ihre E-Mails checkte, lauerten nicht nur eine, sondern gleich zwei Jobabsagen in ihrem Postfach. Eine, mit der sie mehr oder weniger bereits gerechnet hatte, weil das Bewerbungsgespräch schon zwei Wochen zurücklag. Es war nie ein gutes Zeichen, so lange nichts zu hören. Und eine Absage auf eine Bewerbung von letzter Woche, was bedeutete, sie wurde nicht mal in die engere Auswahl genommen. Damit waren nun nur noch zwei läppische Bewerbungen offen …

Niedergeschlagen scrollte sich Marlene durch die überschaubare Liste der neuen Stellenausschreibungen. Doch anstatt sich dann daranzumachen, eine Bewerbung für den einzigen Job zu schreiben, der annähernd interessant klang, begann sie das Netz nach einem geeigneten Keksrezept für Frau Eigners Buchcafé zu durchsuchen.

***

In den nächsten zwei Wochen buk Marlene alle möglichen Leckereien für das Buchcafé: schokoladige Brownies, englische Scones, luftige Madeleines … je nachdem, wonach ihr gerade der Sinn stand und ob sie viel oder wenig Zeit investieren wollte. Selbst wenn es sich um keine riesigen Mengen handelte, waren die Backwaren doch immer restlos ausverkauft. Nicht zuletzt auch deswegen, da die Leute von Marlenes verlockenden Beschreibungen auf der Schiefertafel auf der Straße angezogen wurden.

Beflügelt von ihrem Backerfolg, beschloss Marlene, mit einem weiteren Vorschlag für den Laden auf ihre Chefin zuzugehen. Denn von Tag zu Tag wuchs ihr das kleine Buchcafé und dessen Besitzerin mehr ans Herz. Lotte Eigner und ihr Geschäft waren sich auf eine Art sehr ähnlich. Von außen wirkten sie beide nicht hundertprozentig freundlich oder einladend. Aber wenn man näher hinsah, hineinblickte, dann entdeckte man liebenswerte Eigenschaften. Und Marlene wollte unbedingt, dass auch andere das erkannten.

»Was ist das?«, fragte Frau Eigner mit kritischem Blick auf das kleine, duftende Tütchen, das ihr Marlene unter die Nase hielt. Aus dem Augenwinkel sah Marlene Canan, die auf einen Schwatz vorbeigekommen war und nun ein Lachen unterdrückte.

»Das ist Tee«, erklärte Marlene überflüssigerweise. Denn es stand auf der Verpackung, und sie war sicher, dass Frau Eigner genau wusste, worum es sich handelte.

»Aber wir haben Tee im Laden.«

»Ich weiß. Nur ist der hier etwas … na ja … feiner als der Kamillentee in Beuteln, den wir bisher anbieten.«

Jetzt war es Marlene, die sich schwertat, nicht zu kichern, denn Canan formte mit den Lippen das Wort »Müllbeutel«. So nannte sie die Art von Tee nämlich, die es auch im Buchcafé gab. Ihrer Meinung nach landeten darin nur die Reste der Teeproduktion.

»Es muss ja niemand Tee trinken …«, entgegnete Lotte Eigner ein bisschen trotzig.

»Aber nicht jeder mag Kaffee. Nehmen Sie zum Beispiel Canan. Sie liebt es, eine Kaffeepause einzulegen und irgendwas zu naschen, trinkt jedoch ausschließlich Tee.«

»Stimmt. Mir wird von Kaffee immer übel … Dieser lose Kräutertee hier schmeckt mindestens dreimal so gut, glauben Sie mir«, unterstützte Canan ihre Freundin und verzichtete dabei zum Glück darauf, Frau Eigner auf ihre »Müllbeutel« hinzuweisen.

»Das stimmt. Und in den ungenutzten Retro-Kännchen, die hier als Staubfänger im Regal stehen, könnten wir den wunderbar anbieten. Ihre Stammkunden freuen sich sicher, und vielleicht kommen so ja auch ein paar neue hinzu.« Marlene hatte in der Zeit, in der sie hier arbeitete, gemerkt, dass man der ruppigen Art der alten Frau am besten selbstbewusst entgegentrat, wenn man ihre Zustimmung wollte. So gesehen war die Arbeit in ihrem Laden eine gute Übung für sie.

»Kosten?«, war alles, was Liselotte Eigner entgegnete.

»Nun ja, er ist natürlich ein klein wenig teurer. Aber Sie könnten so ja auch etwas mehr verlangen … Denken Sie darüber nach.«

Marlene rechnete fest damit, dass Frau Eigner heftigen

Einspruch erheben würde, doch zu ihrer Überraschung nickte sie nur und sagte: »Gut, probieren wir es aus. Aber erstmal nur mit zwei Sorten. Kräuter- und Schwarztee.«

Marlene schenkte ihr ein entzücktes Lächeln.

»Und wegen deiner Schreibwerkstatt … du kannst das meinetwegen machen. Aber ich will den Laden am Mittwochmorgen tipptopp sauber vorfinden, klar?«, schob sie warnend hinterher. Dann dampfte sie mit ihren üblichen zackigen kleinen Schritten ab in Richtung Lager.

»Ahh … hast du das gehört?« Marlene kniff ihre Freundin in den Arm. »Ich hatte schon gar nicht mehr damit gerechnet, dass sie überhaupt etwas dazu sagt.«

Canan klatschte in die Hände. »Darauf stoßen wir heut Abend an!«

Marlenes Lächeln verlor ein wenig an Strahlkraft. »Wer weiß, ob sich überhaupt jemand dafür interessiert? Und dann ist da ja die Tatsache, dass ich so etwas noch nie gemacht habe. Vielleicht bin ich total schlecht darin, jemandem etwas beizubringen … Ich will mich lieber nicht zu früh freuen.«

»Jetzt lass doch mal endlich deine Selbstzweifel sein. Freu dich einfach, dass dich Frau Eigner für deinen Einsatz hier im Buchcafé belohnt und dir diese Chance gibt. Das hätte sie sicher nicht getan, wenn sie nicht an dich glauben würde.« Energisch stand Canan auf und machte sich zum Gehen bereit. »Also, ich sag den anderen Bescheid, heute Abend wird gefeiert.«

Kapitel 7

Den ganzen Dienstag über war Marlene ohne Ende nervös. Zwar hatte sie gehofft, dass sich jemand für ihre Schreibwerkstatt interessieren würde. Aber sie hatte nicht damit gerechnet, dass der Kurs tatsächlich voll werden würde. Da Lotte und ihr Buchcafé nicht in den sozialen Medien vertreten waren, hatte sich Marlenes Werbung nur auf einen Aushang an der Ladentür sowie an ein paar Laternenpfosten im Viertel und Mundpropaganda beschränkt. Außerdem war August, und da saßen die Leute lieber draußen an der Isar oder in Biergärten, als in kleinen stickigen Räumen.

Mit feuchtkalten Händen stand sie am Abend im Buchcafé, wo sich die Leute bereits an den kleinen Tischen platziert hatten und sie nun erwartungsvoll anblickten. Plötzlich war Marlene gar nicht mehr so überzeugt davon, dass sie dafür geeignet war, anderen etwas über das Schreiben beizubringen. Was hatte sie sich nur dabei gedacht …?! Der unfreundliche Mann bei dem schlimmsten ihrer Bewerbungsgespräche hatte es damals auf den Punkt gebracht: Sie hatte null Erfahrung im Unterrichten.

Unsicher ergriff Marlene das Wort. »So! Noch mal herzlich willkommen in die Runde. Die meisten habe ich ja beim Hereinkommen schon kurz gesprochen … Ich freue mich, dass ihr hier seid, denn das bedeutet, ihr teilt meine Leidenschaft für schöne Texte.« Marlene nestelte unruhig am Saum ihres T-Shirts. »Bevor wir anfangen: Hier vorn findet ihr Getränke und ein paar Leckereien. Etwas, das für mich beim

Schreiben, Lesen oder Überarbeiten von Texten niemals fehlen darf.« Auf den Gesichtern der Teilnehmenden machte sich ein zufriedenes Schmunzeln breit, und Marlene glaubte zu beobachten, wie alle ein wenig tiefer und bequemer in ihren Stuhl rutschten. »Also – ich würde vorschlagen, wir stellen uns zu Beginn kurz vor. Erzählt uns, wie ihr heißt, welche Erfahrungen ihr bisher mit dem Schreiben habt, was ihr von den nächsten fünf Workshop-Abenden erwartet und was das Resultat der Schreibwerkstatt sein soll. Oder kurz gesagt: Warum seid ihr hier?« Marlene zog sich einen der Hocker heran, die Frau Eigner immer nutzte, um an die oberen Reihen der Bücherregale zu kommen, und setzte sich zu der Gruppe. Da niemand freiwillig den Mund aufzumachen schien, deutete Marlene auf einen bärtigen, sehr modisch gekleideten Mittvierziger, der zu ihrer Linken saß, und bat ihn, zu beginnen.

Amüsiert verzog er das Gesicht. »Niemals in die vorderste Reihe setzen – eigentlich eine Regel, die ich in meinem Studium verinnerlicht habe ... Aber gut. Dann mach ich mal den Anfang«, leitete der Mann ein und rückte seinen blumigen Hemdkragen zurecht. »Ich bin Tobi und bin hier, weil mein Verlobter es für eine großartige Idee hält, dass wir unsere Ehegelübde selbst verfassen. Wir werden am ersten Advent heiraten. Mein Verlobter ist Werbetexter und kann von Haus aus gut mit Worten. Ich hingegen hab's ja eher so mit Zahlen, wisst ihr ... Ich bin Steuerberater, aber ich schweife ab.« Er räusperte sich und sah Marlene direkt an. »Jedenfalls erhoffe ich mir, dass ich es mit deiner Hilfe schaffe, ein Gelübde zu verfassen, das halbwegs passabel ist und mehr als zwei Sätze umfasst.«

Tobi, der Steuerberater, begann zu lachen und wandte sich an die Gruppe. »So, wer bietet mehr?«, forderte er einen der anderen auf, seine Geschichte zu erzählen, und brach damit zu Marlenes Erleichterung mit Leichtigkeit das Eis.

Marlene spürte, wie auch sie selbst langsam ruhiger wurde.

Endlich konnte sie das tun, was sie liebte. Jetzt war sie ganz in ihrem Element. Begeistert hörte Marlene der bunt gemischten Gruppe zu und machte sich gleichzeitig ein paar Vermerke zu den Namen und den Wünschen. Sie schrieb auch einige Ideen auf, die ihr spontan und ohne Unterlass in den Sinn kamen. Ihr Gehirn arbeitete auf Hochtouren, und sie spürte ein freudig aufgeregtes Kribbeln im Bauch bei dem Gedanken an die nächsten Workshop-Abende mit der bunt zusammengewürfelten Truppe. Von jung bis alt war alles vertreten. Der Großteil der insgesamt elf Teilnehmerinnen und Teilnehmer bestand aus Viellesern aus der Nachbarschaft, die sich einfach gern mit Texten beschäftigten und kein besonderes Ziel verfolgten.

Doch abgesehen von Tobi, dessen Schreibprojekt Marlene sehr romantisch fand, gab es auch noch weitere spannende Teilnehmende. Da war zum Beispiel Ursula, die einen Onlineshop für selbstgemachte Seifen betrieb und Schwierigkeiten damit hatte, sinnliche Beschreibungstexte zu verfassen, die zum Kauf anregen. Das würde ein tolles Projekt für eine Schreibwerkstatt sein. Marlene hatte auf Anhieb mindestens fünf gute Literaturtipps und jede Menge Schreibübungen für sie parat. Es würde Spaß machen, mit ihr zu arbeiten.

Dann war da noch Carla, die von sich sagte, sie besäße keinerlei Schreibtalent. Als einzige Enkelin ihrer Großmutter hatte sie sich aber der Aufgabe angenommen, deren Erzählungen und Erfahrungen aus dem Zweiten Weltkrieg aufzuschreiben und zu sammeln. Marlene bekam Gänsehaut, als sie Carla dabei zuhörte, wie sie von den vielen Gesprächen mit ihrer Großmutter berichtete. Das war ganz sicher das schwierigste Schreibprojekt der Runde, und Marlene freute sich, dass sie Carla dabei unterstützen durfte.

Ein etwas spezieller Teilnehmer war Arnold. Er war Dauerstudent und ganz offensichtlich ein Prokrastinierer höchsten Grades. Deshalb erhoffte er sich von der Schreibwerkstatt den nötigen Druck, seine Hausarbeit im Fach Deutschdidaktik endlich fertigzustellen. Genau genommen brauchte er also Marlene nicht, aber auch ihn würde sie so gut sie es konnte unterstützen.

Anfangs hatte sich Marlene noch gefragt, ob es nicht doch besser gewesen wäre, das Ziel und die Ausrichtung der ersten Schreibwerkstatt enger einzugrenzen. Immerhin waren die Wünsche, die hier genannt wurden, sehr unterschiedlicher Natur. Doch nun war sie froh, dass sie es nicht getan hatte. Erstens konnte sie so herausfinden, welches Konzept und welche Methoden am besten funktionierten und was für ein Angebot gefragt war. Zweitens vermutete sie, dass genau diese bunte Mischung am Ende den Erfolg der Veranstaltung ausmachen würde …

Schließlich war da noch das Küken in der Runde. Marlene hatte das junge Mädchen, das im Rollstuhl saß, schon eine Weile beobachtet, wie sie aufmerksam den Teilnehmern zuhörte und immer wieder Sachen in ein Buch notierte. Die dunkelblonden Haare, die sie zu einem kurzen, fransigen Bob geschnitten trug, umrahmten ihr hübsches Gesicht auf eine charmante Art. Verbunden mit einem frechen Grinsen, das sie immer wieder zeigte, verspürte Marlene sofort eine gewisse Sympathie für das Mädchen.

»Würdest du die Runde abschließen?«, forderte Marlene das Mädchen auf, die daraufhin ihren Stift beiseitelegte und nickte.

»Ich heiße Amelie Wagner und bin siebzehn Jahre alt. Ich gehe aktuell in die elfte Klasse. Ich liebe es zu schreiben, egal was: Tagebuch, Gedichte, Kurzgeschichten, Rezensionen und so weiter. Bisher hab ich immer nur kurze Texte und Geschichten verfasst, aber irgendwann möchte ich gern einen richtigen Roman schreiben. Ich bin also hier, weil ich Autorin werden will.«

»Na großartig! Dann kannst du ja mein Gelübde schreiben«, schlug Tobi vor.

Amelie begann zu kichern und antwortete selbstbewusst: »Ich kann dir gern dabei helfen.«

Auf Marlenes Gesicht entstand ein breites Lächeln. »Super – ich danke dir, Amelie. Und ich danke allen anderen für die interessanten Antworten und Einblicke. Wie ihr gemerkt habt, sind wir eine ganz bunt gemischte Truppe, und sicher ist nicht jeder Tipp oder jede Übung für alle genau passend. Was wir aber alle gemeinsam haben, ist, dass wir etwas schreiben wollen. Und dazu würde ich gern mit euch eine besondere Übung machen. Ich möchte von euch, dass ihr einen sogenannten »Haiku« schreibt. Kennt das vielleicht jemand von euch?«

Amelies Arm schoss in die Höhe, und gleichzeitig sprudelte die Erklärung schon aus ihr heraus. »Haiku sind ganz kurze Gedichte. Meist werden sie in drei Zeilen geschrieben.«

Marlene nickte. »Ganz genau. Haiku beschäftigen sich fast immer mit der äußeren Welt; sie stellen Sachverhalte oder Erlebtes dar. Das geschieht allerdings nicht auf abstrakte Art und Weise, sondern konkret. Das heißt, der Leser kann es regelrecht miterleben.«

Noch bevor Marlene dazu kam, ein Beispiel vorzulesen, stöhnte Tobi verzweifelt. »Ich versteh nur Bahnhof …«

»Wenn du erstmal ein Beispiel gelesen hast, wirst du es besser nachvollziehen können«, versuchte Marlene zu beruhigen und nahm die Papiere in die Hand, auf denen ein paar berühmte Beispiele gedruckt standen.

»Nebel. Ein Sonnenstrahl dringt hindurch. Wärme auf meiner Haut«, erklang plötzlich eine Stimme im kleinen Buchcafé. Das spontane Haiku kam von Amelie.

»Was war das denn?«, fragte Tobi mit großen Augen.

Marlene klatschte vor Begeisterung in die Hände. »Das, Leute, war ein Haiku.«

»Ist dir das etwa einfach so, ganz spontan eingefallen?«, wollte Ursula ehrfürchtig wissen.

Amelie nickte. Wie um ihre Aussage zu untermalen, drang in diesem Moment ein einsamer, letzter Sonnenstrahl durch die dichte Nebeldecke, die draußen vorherrschte, und tauchte ihr lächelndes Gesicht in ein warmes Licht.

»Wow!«, staunte Arnold, der Dauerstudent, und auch der Rest der Gruppe schien beeindruckt und zugleich motiviert zu sein, es selbst auch einmal auszuprobieren.

»Genaugenommen war's aber gar kein richtiges Haiku. Bei echten Haiku müssen die Silben ganz speziell verteilt sein«, kritisierte sich Amelie selbst.

»Das stimmt. Haiku bestehen meistens aus drei Wortgruppen von fünf, sieben und wieder fünf Silben. Aber da sind wir heute mal nicht so genau. Vielen Dank, Amelie, für deinen Beitrag. Ihr bekommt jetzt von mir ein Arbeitsblatt, das ich vorbereitet habe. Ihr findet darauf weitere Beispiele und auch noch mehr Informationen zu Haiku, falls es euch interessiert. Nehmt euch zwanzig Minuten Zeit. Bewegt euch gern im Buchcafé umher, holt euch etwas zu trinken, sucht euch Inspiration. Es muss kein perfektes Haiku sein, ich möchte einfach nur, dass jeder es versucht. Ich bin gespannt, was ihr hervorbringt. Am Ende tauschen wir die Ergebnisse aus.«

***

Als Marlene an diesem Abend im Bett lag und noch einmal über den Tag nachdachte, fühlte sie sich glücklich und erfüllt. Sie hatte die Begeisterung beim Schreiben der Haiku und auch danach bei der Gruppe förmlich spüren können. Zufriedenheit und Aufregung machte sich in ihr breit, weil so viele neue Ideen für den kommenden Workshop in ihrem Kopf aufpoppten.

Seit Langem hatte sie wieder einmal das Gefühl, in ihrem

Leben etwas Sinnvolles getan zu haben. Marlene überlegte, wann das zuletzt der Fall gewesen war, und sie musste sich eingestehen, dass sie sich in ihrem alten Job nicht einmal in den besten Zeiten so zufrieden gefühlt hatte wie in diesem Moment. Natürlich hatte sie sich auch bei ihrem alten Job intensiv mit Texten aller Art auseinandersetzen können. Doch oft hatte sie das nur für sich allein oder mit Kollegen getan.

Auch mit Lotte diskutierte sie fast täglich über diesen und jenen Roman. Aber es war noch einmal etwas völlig anderes, jemandem etwas über das Schreiben beizubringen. Marlene musste sofort an das intensive Gespräch mit Amelie denken, dem Mädchen, das im Rollstuhl saß. Sie hatten nach der Schreibwerkstatt über Internetblogs gesprochen und wie viel Inneneinsicht die Beiträge einem oft gewähren. Es ging in Marlenes Schreibkurs nicht nur um Bücher oder das Schreiben von Texten, es war um so vieles persönlicher.

Marlenes Gedanken blieben bei Amelie hängen. Marlene war tief beeindruckt von Amelies Unbeschwertheit und der positiven Energie, die sie den ganzen Abend versprüht hatte. Aus ihr war die Kreativität geradezu herausgesprudelt. Sie hatte scheinbar überhaupt keine Mühe damit, alles, was sie sah, in Haikus zu verwandeln. Marlene fragte sich, was Amelie passiert war und was der Grund dafür war, dass sie im Rollstuhl saß, und darüber fielen ihr irgendwann die Augen zu.

***

In den nächsten Tagen war Marlene neben ihrer Arbeit im Buchcafé von Frau Eigner so damit beschäftigt, ihren zweiten Workshop vorzubereiten und auf die Wünsche der Gruppe anzupassen, dass die Zeit bis dahin wie im Flug verging. Entsprechend aufgeregt und voller Vorfreude war sie deshalb, als am Dienstagabend wieder alle eintrudelten. Amelie wurde, wie die Woche zuvor auch, von ihren Eltern bis vor die Tür des Buchcafés gebracht.

Nachdem die Gruppe die erste halbe Stunde mit verschiedenen Übungen verbracht hatte, die Marlene vorbereitet hatte, leitete Marlene Teil zwei des Abends ein: »Gut, ich würde sagen, wir sind jetzt alle warm und bereit, die Stifte zu schwingen beziehungsweise in die Tasten zu hauen. Jeder von euch hat mittlerweile ein Schreibprojekt, dem er in den nächsten vier Treffen nachgehen möchte. Da ihr aber an ganz unterschiedlichen Vorhaben arbeiten möchtet, schlage ich Folgendes vor: Amelie, Tobi, Ursula und Carla, ihr werdet eine Arbeitsgruppe bilden. Ihr seid das Team *Erzählende Texte.* Arnold, da du als Einziger einen Sachtext schreiben willst, bleibst du allein. Denn wenn wir ehrlich sind, dann ist das, was dir lediglich fehlt, ein ruhiges Plätzchen und Disziplin oder alternativ jemand, der dich zwingt dranzubleiben – einen Part, den ich gern übernehmen werde.« Während Arnold leicht schockiert aussah, weil er wohl wusste, dass es nun kein Entrinnen mehr gab, tatsächlich an seiner Hausarbeit zu arbeiten, begann der Rest der Gruppe zu lachen.

»Alle Übrigen«, fuhr Marlene fort, »ihr seid die Gedichte-Fraktion – ihr kommt ebenfalls zu einer Gruppe zusammen. Und jetzt zur Aufgabe …« Zehn neugierige Augenpaare blickten zu ihr. »Der Auftrag lautet: Tut es einfach!«

»Hä?«, platzte es aus Tobi heraus, wie aus einem vorlauten Grundschüler.

»Ich will damit sagen, schreibt einfach drauflos. Macht euch keine Gedanken … es geht heute Abend nicht um Perfektionismus. Es geht nur darum, dass jeder von euch am Ende der nächsten Stunde etwas auf dem Papier stehen hat. Das gilt natürlich insbesondere für Arnold.« Wieder kicherten alle, und dieses Mal schaffte es auch Arnold, selbst über sich und seine Aufschieberitis zu lachen. »Achtet nicht auf Fehler, schreibt einfach, bis das Blatt vor euch nicht mehr leer und bedrohlich ist, sondern euch Lust darauf macht, an dem, was darauf steht, weiterzuarbeiten.«

Nach anfänglicher Zurückhaltung fanden sich die Gruppen zusammen, und jeder begann zu schreiben. Arnold verzog sich in den Nebenraum, zwischen die Bücherregale. Marlene hielt sich bewusst zurück. Sie wollte nicht, wie ihre frühere Deutschlehrerin, hinter den Rücken der Personen herumschleichen und heimlich über deren Schulter lesen, was sie schrieben. Denn das lenkte nur ab und setzte unter Druck. Stattdessen beobachtete sie zufrieden aus der Distanz, wie alle konzentriert über ihre Laptops oder Papierblöcke gebeugt vor sich hin schrieben, gab, wenn nötig, den Teilnehmenden immer wieder vereinzelt Tipps und half ihnen weiter. Auch zu Arnold ging sie regelmäßig hinüber, um ihm zu signalisieren, dass sie es merkte, wenn er nichts tat.

Etwa fünfzehn Minuten vor dem Ende des Workshops fanden sich alle wieder zusammen. »Und? Wer möchte kurz berichten, wie es war?«

»Leute, ihr werdet es nicht glauben, aber ich hab nicht nur meine Gliederung fertig, sondern auch schon die ersten drei Seiten meiner Hausarbeit geschrieben«, jubelte Arnold und hielt zum Beweis seinen Laptop in die Höhe.

Marlene lobte ihn gebührend, und der Rest der Gruppe stimmte mit Glückwünschen zum Erfolg mit ein.

»Also aus mir purzelten die Worte zwar nicht ganz so heraus wie aus Arnold, aber ich habe eine fast fertige Beschreibung für meine Lavendel-Thymian-Seife verfasst. Natürlich muss die noch überarbeitet werden, es ist allerdings ein Anfang.«

»Ursula, das ist doch klasse. Und keine Sorge, das Feilen und Überarbeiten kommt noch. Wer hat noch einen Erfolg zu vermelden? Tobi? Hast du etwa dein Gelübde schon aufgeschrieben?« Marlene deutete überrascht auf das handbeschriebene DIN-A4-Blatt, das vor Tobi lag.

Er lachte und winkte ab. »Oh mein Gott, nein. Das hier ist kompletter Mist. Amelie kann es bezeugen, ihr hab ich es gezeigt.«

»Na ja … kompletter Mist ist es nicht. Aber ich glaube nicht, dass es deinen Verlobten vom Hocker hauen würde. Und wenn, dann vermutlich nicht vor Begeisterung …«, sagte Amelie vorlaut und lachte dann so vergnügt, dass weder Tobi noch sonst wer ihr die Bemerkung krummnahm.

»Das tut mir leid, dass du nicht erfolgreich warst«, begann Marlene, als wieder Ruhe eingekehrt war.

»Ach, wieso denn? Ganz ehrlich, dank dieses kläglichen Versuchs weiß ich jetzt zumindest, wie es nicht funktioniert.«

***

Als Marlene nach Ende des Kurses mit Ursula den, wie sie dachte, letzten Gast verabschiedet hatte, bemerkte sie, dass Amelie noch immer vor der Tür wartete.

»Alles in Ordnung, Amelie? Kommen dich deine Eltern nicht abholen?«

»Doch, eigentlich schon. Sie verspäten sich wohl ein bisschen.«

»Oh! Na … dann komm besser noch mal rein!« Marlene machte eine einladende Geste und trat einen Schritt zur Seite, sodass Amelie ungehindert in den Laden rollen konnte.

»Hat Spaß gemacht heute«, meinte Amelie.

»Da bin ich aber erleichtert. Ich mache so etwas nämlich zum ersten Mal, weißt du«, gestand Marlene ihrer jüngsten Teilnehmerin.

»Wirklich? Das hat man dir gar nicht angemerkt.«

Beim Blick auf Amelies ehrliches Lächeln wurde Marlene ganz warm ums Herz. »Du sahst vorhin aus, als wärst du total im Schreibfluss. Deshalb hab ich dich nicht gar so oft besucht wie die anderen aus der Gruppe. Ich bin schon sehr neugierig darauf, was du geschrieben hast. Und wenn ich an deine Haiku denke, dann freue ich mich, mehr von dir zu hören.«

»Soll ich dir mal was von mir zeigen?« Amelies Augen begannen zu funkeln.

»Klar, gern«, sagte Marlene, doch da war Amelie längst dabei, ihren Laptop wieder aus der Tasche zu ziehen.

Als Amelie gefunden hatte, was sie gesucht hatte, stellte sie ihren Laptop auf den Tisch. »Ich müsste vorher aber mal noch kurz wohin, sonst gibt's ein Unglück.«

»Ja, klar. Weißt du wo? Und, äh … brauchst du Hilfe?«, fragte Marlene etwas verlegen. Sie wusste nicht wirklich viel über Amelies Zustand, außer, dass sie im Rollstuhl saß. Amelie konnte ihre Beine nicht bewegen, weshalb Marlene automatisch angenommen hatte, dass Amelie so etwas wie zur Toilette gehen nicht allein schaffte.

»Nee, nee, das passt schon«, antwortete Amelie unbekümmert, und Marlene war fast ein wenig erleichtert. Sie hatte zwar ihre Hilfe angeboten, aber im Grunde hätte sie doch gar nicht gewusst, was zu tun gewesen wäre. Munter plapperte Amelie beim Davonrollen weiter: »Das ist eines der Dinge, die ich gleich zu Beginn der Reha so lange trainiert habe, bis es allein ging. Meine Blase gehorcht mir die meiste Zeit zum Glück. Ich lege nicht wirklich Wert darauf, beim Pinkeln Gesellschaft zu haben. Schwierig wird's nur, wenn ich mit dem Rolli nicht genug Platz hab, um reinzufahren. Aber euer Kundenklo ist zum Glück barrierefrei. Gemessen an der Größe des Ladens eigentlich etwas überraschend. Da hab ich schon ganz anderes erlebt.«

Als Amelie im Raum nebenan verschwunden war, begann Marlene die benutzten Tassen einzusammeln und in die Spüle zu stellen. Sie wollte Frau Eigner schließlich nicht damit verärgern, dass sie morgen früh Überbleibsel von ihrem Workshop finden musste.

Zufrieden summte Marlene vor sich hin, bis sie im Schein

der Straßenlaterne einen dunkel gekleideten Mann vor dem Laden bemerkte, der seine Kapuze tief ins Gesicht gezogen trug. Irgendwie strahlte seine Gestalt etwas Unheimliches aus …

»Bleib ruhig«, sagte sie zu sich selbst. Wenn es ein Einbrecher wäre, würde er sich ein lukrativeres Geschäft aussuchen. Für die Gang von Jugendlichen, die hier im Viertel tagsüber gern Passanten beleidigte und nachts ab und an Mülltonnen oder Bushalteschilder demolierten, war er eindeutig nicht jung genug. Marlene versuchte so zu tun, als würde sie nicht bemerken, wie er an den Stellen, wo keine Plakate hingen, durchs Fenster spähte. Dann aber fing er an, gegen die Ladentür zu klopfen. Marlene zeigte auf das Holzschild an der Tür, auf dem »Geschlossen« stand, doch der unheimliche Typ klopfte fester und sagte etwas mit lauter Stimme, das Marlene durch die Entfernung und die geschlossene Tür jedoch nicht verstehen konnte.

Schließlich nahm Marlene ihr Handy aus der Tasche (nur für den Fall tippte sie schon mal die 112 ein), griff nach dem dicksten Schmöker, den sie auf die Schnelle finden konnte (das Guinnessbuch der Rekorde sah danach aus, als würde es einen normalgewichtigen Mann im besten Alter außer Gefecht setzen können), und schloss die Tür einen Spalt auf.

»Na endlich …«, knurrte der Unbekannte und drückte für ihren Geschmack die Tür und mit ihr sie selbst viel zu leicht beiseite.

»Was machen Sie hier?«, fuhr Marlene ihn an und hielt das Buch drohend in die Höhe.

Der Unbekannte taxierte sie mit dunkelgrün funkelnden Augen. »Was zum … Begrüßen Sie jeden, der in diesen Laden will, so?!« Die tiefe Stimme des Eindringlings klang gehetzt. Erst jetzt bemerkte Marlene, dass der Mann besorgt aussah und sich suchend umblickte. »Wo ist meine Schwester …«

»Ihre Schwester?«, wiederholte Marlene atemlos. Im selben Moment kam Amelie von der Toilette zurück.

»Johannes!«, rief sie erfreut und rollte auf Marlene und den Fremden zu. Dann blickte sie auf das Guinnessbuch in Marlenes Hand. »Was hast du denn vor?«

»Das frag ich mich auch«, schnauzte der Unbekannte, der offenbar Amelies – deutlich älterer – Bruder war.

»Ähm …«, stammelte Marlene, bei der erst noch im Kopf ankommen musste, dass keine Gefahr im Verzug war.

»Ist das deine Schreiblehrerin? Sie scheint wohl zu denken, ich will sie überfallen«, sagte er abschätzig und schaute dabei mit einer hochgezogenen Augenbraue auf Marlene herab. »Ich bezweifle allerdings, dass sie einen echten Einbrecher mit diesem Buch in die Flucht geschlagen hätte.«

Amelie lachte vergnügt. »Wolltest du Johannes damit etwa eins überbraten? Verdammt, hätte ich mir nur mehr Zeit auf der Toilette gelassen.« Amelie grinste frech.

Langsam ließ Marlene ihre Hand, in der sie noch immer das Buch hielt, sinken. »Herrje. Ich konnte ja nicht wissen, dass das dein Bruder ist, Amelie!? Ich hab mit deinen Eltern gerechnet. Außerdem, so wie er vor der Tür herumgeschlichen ist und dann gegen die Scheibe gehämmert hat. Dazu diese Kapuze. Ein normaler Mensch verhält sich nicht so«, verteidigte sie sich, denn es war ihr peinlich, dass sie an das Offensichtlichste – dass jemand auftaucht, um Amelie abzuholen – nicht gedacht, sondern sofort das Schlimmste befürchtet hatte.

»Ich habe gegen die Scheibe gehämmert, weil Sie mich ignoriert haben … Ich hab Amelie nirgendwo im Laden gesehen, und da hab ich mir eben Sorgen gemacht, dass sie auf eigene Faust losgezogen sein könnte. Wäre ja nicht das erste Mal, stimmt's?« Johannes blickte seine jüngere Schwester tadelnd an. »Und die Kapuze trage ich, weil ich quasi geradewegs aus der Dusche komme.«

Wie zum Beweis schob sich Johannes die Kapuze seines grauen Pullovers vom Kopf und offenbarte so einen verstrubbelten, nassen Haarschopf in dunklem Blond und scharf geschnittene, aber attraktive Gesichtszüge.

»Gut, dann hätten wir das ja geklärt!«, verkündete Amelie gut gelaunt. »Und wie kommt's, dass du mich abholst und nicht Mama und Papa?«

»Sie kommen nicht vom Fleck – stecken im Verkehr fest. Da haben sie mich gebeten, dich so lange mit rüberzunehmen, bis sie hier sind. Doch das wüsstest du bereits, wenn dein Akku zur Abwechslung mal nicht leer wäre.«

Amelie verdrehte die Augen, schien aber eigentlich zufrieden zu sein mit der Situation. »Ja, cool. Dann sollen sie wegen mir ruhig noch ein bisschen stecken bleiben …«

Während Amelie mit geschickten Bewegungen den Laptop und die Schreibsachen wieder in der Tasche verstaute, die an ihrem Rollstuhl befestigt war, wandte sich Johannes an Marlene: »Danke, dass Amelie noch eine Weile bleiben durfte«, sagte er, ohne dabei besonders freundlich zu klingen.

»Ach, das war doch selbstverständlich …«

»Bist du so weit?«, wollte er dann von Amelie wissen. »Katrin wartet mit dem Essen auf uns.«

»Katrin ist da?« Amelie klang plötzlich überhaupt nicht mehr begeistert und reduzierte sichtlich das Tempo, mit dem sie ihre Jacke anzog. »Jetzt, wo ich so darüber nachdenke – kannst du mich vielleicht doch besser gleich nach Hause bringen? Ich wollt noch an meinem Text arbeiten.«

Amelies Reaktion schien ihren Bruder nicht zu überraschen. »Jetzt stell dich nicht an …«

»Ich stelle mich nicht an. Sie hat gesagt, sie mag keine Bücher, Johannes. Sie. Mag. Keine. Bücher!? Wenn das kein Grund ist, jemanden nicht leiden zu können, was denn dann? Abgesehen davon kann sie überhaupt nicht kochen. Bei ihr schmeckt alles, als hätte sie die Essensreste von einem der Flüge mitgebracht.«

Marlene musste ein Schmunzeln unterdrücken, denn Amelie klang im Augenblick wie eine trotzige Fünfjährige. Es passte so gar nicht zu dem Bild, das sie bisher von dem Mädchen hatte.

Während Marlene vermutlich gekränkt gewesen wäre, wenn jemand so über ihren Partner gesprochen hätte, überging Amelies Bruder deren Bemerkung einfach. »Na, dann ist das Ganze ja kein Problem. Sie hat nämlich nicht gekocht, sondern ich. Also los. Komm jetzt. Im Übrigen fahr ich dich sicher nicht nach Hause. Du weißt, dass Mama und Papa dich lieber persönlich bringen und abholen, als dich mir oder sonst wem ins Auto zu setzen.«

Kapitel 8

Zwei Tage später saß Marlene nach einem wenig vielversprechenden Bewerbungsgespräch in der Tram und scrollte durch die aktuellen Stellenangebote. Die stickige Luft, die in den Waggons herrschte, machte sie noch müder, als sie ohnehin schon war. Es lagen ein paar heiße Augusttage hinter ihnen, und in der kleinen Dachwohnung staute sich langsam die Hitze. In den letzten Nächten hatte sie nur schlecht einschlafen können. Und dann auch nur, indem sie sich einen kalten Waschlappen auf den Bauch und einen ins Gesicht gelegt hatte. Zum Glück war Marlene mit Canan und zwei weiteren Freundinnen heute Abend am Flaucher zum Picknick verabredet, sodass sie in die Isar hüpfen und sich abkühlen konnte. In Marlenes Augen war der Flaucher einer der schönsten Flecken Münchens. Vor allem im Sommer. Auf den Sandbänken an der Isar konnte man wunderbar entspannen und vergessen, dass man sich in einer Großstadt befand.

Ohne fündig geworden zu sein, steckte sie ihr Handy wieder in die Tasche. Zwar gab es einzelne Ausschreibungen, die einigermaßen passten, aber wirklich reizen konnte sie keine davon. Da würde sie lieber weiter bei Frau Eigner im Buchcafé arbeiten. So lange, bis endlich das Richtige kam. Dort hatte sie immerhin ihre geliebten Bücher um sich, ihre eigene Schreibwerkstatt, und außerdem war ihr mittlerweile auch Lotte Eigner sehr ans Herz gewachsen. Und Marlene hatte das Gefühl, dass die alte Dame ebenfalls froh darüber war, dass Marlene noch da war. Und mit dem Geld, das sie dort verdiente, sowie der Extrakohle aus der Schreibwerkstatt kam sie immerhin einigermaßen zurecht, wenn sie sich keine besonderen Extrawürste leistete. Und das tat sie eigentlich nie. Zumindest fast nie. Eine Ausnahme gab es. Denn die Arbeit im Buchcafé brachte es mit sich, dass Marlene quasi wöchentlich über neue, interessante Lektüre stolperte. Oft kamen die Empfehlungen auch von Lotte, mit der sie regelmäßig über die Neuzugänge diskutierte. Während also das Geld zu Lasten ihrer Bücherliebe weniger wurde, wuchs ihr Bücherstapel neben dem Bett weiter und weiter an.

Als Canan und Marlene gerade am Flaucher angekommen waren und von ihren Fahrrädern stiegen, entdeckte Marlene plötzlich Amelies Bruder. Johannes kam offenbar mit jemandem von der Badestelle am Isarufer, an der Marlene und ihre Freundinnen sich verabredet hatten. Obwohl er noch ein gutes Stück entfernt war und lachte, hatte sie ihn sofort wiedererkannt. Die athletische Statur, das markante Gesicht und die – trotz des Lachens – etwas zu ernsten Augen, von denen sie wusste, dass sie moosgrün waren, waren ihr in Erinnerung geblieben.

Aus einem Reflex heraus ließ sich Marlene das lange Haar ins Gesicht fallen, und sie bückte sich, um sich die Schuhe noch mal zu binden. Doch ihre Ausweichtaktik war unvorteilhaft gewählt, denn als sie nach Schnürsenkeln greifen wollte, fiel ihr ein, dass sie vorhin die Turnschuhe aus- und ihre Birkenstock-Latschen angezogen hatte. Widerwillig erhob sich Marlene für eine Sekunde, tat, als wäre nichts gewesen, und bückte sich dann erneut, diesmal über ihr Fahrrad, um es im Schneckentempo abzuschließen.

»Sag mal, was veranstaltest du hier eigentlich für einen Zirkus?« Canan beugte sich so weit nach unten, dass ihr Gesicht in Marlenes Blickfeld auftauchte.

»Sind die zwei Typen schon weg?«, flüsterte Marlene.

Canan richtete sich auf, grüßte jemanden und wandte sich

dann wieder an Marlene. »Jap. Soeben an uns vorbeigegangen.«

»Gut.« Marlene holte ihre Tasche aus dem Fahrradkorb. »Gehen wir.«

»Und erklärst du mir jetzt auch noch, wer das war und warum du dich vor den beiden versteckt hast?«

»Nicht vor beiden. Nur vor dem Linken. Johannes ist der Bruder von einer Teilnehmerin aus meinem Schreibkurs. Amelie. Sie sitzt im Rollstuhl, und er kam sie nach dem letzten Kurs abholen, und wir hatten einen nicht so guten Start miteinander.«

»Aha. Und das heißt?«

»Das heißt, ich hielt ihn für einen Randalierer und Einbrecher und wollte ihm mit dem Guinnessbuch der Rekorde eins überbraten.«

Canan hielt an und begann zu lachen. »Das ist nicht dein Ernst!?«

»Doch. Leider. Und deswegen bin ich auch nicht besonders scharf darauf, ihm nochmals über den Weg zu laufen.«

Marlene war froh, als sie und Canan endlich ganz vorn am Ufer angekommen waren, wo Louisa und Annika bereits dabei waren, das Picknick ausbreiten. Louisa war eine ehemalige Kollegin von Marlene, die ihre Promotion allerdings nach eineinhalb Jahren abgebrochen hatte, um ein Volontariat bei einem kleinen Münchner Verlag zu beginnen. Und Annika hatten Marlene und Canan vor drei Jahren über ein Flohmarktportal im Internet kennengelernt. Sie hatte eine fast unbenutzte Kitchenhero-Küchenmaschine zum Verkauf angeboten, und irgendwie hatte das Abholen des Geräts damit geendet, dass die drei gemeinsam eine Flasche Wein tranken. Seitdem waren sie Freundinnen.

»Hat jemand einen Flaschenöffner dabei?«, fragte Louisa, während sie aus der Kühltasche vier Bierflaschen herausholte.

»Am Schlüsselbund in meiner Tasche hängt einer. Den

kannst du nehmen«, rief Marlene ihr zu, denn sie war gerade erst aus dem Wasser gestiegen. Die abendliche Brise kühlte ihren noch nassen Körper weiter herunter. Genussvoll atmete Marlene mehrmals ein und wieder aus. Aus der Ferne wehte der Geruch von Grillfeuer und Bratwurst zu ihnen herüber. Der Duft des Sommers …

»Großer Gott, Marlene, was hast du bitte da drin? Die wiegt sicher fünf Kilo.« Louisa hievte Marlenes Tasche auf ihren Schoß.

Marlene zuckte die Schultern. »Nur ein paar Bücher.«

»Denkst du ernsthaft, du wirst heute Abend zum Lesen kommen?«

»Marlene nutzt Bücher neuerdings zur Selbstverteidigung, wisst ihr.« Canan lachte.

»Hä?«, machte Annika und schob sich einen Cracker, beladen mit Louisas selbstgemachtem Obazda, in den Mund.

»Unser Bücherwurm hier hätte gestern beinah einen sexy Cafégast mit einem Brockhaus erschlagen«, erklärte Canan amüsiert.

»Bitte was?!«

Marlene verdrehte die Augen. »Erstens hätte ich ihn nicht fast erschlagen, ich hatte das Buch nur zur Sicherheit in der Hand, weil ich dachte, er sei ein Einbrecher. Und zweitens war es kein Brockhaus, sondern das Guinnessbuch der Rekorde«, erklärte Marlene, als ob die Tatsache in diesem Fall eine Rolle spielen würde.

»Seht ihr! Das Wesentliche hat sie nicht bestritten«, triumphierte Canan. »Der vermeintliche Einbrecher war sexy. Du solltest ihn als Entschuldigung zum Essen einladen.«

»Können wir bitte das Thema wechseln? Er war ziemlich unfreundlich, und unfreundliche Menschen sind für mich grundsätzlich unsexy.« Genau genommen war das ein wenig geschwindelt, denn Marlene musste zugeben, dass Johannes eigentlich schon sehr attraktiv war. »… abgesehen davon hat er meines Wissens eine Freundin, und das macht aus meiner Sicht selbst den heißesten Typen uninteressant.«

Kapitel 9

Marlene stand vor dem Buchcafé und versuchte es aufzuschließen, doch der Schlüssel klemmte wieder einmal im Schloss.

»Na los … jetzt komm schon, du blödes Teil!«, schimpfte Marlene leise vor sich hin und schaute sich gleich darauf verlegen um, ob sie jemand gehört hatte. Es war niemand in ihrer Nähe, doch in der Ferne sah sie Johannes. Marlenes Magen zog sich nervös zusammen. Sein Weg würde ihn direkt am Buchcafé vorbeiführen, sofern er nicht vorhatte, in die heruntergekommene Bierkneipe zu gehen, was am frühen Morgen wohl auszuschließen war.

Da sie um diese Zeit so gut wie die einzigen Passanten in der Kapuzinerstraße waren, konnte Marlene diesmal nicht einmal verhindern, dass Johannes sie bemerkte. Zumal sie wie eine Irre am Türschloss gerüttelt hatte, ehe sie ihn gesehen hatte. Marlene schnaubte. Warum bitte wollte es der Zufall, dass sie sich schon wieder über den Weg liefen. Ein unschönes Zusammentreffen mit ihm hatte ihr bereits gereicht. Hoffentlich wurde das nicht zur Gewohnheit …

»Guten Morgen. Kann ich dir irgendwie helfen?«, fragte er, und seine Stimme klang weit weniger mürrisch als beim letzten Mal.

»Es geht schon, danke. Ich muss nur noch ein bisschen weiterprobieren.« Marlene hatte keine Lust, sich von ihm helfen zu lassen, obwohl ihr klar war, dass er vermutlich mit mehr Kraft rütteln würde, was bei dieser Tür durchaus erfolgversprechend war.

Marlene sah aus dem Augenwinkel, dass er überlegte weiterzugehen, doch dann zögerte er. »Meine Schwester hat mich darauf hingewiesen, dass ich bei unserem Treffen letztens etwas … unhöflich war.«

»Äh … ja …« Außer Gestammel konnte Marlene nichts von sich geben. Sie war nicht auf diese Begegnung vorbereitet. Und ob sie wollte oder nicht, Johannes' moosgrüne Augen brachten sie aus dem Konzept. Und die Tatsache, dass er auf diese besondere, ernste Art sehr attraktiv war, machte das Ganze nicht einfacher.

»Jedenfalls – wenn ich unfreundlich zu dir war, dann tut's mir leid. Es war keine Absicht von mir. Ich war einfach nur …« Johannes hielt einen Moment inne.

»… besorgt?«, half Marlene ihm auf die Sprünge. Notgedrungen erlaubte sie dem streikenden Schloss eine Verschnaufpause und ließ vom Schlüssel ab. »Wie jeder große Bruder willst du deine Schwester natürlich beschützen. Ich denke, unter diesen Umständen kann ich dir kaum vorwerfen, dass du so … ähm … ruppig reagiert hast. Auch wenn unsere Begegnung definitiv nicht zu den Highlights meiner Woche gezählt hat.«

Plötzlich schlich sich Wärme in Johannes' Blick. Doch anstatt etwas zu erwidern, griff er wortlos nach dem Schlüssel, der noch immer im Schloss steckte, rüttelte einmal fest, während er gleichzeitig den Schlüssel drehte, und öffnete scheinbar mühelos die Tür. Dann verabschiedete er sich mit einem »Bis zum nächsten Mal«.

Verwirrt und mit ein bisschen mehr Herzklopfen, als es notwendig war, blickte Marlene ihm hinterher, wie er die Straße hinunter verschwand.

Kapitel 10

Es war Samstag, und Amelie saß bereits seit dem Morgen im Buchcafé und hing bei Eistee und Muffins über ihrem Laptop. Am Bildschirm hatte sie einen kleinen Ventilator befestigt, der ihren Bob ein wenig zerzauste. Als es langsam in Richtung Feierabend ging und kaum noch etwas los war, setzte sich Marlene mit einer Tasse Kaffee zu ihr an den Tisch.

»Na? An was arbeitest du?«, fragte Marlene.

Amelie sah von ihrem Laptop auf. »Wir haben uns doch mal über das Blogschreiben unterhalten. Weißt du noch?«

Marlene nickte.

»Schau mal«, sie drehte den Bildschirm so, dass Marlene draufschauen konnte. »… den hier habe ich ganz neu entdeckt.« Marlene blickte auf Amelies Bildschirm. Sie hatte den Blog eines jungen Journalismus-Studenten geöffnet, der seit dem zwölften Lebensjahr querschnittsgelähmt war und aus seinem Alltag berichtete. »Das ist echt krass … Bei so vielen Beiträgen von ihm denke ich mir ›Ich weiß genau, was du meinst‹. Und er schreibt sooo gut …«

Marlene überflog Text und Überschriften. »Wow, er teilt da ja auch richtig private Dinge. Oder?«

Amelie nickte. »Jep. Ich weiß vermutlich genauso gut über seinen Unfall und die Folgen Bescheid wie über meinen eigenen.«

Marlene blickte vom Bildschirm auf zu Amelie. »Dann ist das bei dir also keine angeborene Sache?«, fragte sie zögerlich.

Auf keinen Fall wollte sie Amelie zu nahe treten. Aber so, wie sie das junge Mädchen die letzten Wochen kennengelernt hatte, vermutete sie, dass Amelie es ihr gleich unverblümt ins Gesicht sagen würde, wenn sie nicht darüber reden wollte.

»Eine Rückenmarksverletzung ist schuld daran, dass ich meine Beine nicht mehr richtig spüren und bewegen kann. Deshalb dieses Teil.« Amelie klopfte an die Räder ihres Rollstuhls.

»Wenn du sagst, du kannst deine Beine nicht mehr *richtig* spüren und bewegen. Heißt das dann, dass deine Beine noch ein bisschen funktionieren?« Marlene verzog bei dem Wort »funktionieren« leicht das Gesicht. Es klang eigenartig, aber obwohl Marlene sorgfältig darüber nachdachte, was sie sagte, fiel ihr kein passenderes Wort ein.

Amelie wiegte den Kopf hin und her. »Nein … nicht wirklich. In meinem linken Bein spüre ich ein bisschen etwas. Aber mehr auch nicht …«

»Oh. Okay.«

»Damals, direkt nachdem es passiert ist, konnte ich mich fast gar nicht bewegen. Acht Wochen lag ich im Krankenhaus … Das war die Hölle. ›So eine Verletzung ist ein Schock für den ganzen Körper, gib ihm Zeit, sich zu erholen‹, hat meine Ärztin immer zu mir gesagt. Ich wollte natürlich nichts davon wissen. Aber mittlerweile sind es nur noch die Beine, die mir nicht gehorchen.«

»Wow … Das war sicher eine schlimme Zeit für dich. Was ist denn passiert? Darf ich das fragen?«, schob Marlene rasch hinterher.

»Ist schon okay. Ich habe kein Problem, darüber zu reden. Etwas, das ich in der Therapie und der Selbsthilfegruppe gelernt habe, zu der ich seit dem Unfall regelmäßig gehe. Es war ein Autounfall …« Amelie machte eine kleine Pause, als müsste sie nachdenken, was sie als Nächstes sagte. »Das war vor etwa drei Jahren.«

»Erst? Dann ist das alles also noch recht neu für dich?! Das habe ich ehrlich gesagt nicht erwartet … Du gehst so toll mit allem um.«

»Auch etwas, das ich in meinen vielen Therapiesitzungen gelernt habe. Ich habe irgendwann gemerkt, dass es mich nicht weiterbringt, jeden Tag zu heulen und meine Familie anzuzicken. Die Situation wird nicht besser, wenn ich grantig durchs Leben rolle … Schlimm finde ich nur, dass meine Eltern überhaupt nicht mit der Situation zurechtkommen. Seit dem Unfall behandeln sie mich wie ein rohes Ei.« Amelie seufzte und klang dabei ein wenig frustriert. »Ich hab damals die Therapie begonnen, um den Unfall und das alles zu verarbeiten. Sie nicht. Und sie reden einfach nie mit mir über das Ganze … Noch schlimmer, sie vermeiden es komplett, über meine Behinderung zu sprechen. Ich weiß, sie meinen es gut, wollen mich nur schützen. Aber sie irren sich. Sie flüstern zu hören, dass sie die Einladung zu dieser und jener Feier ausschlagen, weil das Haus der befreundeten Familie nicht für meinen Rollstuhl geeignet ist … so etwas macht es nur schlimmer.«

Marlene nickte, um zu signalisieren, dass sie genau zuhörte, was Amelie berichtete.

»Weißt du … Früher war das überhaupt nicht so. Sie waren spontan, wir haben viel unternommen und gelacht, sie haben auch mal Späße mitgemacht. Aber vor allem haben wir immer offen miteinander reden können. Jetzt sind sie andauernd vorsichtig – bei dem, was sie tun oder mir gegenüber sagen. Sie kutschieren mich absolut überallhin. Ich meine, ich will mich nicht beschweren, aber das ist einfach nicht nötig. Ich könnte einiges auch mit dem Bus erledigen.«

»Dein Bruder hat beim letzten Mal erwähnt, dass deine Eltern es lieber haben, wenn sie dich selbst fahren.«

»Sie könnten mich zumindest meinen Führerschein machen lassen. Ich werde immerhin bald achtzehn. Eine aus meiner Selbsthilfegruppe sitzt auch im Rollstuhl, und die hat seit einem Jahr ihren Führerschein. Sie hat gemeint, es ist gar nicht so kompliziert. Man braucht halt ein paar Ausnahmegenehmigungen, eine Fahrprobe mit TÜV und MPU und so weiter.«

»Das klingt doch gar nicht so schlecht.«

»Gut, ich bräuchte natürlich ein umgebautes Auto, aber ich könnte mir ja einen Job suchen, und ein bisschen Geld hab ich schon gespart.«

Marlene konnte nur staunen über die positive Einstellung des Mädchens. »Ich finde es absolut bewundernswert, wie du mit alldem umgehst. Ganz ehrlich …«

Marlene legte ihre Hand kurz auf Amelies Arm, und einen winzigen Moment glänzte in Amelies Augen Traurigkeit. Doch einen Wimpernschlag später war es wieder verschwunden.

»Ach … ich bin früher sowieso keine Sportskanone gewesen. Meine Beine brauche ich ja gar nicht unbedingt. Richtig schlimm wäre es eher, wenn ich meine Hände nicht mehr ordentlich benutzen und nicht mehr schreiben könnte.« Amelie zuckte mit einem schwachen Grinsen die Schultern, und Marlene verstand den Wunsch, dieses Thema nun zu beenden. »Und kann ich dich dann jetzt auch was fragen?«

»Wäre wohl ziemlich unfair, wenn ich Nein sage, oder?«

Amelie lachte und nickte. »Wieso arbeitest du hier eigentlich? Versteh mich nicht falsch, ich liebe dieses seltsame Buchcafé, aber irgendwie finde ich es komisch, dass jemand, der einen Doktortitel in sowas wie Literaturwissenschaft hat, hier in diesem staubigen Miniladen jobbt.«

Wenn Amelie eben nicht gerade ihre Unfallgeschichte mit Marlene geteilt hätte, dann hätte sie nicht so ein Problem damit, ihr jetzt eine ausweichende Antwort zu geben, aber so … Marlene seufzte und begann, die ganze Sache mit ihrer Kündigung und das Kuddelmuddel um ihren Exchef Roland zu erklären.

»Ich finde, du hattest recht, dass du gekündigt hast. Der alte Sack hat dir erst schöne Augen gemacht und dich dann verarscht. Sowas darf man nicht mit sich machen lassen«, schimpfte Amelie, als Marlene ihre Erzählung beendet hatte.

»Er ist nicht wirklich ein alter Sack, er ist erst dreiundvierzig«, wandte Marlene ein, als ob es noch eine Rolle spielen würde.

»Ist ja auch egal. Ich bin jedenfalls froh, dass du dadurch hier gelandet bist. Sonst hätten wir uns gar nicht kennengelernt.«

»Das stimmt wohl.« Amelies Lächeln steckte Marlene an. »Ich glaub, ich muss jetzt langsam mal zurück an die Arbeit.«

»Das glaub ich auch. Frau Eigner guckt schon.«

»Oje.« Marlene tat erschrocken und ließ Amelie dann wieder allein.

»Ach, übrigens«, rief Amelie Marlene hinterher, als die in Richtung Theke und eintretendem Kunden unterwegs war, »mein Bruder kommt nachher kurz vorbei, um Hallo zu sagen. Nur zur Vorwarnung – falls du dich wieder bewaffnen willst.«

Tatsächlich tauchte wenig später Johannes im Buchcafé auf, um seine Schwester zu treffen. Erst durch Amelies reservierten Gesichtsausdruck bemerkte Marlene, dass er nicht allein gekommen war. Neben ihm ging eine langbeinige, modisch gekleidete Blondine mit einem übernatürlich schönen Lächeln.

»Der Zitronenschnitz«, schoss es Marlene durch den Kopf. Das also war Johannes' Freundin … Katrin war die Frau, die Marlene damals so unfreundlich behandelt und angepflaumt hatte, dass der Tisch wackelte und schmutzig war … Marlene senkte den Blick und ließ sich ihre Haare gerade so weit ins Gesicht fallen, dass sie noch genug sah, um ihrer Arbeit am

Geschirrspüler nachgehen zu können. Sie legte keinen Wert darauf, die unfreundliche Schöne noch einmal zu treffen, und vielleicht wollten sie ja gar nichts bestellen, sondern würden gleich wieder gehen.

»Hi, wie geht's?« Hinter Marlene ertönte die Stimme von Johannes und riss sie so aus ihren Gedanken.

Ein wenig zu abrupt drehte sie sich zu ihm um und stieß dabei mit einem lauten Scheppern die schmutzigen Kaffeetassen, die sie kurz zuvor abgeräumt hatte in das Waschbecken. »Hi … ähm … gut. Entschuldige, ich komme gleich zu euch an den Tisch.«

»Schon okay. Du brauchst nicht extra zu kommen. Ich kann gleich hier bestellen.« Er blickte Marlene freundlich aus seinen moosgrünen Augen an.

»Deine Eltern sind sowieso gerade gekommen. Die werden ja sicher auch etwas bestellen wollen.«

Johannes drehte sich zum Tisch um, wo Katrin die eben erschienen Eltern mit Küsschen auf die Wange begrüßte. »Ach so, ja … Katrin und ich bleiben nicht lang. Wir nehmen nur zwei Kaffee to go«, sagte er und klang dabei plötzlich kühler als zuvor.

»Okay. Ich bringe euch den Kaffee gleich rüber.«

»Schon gut, ich warte hier.« Abwesend zog er sein Handy heraus und begann, irgendetwas darauf zu lesen.

»Klar, wie du magst.« Marlene war bemüht, die zwei schwarzen Kaffee zum Mitnehmen so schnell sie konnte zuzubereiten, denn es machte sie nervös, dass Johannes die ganze Zeit über an der Theke stand, selbst wenn er sie überhaupt nicht beachtete. Insbesondere als Katrin auch noch nach vorn an die Theke kam, hätte Marlene am liebsten die alte Kaffeemaschine angefeuert, sie solle schneller machen.

»Ich verstehe nicht, was deine Schwester an diesem Geschäft hier findet«, meinte Katrin abschätzig. »Ist ihr nicht klar, dass sie bei Starbucks besseren Kaffee und im Internet eine größere Bücherauswahl bekommen würde? Außerdem wäre es doch viel geschickter, wenn sie alles nach Hause geliefert kriegen würde. Deine Eltern müssten sie nicht extra zum Buchladen fahren. Gibt's hier überhaupt ein Behindertenklo?«

Marlene sog ungewollt die Luft ein. Offenbar schien es Katrin gar nicht zu stören, dass Marlene neben ihnen stand und mithören konnte, wie sie über Lottes Buchcafé herzog.

»Amelie will's aber nicht geliefert kriegen. Sie will unterwegs und unter Leuten sein. Sie will ein Buch in die Hand nehmen und durchblättern, bevor sie es kauft ...«, erklärte Johannes, und obwohl Marlene genau aufhorchte, konnte sie nicht heraushören, wie er über das fragwürdige Statement seiner Freundin dachte.

»Whatever«, meinte Katrin schließlich und wandte sich dann an Marlene, »ist der Kaffee bald fertig?«

»Ich hab's gleich«, nuschelte Marlene und fügte dann noch verlegen ein »Achtung, heiß!« hinzu, als sie ihnen die zwei Becher übergab. Die beiden verschwanden daraufhin an Amelies Tisch, wo nun auch Johannes kurz seine Eltern begrüßte, bevor er mit Katrin zügig das Buchcafé verließ.

Selbst nachdem Marlene Feierabend gemacht hatte, kreisten ihre Gedanken noch um Amelie und ihr Schicksal – und um Johannes. Sein Verhalten war irgendwie eigenartig gewesen, so wechselhaft. Aber was Marlene am meisten beschäftigte, war, wie Johannes mit einer so unsympathischen Frau wie Katrin zusammen sein konnte. Zugegeben, Marlene kannte weder Johannes noch Katrin sehr gut. Vielleicht hatte sie bei ihrem ersten Café-Besuch einfach einen schlechten Tag gehabt, doch insgeheim glaubte Marlene nicht daran. Dafür hatte die Begegnung heute gesorgt.

Kapitel 11

Als Marlene am nächsten Morgen die Neuerscheinungen erfolgreich in den viel zu überfüllten Regalen und Kommoden im Buchcafé verstaut hatte, präsentierte sie ihrer Chefin ihre neuen Ideen für das Buchcafé. Einen Teil ihrer Vorschläge, die sie gestern Abend zusammengetragen hatte, hielt sie jedoch noch zurück. Sie wollte die alte Frau schließlich nicht komplett überfahren. Ihre Chefin war immerhin nicht gerade begeistert von Veränderungen oder Neuerungen.

Am gestrigen Abend hatte Marlene noch lange mit Canan über Amelie gesprochen, und sie hatten sich außerdem den Blog des querschnittsgelähmten Studenten angesehen, den Amelie ihr empfohlen hatte. Marlene hatte daraufhin beschlossen, sich ein Vorbild an Amelie zu nehmen. Denn das Mädchen hatte recht. Es brachte einen nie weiter, zu nörgeln, an der Situation änderte sich dadurch nichts. Es war viel besser, zu versuchen, das Beste aus dem zu machen, was man hatte. Und das bedeutete in Marlenes Fall, neben ihrer Schreibwerkstatt alle Energie in das kleine Buchcafé zu stecken.

»Social Media?«, fragte Liselotte Eigner in scharfem Ton, als Marlene mit ihrer Liste fertig war.

Marlene zuckte die Schultern. »Fast jeder Laden hat heutzutage einen Social-Media-Account. So können Sie viel mehr potenzielle Kunden erreichen.«

»Auf keinen Fall!«

»Aber wieso denn? Es ist ja nicht so, als wären Computer

und Smartphones Neuland für Sie. Das ist Werbung für umsonst. Und ich übernehme das Posten der Beiträge auch für Sie. Sie müssen nur zustimmen.« Marlene hoffte, dass ihre Euphorie auf ihre resolute Chefin überschwappte.

»Das passt doch gar nicht zu meinem Laden.«

»Und ob! Wenn die ganzen Kaffee- und Buchliebhaber in München von diesem Schätzchen wüssten, würden die Ihnen die Bude einrennen.« Diese Behauptung entsprach vielleicht nicht vollständig der Realität, aber Marlene glaubte wirklich daran, dass sie über Social Media ihren Kundenkreis vergrößern könnten. Die Menschen schätzten kleine, alteingesessene Läden mit Charakter. Sie würden nur endlich ein bisschen den alten Staub abschütteln müssen.

»Du kannst einem gewaltig auf die Nerven fallen, weißt du das?«, maulte Frau Eigner, lenkte dann jedoch ein: »Du zeigst mir dieses ›fakebook‹ und so weiter erstmal, und dann werde ich mich entscheiden!«

Marlene nickte und verkniff sich ein breites Grinsen, denn Frau Eigners falsche Aussprache der Social-Media-Plattform war eigentlich viel passender. »Und was ist mit dem Kartenständer für draußen? Alle lieben Gruß- und Postkarten mit schönen Sprüchen und Motiven drauf.«

»Herr, erbarme dich!« Frau Eigner warf die sehnigen, alten Arme in die Luft. »Tu, was du nicht lassen kannst.«

»Frau Eigner, Sie werden es nicht bereuen!«, jubelte Marlene. Der Ständer mit den Karten würde draußen einfach super aussehen und die Leute ganz bestimmt dazu bringen, stehen zu bleiben.

»Lotte, nicht Frau Eigner!«, befahl die alte Dame im Davongehen, woraufhin Marlene warm ums Herz wurde. Nicht nur, dass Frau Eigner – Lotte! – ihren Neuerungsideen zugestimmt hatte. Sie hatte ihr auch das Du angeboten, was bei der schroffen Buchcafébesitzerin gewissermaßen einem Ritterschlag gleichkam. Und das, obwohl die alte Dame Marlene anfangs mehr als skeptisch gegenübergestanden hatte.

Marlene fischte ihr Handy aus der Tasche. »Heute Abend *Old Irish*, ich schmeiße eine Runde Bier.« Kaum hatte sie ihre Nachricht in den Gruppenchat geschrieben, da ploppten schon diverse Smileys auf, die unmissverständlich deutlich machten, dass alle Freunde dabei waren.

***

Die warmen Sonnenstrahlen auf Marlenes Haut, als sie das Buchcafé nach Feierabend verließ, erinnerten sie daran, dass sie seit Tagen kaum an der frischen Luft war. Sie hatte ihre Zeit fast nur im Buchcafé oder an ihrem Schreibtisch verbracht, um ihre Schreibwerkstatt vorzubereiten. Und das, obwohl September war und noch hochsommerliche Temperaturen herrschten. Also schwang sich Marlene auf ihr Fahrrad, um sich – mit einem kleinen Umweg – auf den Weg zum *Old Irish* zu machen, anstatt direkt die kurze Strecke zu gehen. Dabei radelte sie ihre Lieblingsstrecke entlang, die Marlene als Erstes vorbei am Friedensengel führte, der unweit ihrer Wohnung am östlichen Isarufer lag. Seine goldene Hülle blendete regelrecht im Abendlicht.

Kaum hatte sie den Engel hinter sich gelassen, erwartete sie bereits der nächste schöne Anblick, als sie am Maximilianeum vorbeikam. Ein weiteres Highlight ihrer kleinen Tour lag auf der anderen Seite des Isarufers und war die Eisbachwelle. Marlene stieg einen Moment von ihrem Fahrrad und beobachtete diejenigen, die auf der künstlichen stehenden Welle im Eisbach surften. Als sie genug hatte, kletterte sie wieder auf ihr Rad und durchquerte im Schneckentempo den Englischen Garten bis zur St.-Emmeram-Brücke, wo sie zurück zum anderen Ufer wechselte und an der Isar entlangfuhr, bis sie das *Old Irish* erreichte. Dort hatten ihre Freunde bereits einen Tisch vereinnahmt und warteten auf sie.

»Auf dich, Marlene«, Annika hielt ihr Glas in die Höhe. »Danke für das Freibier.«

»Nee, auf euch – ich weiß, ich war in letzter Zeit nicht grade 'ne Stimmungskanone.« Marlene stieß ihr Glas gegen die ihrer Freunde.

»Na ja, seit du deine Schreibwerkstatt hast, ist es jedenfalls deutlich besser geworden«, sagte Dennis.

»Das stimmt. Es war die absolut richtige Entscheidung, im Buchcafé anzufangen. Zumindest übergangsweise.«

»Also, wenn ich du gewesen wäre, dann hätte ich einfach die Beine hochgelegt und ein paar Monate gar nichts getan«, erklärte Annika mit verträumtem Blick.

»Glaub mir, das macht einen ziemlich schnell unzufrieden«, meinte Marlene und nahm einen großen Schluck Bier.

»Und außerdem, wie willst du es dir leisten, in München zu wohnen, ohne einen Job?«, wollte Theo, Louisas Mann, wissen.

»Ja, dann musst du raus in die Pampa ziehen.« Canan verzog das Gesicht, als gäbe es keine schlimmere Vorstellung, als in einem der vielen Münchner Dörfer zu leben.

»Was denn, würdest du etwa nicht gern nach Unterschopps oder Oberschopps ziehen?«, fragte Dennis amüsiert. Er war genau wie Canan ein echtes Münchner Stadtkind.

»Oder Ödenpullach?«

Marlene, die als Einzige in der Runde keine waschechte Münchnerin war, sah Louisa, die den letzten Dorfnamen eingebracht hatte, ungläubig an. »Das hast du doch eben erfunden, oder?«

»Nee, das Dorf gibt's echt. Ich hab mich mal verfahren und bin dann dort gelandet.«

»Hat zweiundsechzig Einwohner.« Dennis hielt sein Handy in die Höhe, sodass die Runde auf den Wikipedia-Eintrag schauen konnte, den er aufgerufen hatte.

Während sich die Gruppe als Nächstes der Frage widmete, ob es zur Pflicht eines Münchner Einwohners gehörte, mindestens einmal im Leben im Fußballstadion gewesen zu sein, nutzte Marlene die Gelegenheit, um auf die Toilette zu gehen.

Bereits aus der Ferne erkannte sie jedoch, dass ihr Weg sie unweigerlich an einem bekannten Gesicht vorbeiführen würde. Direkt an dem unbeliebtesten aller Plätze, neben dem Klo, lehnte Johannes an einem Stehtisch und unterhielt sich mit demselben Typen, mit dem er auch am Isarufer gewesen war. Natürlich war er ebenfalls hier. Es war Samstagabend, es spielte eine Band, und das *Old Irish* war die einzig annehmbare Kneipe im weiteren Umkreis der Kapuzinerstraße.

Marlene fragte sich augenblicklich, ob sie sich unbewusst früher auch schon so oft über den Weg gelaufen waren. Und während sie noch überlegte, ob sie heimlich vorbeihuschen sollte oder ihn einfach höflich grüßen, hatte er sie bemerkt und lächelte ihr entgegen.

»Hattest du etwa wieder vor, dich wegzuducken?«, fragte er mit einem schelmischen Grinsen, als sie vor ihm stand. Marlene spürte, wie ihr mit einem Mal die Röte ins Gesicht schoss. Dann hatte er sie neulich am Isarufer also doch bemerkt, und ihre Versteckaktion war umsonst gewesen.

»Ich dachte nur … ich wollte euer Gespräch nicht stören.«

»Tust du nicht. Alex wollte ohnehin gerade an die Bar, um uns neues Bier zu besorgen.«

Johannes' Kumpel Alex begrüßte Marlene flüchtig, ehe er losging und die beiden allein ließ.

»Ist Amelie auch hier?«, fragte Marlene ein wenig verlegen.

Johannes schüttelte den Kopf. »Ich bin nur mit Alex unterwegs. Meine Freundin war bis eben auch noch hier, aber sie ist dann lieber doch spontan mit ihren Mädels in den Club gegangen.«

»Oh, ach so …«

»Sie steht nicht so auf Irish Folk Music.«

»Dabei sind die Jungs echt gut!« Einen Moment hörten beide nur der Musik zu, die zum Glück nur so laut spielte, dass es noch möglich war, sich nebenher zu unterhalten, ohne sich dabei anzuschreien.

»Und du? Mit wem bist du hier?«, fragte Johannes schließlich, und so, wie er an Marlene vorbeisah, auf der Suche nach ihrer Begleitung, fragte sie sich eine Millisekunde lang, ob er wohl davon ausging, dass sie mit ihrem Freund hier war. Doch das war Quatsch. Wieso sollte sich Johannes auch darüber Gedanken machen, ob Marlene in einer Beziehung war oder nicht.

»Ich bin mit ein paar meiner Freunde hier. Ich war ihnen eine Runde Bier schuldig.«

»Verlorene Wette?«

Marlene schüttelte den Kopf. »Nee, Wiedergutmachung für meine schlechte Laune in den letzten Wochen.«

»Hast du deine Freunde etwa auch mit einem Buch bedroht?«, neckte Johannes, und da sah Marlene ihn zum ersten Mal richtig lachen. Es war kein knappes, oberflächliches Lächeln, das er bei ihren letzten Begegnungen selten genug eingestreut hatte. Nein. Dieses Mal war es ein echtes Lachen, das nicht nur seine Lippen formten, sondern das aus seinem Inneren kam und sein ganzes Gesicht anders wirken ließ. Und das nicht nur, weil auf seinen Wangen Grübchen entstanden.

Marlene stimmte in Johannes' Lachen ein und presste die Hand gegen ihre Stirn. »Ich weiß wirklich nicht, was an diesem Abend mit mir los war.«

Johannes legte seinen Kopf schief und sah sie aus heute Abend dunkelgrünen Augen an. Unter seinem aufmerksamen Blick wurden Marlenes Knie plötzlich ganz weich. »Ich sag dir was, ich vergesse, dass du mich mit einem Buch verkloppen wolltest, wenn du vergisst, wie unfreundlich ich zu dir war. Okay?«

Marlene nickte, und dabei konnte sie nicht vermeiden, breit zu lächeln. »Einverstanden.«

Als Johannes' Kumpel Alex irgendwann wieder zurückkam, verschwand Marlene schließlich dorthin, wo sie schon vor zwanzig Minuten hinwollte. Während sie sich ihre Hände wusch, blieb ihr Blick an ihrem Spiegelbild hängen. Obwohl sie heute Abend zufrieden damit war, wie sie aussah, störte sie sich an etwas. Und das war die Tatsache, dass der Spiegel ihr viel zu deutlich ihre glühenden roten Wangen vor Augen führte, die ganz eindeutig auf das Zusammentreffen mit Johannes zurückzuführen waren.

Kapitel 12

Eine Woche später war Marlene früh am Morgen dabei, die kleinen Himbeertörtchen, die sie heute gebacken hatte, auf die Etagere zu drapieren, als zum ersten Mal die Türglocke ging.

»Guten Morgen, ich bin gleich so weit«, grüßte sie, ohne von ihrer Arbeit aufzublicken. Sie hatte viel Zeit in die kleinen Kunstwerke investiert und wollte es jetzt nicht verderben, indem sie das Gebäck kopfüber auf die Etagere bugsierte.

»Kein Stress, ich muss erst in einer Dreiviertelstunde in der Schule sein!«, erklärte eine vertraute Stimme, und im selben Moment, da sie erklang, fiel Marlene das Törtchen aus der Hand.

»Verflixt!«, zischte sie. Zum einen wegen des Törtchens, aber in erster Linie deswegen, weil die angenehm raue Stimme es geschafft hatte, sie aus dem Konzept zu bringen …

»Sorry, ich wollte dich nicht unterbrechen!« Johannes schaute schuldbewusst auf den Törtchenunfall.

»Schon gut. Willst du es haben? So kann ich es ohnehin nicht mehr verkaufen.«

Er nickte. »Gern. Krieg ich einen Kaffee dazu? Ich bezahle natürlich beides.«

Marlene machte sich daran, das Törtchen von der Tischplatte abzukratzen und die Kaffeemaschine vorzubereiten. »Also? Wie kann ich dir helfen? Wolltest du nur einen Kaffee oder ist etwas mit Amelie?«

»Hm?« Marlene schien Johannes aus einem Gedanken gerissen zu haben. »Ach so … nein. Es ist nicht wegen Amelie. Ich bin deinetwegen hier.«

»Wegen mir?« Marlenes Wangen wurden mit einem Mal schon wieder ganz warm.

»Ich weiß nicht, ob es Amelie erzählt hat, aber ich bin Lehrer an der Geschwister-Scholl-Gemeinschaftsschule. Vielleicht kennst du sie, sie ist eine halbe Stunde entfernt von hier.«

Marlene schüttelte den Kopf.

»Jedenfalls … Ich bin für die Planung des Programms für die Ganztagesbetreuung zuständig, und der Kursleiter unserer Theater-AG musste mir krankheitsbedingt absagen. Wir sind ja noch am Anfang des Schuljahres, das heißt, für das ganze erste Schulhalbjahr fehlt mir ein Kurs. Wir haben zwar noch viele andere Angebote, aber keinen Kurs mehr, der in die künstlerische Richtung geht. Man könnte es so lassen, doch das meiste davon sind sportliche Aktivitäten, und na ja … manche Kids haben es ja einfach nicht so mit Sport. Ich will niemanden zum Tennis schicken müssen, der Angst vor Bällen hat, aber eigentlich superkreativ ist.«

»Als jemand, der völlig untalentiert ist in quasi allen Sportarten dieser Welt, finde ich dein Engagement sehr lobenswert.« Marlene lächelte ihn an. Sie hatte allerdings noch nicht ganz verstanden, warum er ihr das alles erzählte.

»Also?«, fragte er.

»Also, was?«

»Na ja, du machst doch hier im Café diese Schreibwerkstatt. Wenn du dir zutraust, das auch für Jüngere anzubieten, könntest du vielleicht für einen Kurs einspringen. Bezahlen können wir dir nicht sehr viel … Aber du wärst ganz frei. Könntest dir selbst ausdenken, was ihr macht oder was ihr schreibt. Hättest du Lust?«

»Machst du Witze? Und ob ich Lust habe! Das klingt einfach nur großartig.« Marlene strahlte.

»Sehr gut.« Johannes wischte sich den imaginären Schweiß

von der Stirn. »Du rettest mir damit den Hintern, weißt du? Also danke.«

»Und wann geht es los? Was genau muss ich vorbereiten? Wie viele Kinder werden es sein?« In Marlenes Kopf fingen die Gedanken schon an, Sturm zu laufen. Es gab einfach jede Menge Möglichkeiten, wie sie eine solche AG gestalten könnte, dass sie gar nicht wusste, welcher Idee sie zuerst nachgehen sollte. Am besten sie machte sich gleich ein paar Notizen, sobald Johannes weg war. Vielleicht konnte sie Louisa auch dazu überreden, dass sie mit den Kindern bei ihr im Verlag vorbeikommen durfte.

Johannes zeigte dasselbe einnehmende Lächeln, das er auch neulich bei ihrem Treffen im Pub gezeigt hatte. Es war wie ein Schatz, den er gut versteckt hielt und nur selten preisgab. »Was hältst du davon, wenn ich morgen Nachmittag kurz nach Ladenschluss noch mal hier vorbeikomme und dir sämtliche Infos mitbringe? Dann können wir in Ruhe alle Fragen klären.«

»Gern.« Beim Gedanken daran, sich allein mit Johannes zu treffen, kribbelte es plötzlich in Marlenes Magengegend.

»Also, ich muss jetzt. Wir sehen uns morgen.« Er trank den Rest seines Kaffees aus und schnappte sich das Himbeertörtchen, das er sich zuvor auf eine Serviette gelegt hatte, um es mitnehmen zu können.

»Hey, warte! Kannst du mir einen Gefallen tun?« Marlene ging ihm mit einer heißen Tasse Kaffee hinterher. »Könntest du die hier Gerti bringen?«

»Wem?« Johannes sah Marlene verdutzt an.

»Kennst du Gerti nicht? Ich dachte, du wohnst hier gleich um die Ecke. Gerti ist die nette Obdachlose, die sich immer dort vorn platziert.« Marlene deutete mit dem Finger nach draußen und quer über die Straße.

»Ich wusste nicht, dass sie Gerti heißt. Aber klar, gib her.«

Marlene war froh, dass er ihre Bitte nicht seltsam fand.

»Sie will im Prinzip keine Hilfe, doch ab und zu eine Tasse Kaffee oder Tee nimmt sie gern.«

Gedankenverloren blickte sie Johannes hinterher, wie er direkt auf Gerti zusteuerte, die Tasse übergab und sich dann noch einen Moment mit ihr unterhielt. Und ungewollt breitete sich auf Marlenes Gesicht ein Lächeln aus.

***

Es war ein perfekter Septembertag. Die Sonne entfachte ihre volle Kraft, sodass man automatisch Lust auf eine Kugel Wassereis bekam und sich danach sehnte, die heißen Füße in die Isar zu hängen. An sich waren es eher die kalten Monate, die Marlene liebte. Aber an Tagen wie diesen konnte man nicht anders, als die Sonnenbrille aufzusetzen und mit einem Lächeln auf den Lippen durch München zu spazieren.

»Das klingt total cool«, meinte Canan, als Marlene ihr bei einem Feierabendbier am Flaucher von dem Angebot und Johannes' Besuch im Café erzählte.

»Ich hab schon superviele Ideen, was ich alles machen könnte mit den Kindern. Ich will nur erstmal abwarten, bis ich morgen noch genauere Infos von Johannes bekomme.«

»Wie sagtest du heißt die Schule?«

»Geschwister-Scholl-Gemeinschaftsschule.« Marlene stand auf, suchte sich einen geeigneten Stein aus und ließ ihn über das Wasser flitschen.

»Er ist da stellvertretender Rektor. Wusstest du das?« Canan hielt ihr Handy in die Höhe, auf dem das Gesicht von Johannes zu sehen war. Auf dem Bild trug er ein Hemd und hatte wenig mit dem Johannes gemein, der vor Wochen etwas verstrubbelt und mit nassen Haaren in Lottes Buchcafé aufgetaucht war.

»Nee, davon hat er nichts gesagt. Ist er dafür nicht noch

viel zu jung?« Marlene nahm Canan das Handy aus der Hand. Sie schätzte Johannes höchstens auf Mitte dreißig.

»Wieso das denn? Wenn er gut genug ist … Die Rektorin an meiner Schule ist auch erst achtunddreißig.« Canan arbeitete seit fünf Jahren als Schulsozialarbeiterin an einer von Münchens Brennpunktschulen.

»Als er mir erzählt hat, dass er für die Planung des Ganztagesprogramms zuständig ist, bin ich davon ausgegangen, es handelt sich um ein Zusatzengagement oder sowas …«

»Ist halt nicht jeder so ein Angeber wie dein Ex«, stichelte Canan.

»Scheint so«, murmelte Marlene. »Aber egal … wie war es gestern Abend bei Dennis?«

»Puuh … Das Essen war gut. Nur ehrlich gesagt war es anstrengend, und wir haben uns ein bisschen gestritten.«

»Wieso das denn?« Marlene holte zwei neue Flaschen Bier aus der kleinen Kühltasche, die sie mitgenommen hatten, und ließ die Kronkorken mit einem fröhlichen »Zisch-Plopp« davonhüpfen, nur um sie dann wieder einzusammeln.

»Ach, ich hab mich doch auf dieser Partnervermittlungsplattform angemeldet. Und jetzt gab es endlich mal einen Treffer, aber Dennis hat mir das Ganze total verdorben. Er sagte, nur miese Kerle würden sich auf diesen Plattformen rumtreiben und ich soll ihn auf keinen Fall treffen. Er hat kein anderes Thema mehr gefunden …«

»Und kannst du dir nicht vorstellen, warum er das gemacht hat?«

Wenn die beiden so weitermachten, würde Marlene sich irgendwann nicht mehr zurückhalten können. Auch wenn sie sich fest vorgenommen hatte, sich nicht einzumischen. Das war in der Vergangenheit bereits zu oft nach hinten losgegangen.

»Doch, schon. Unsere Familien sind zusammen aufgewachsen, und er will mich natürlich beschützen. Außerdem weiß er, dass ich es beim Thema Männer und Sex mit meinem Glauben ernster nehme als beim Verzehr von Schweinefleisch, das sich in Grillwürsten versteckt. Er ist der Meinung, auf diesen Plattformen gibt es keine Männer, die auf eine Frau warten. Damit hat er ja vielleicht sogar recht, allerdings kann ich es doch mal versuchen, oder?«

Marlene war sprachlos. So blind konnte Canan nun wirklich nicht sein. Aber sie beließ es dabei. »Klar kannst du es versuchen. Sei nur einfach vorsichtig.«

Kapitel 13

»Marlene, ich gehe jetzt. Ich treffe mich mit meiner Nachbarin. Du hast aber ja noch deine Verabredung …« Wie immer, wenn Marlene den Laden allein für die Nacht zumachte, legte Lotte ihr eine Liste zurecht mit Dingen, die sie nicht vergessen durfte. Zwar stand fast immer dasselbe darauf, und Marlene wusste mittlerweile, worauf es ankam. Aber sie nahm die Liste trotzdem dankend entgegen, einfach weil ihr klar war, dass Lotte sonst unmöglich entspannt in den Feierabend gehen konnte.

»Es ist keine Verabredung.«

»Hm. Dann hast du dich also heute einfach so rausgeputzt wie ein Pfau?« Lotte nahm kein Blatt vor den Mund, und sie überlegte in der Regel auch nicht zweimal, was sie sagte. So kam es Marlene zumindest vor.

Marlene errötete. Nur, weil sie zur Abwechslung mal wieder etwas Mascara aufgelegt hatte und ihre Haare offen über den Schultern trug. »Es ist eine geschäftliche Besprechung. Ich möchte nun mal einen guten Eindruck machen.«

»Aha.« Lotte sah Marlene skeptisch an, sparte sich aber einen weiteren Kommentar. »Vergiss nicht, das Kind nach Hause zu schicken. Sie sitzt schon wieder den ganzen Nachmittag hier herum. Nicht, dass sie noch auf die Idee kommt, sie könnte hier übernachten.«

Marlene sah zu Amelie hinüber, die völlig vertieft ins Schreiben war. »Keine Sorge, ich bin mir sicher, das ist ihr klar. Außerdem wird sie bestimmt gleich abgeholt«, beschwichtigte Marlene mit einem Augenzwinkern.

»Na dann«, murrte Lotte, verabschiedete sich jedoch beim Hinausgehen mit ein paar netten Worten von Amelie.

»Magst du noch eine Nussschnecke? Es sind noch welche übrig«, fragte Marlene und stellte Amelie gleichzeitig den Teller mit dem Gebäck neben den Laptop. Es war mittlerweile zehn Minuten vor Ladenschluss, und Marlene glaubte nicht, dass noch Kunden kommen würden.

»Klar, her damit … Aber kannst du sie mir einpacken? Ihr macht ja gleich zu, und anders als Frau Eigner denkt, lege ich keinen Wert darauf, hier zu übernachten.«

»Ich dachte nicht, dass du sie gehört hast. Du sahst so vertieft aus.« Sofort fragte sich Marlene, ob Amelie dann wohl auch Lottes Kommentar über ihr Treffen mit Johannes mitbekommen hatte.

»Tja, ich kann eben hören und schreiben gleichzeitig«, gab Amelie zurück, während sie ihren Laptop zuklappte und ihre Sachen in der Tasche verstaute.

»Willst du nicht noch auf deinen Bruder warten?«, fragte Marlene.

»Nee, ich kann nicht. Meine Eltern sind gleich da, ich bin noch mit einer Schulkameradin verabredet. Grüß ihn von mir …«

Als Amelie weg war, räumte Marlene die letzten schmutzigen Tassen in den Geschirrspüler, um die Zeit zu überbrücken, bis Johannes kommen würde. Wie sie auch Lotte gesagt hatte, handelte es sich bei ihrem Treffen nur um einen kurzen, berufsbedingten Austausch. Das war ihr klar. Doch wieso nur tauchten dann in der letzten Stunde ständig Johannes' moosgrüne Augen in ihrem Kopf auf? Und wieso kribbelte es wie wild in ihrem Bauch, wenn sie an ihr letztes Aufeinandertreffen im *Old Irish* dachte? *Jetzt reiß dich mal zusammen,* schimpfte sich Marlene im Geiste. Sie musste aufhören, sich in etwas hineinzusteigern.

Weil Johannes nach einer halben Stunde Aufräumen immer noch nicht da war, begann Marlene, die Unmengen an Plakaten an der großen Fensterfront des Ladens auszusortieren und die Klebereste zu beseitigen. Die meisten Aushänge waren ohnehin nicht mehr aktuell, und so konnte man von außen wenigstens wieder ein bisschen ins Innere des Ladens sehen. Als sie fertig und von Johannes immer noch keine Spur zu entdecken war, machte sie damit weiter, die Ecken im Laden abzustauben, die ihr schon seit ihrem ersten Arbeitstag ein Dorn im Auge waren. Als dann immer noch kein Johannes in Sicht war, beschloss Marlene, nach Hause zu gehen. Sicherlich gab es einen Grund, dass er nicht aufgetaucht war. Trotzdem war sie enttäuscht. Und das – so musste sie sich eingestehen – hatte nicht nur damit zu tun, dass sie gern mehr über die Schul-AG erfahren hätte. Sondern auch damit, dass sie sich darauf gefreut hatte, ihn zu sehen.

***

Der nächste Tag begann für Marlene durchwachsen. Weil sie im Halbschlaf ihren Wecker ausgestellt hatte, war sie viel zu spät dran gewesen, was wiederum dazu geführt hatte, dass ihre Cupcakes aussahen wie abstrakte Kunst. Außerdem hatte sie eine riesige Beule, mitten auf der Stirn, weil sie in der Eile gegen die Schranktür geknallt war. Zu allem Überfluss waren ihr im Café ihre Lieblingsjeans im Schritt gerissen, als sie gerade dabei gewesen war, die neu eingetroffenen Bücher aus dem Karton zu holen und einzuräumen.

Als um die Mittagszeit Johannes das Buchcafé betrat und geradewegs auf sie zusteuerte, hätte sie sich daher am liebsten im Lager versteckt.

»Hey! Hier sind die Unterlagen – Vertrag, Datenschutzerklärung, Teilnehmerliste und so weiter.« Er schob ihr ohne eine längere Begrüßung den Papierstapel über die Theke. Sein Blick wirkte an diesem Morgen streng.

»Danke schön …« Ein wenig überrumpelt nahm Marlene die Dokumente entgegen und sah ihn dann neugierig an: »Ist alles in Ordnung bei dir?«

Einen Moment blickte Johannes ihr direkt in die Augen und wirkte dabei so, als würde ihn ihre Frage überraschen.

»Ich meine nur, weil wir doch gestern Abend nach Ladenschluss verabredet waren. Du warst nicht da, und ehrlich gesagt wirkst du auf mich gerade etwas … na ja, zerstreut«, führte Marlene aus.

Er zögerte einen Moment, dann zog er mit einer geschmeidigen Bewegung den einzigen Barhocker an der Theke näher heran und nahm darauf Platz. »Kann ich einen Kaffee haben?«

Marlene antwortete nicht, griff aber nach einer Tasse und machte sich an die Arbeit.

»Tut mir leid, dass ich gestern nicht da war«, begann er mit ihrem Rücken zu sprechen. »Ich hatte Amelie schon lange versprochen, die wirklich schwere Uraltschreibmaschine vorbeizubringen, die ich in ihrem Auftrag bei EBay-Kleinanzeigen gekauft habe. Das hatte ich gestern erledigen wollen. Da aber nur meine Eltern zu Hause waren, endete mein Besuch mit der immer gleichen Diskussion. Und irgendwie hab ich danach unser Treffen vergessen …«

»Oh, das tut mir leid. Amelie war gestern Nachmittag im Buchcafé.«

Als Marlene ihm die gut gefüllte Kaffeetasse hinstellte, sah er auf, und es lag abermals ein Hauch Verwunderung in seinem Blick. Bevor Marlene Gelegenheit gehabt hätte, eine weitere Frage zu stellen, wandte er die Augen wieder ab und tippte auf den Papierstapel. »Jedenfalls … Ich denke, du wirst noch ein paar Fragen haben, wegen der Schulkurse. Hier stehen meine Kontaktdaten. Du kannst mich anrufen oder du schreibst mir einfach eine Mail.«

Kapitel 14

Lotte hatte nichts dagegen, einen Nachmittag in der Woche allein im Buchcafé zu stehen, und was Marlene durch die Schreib-AG verdiente, machte ihren Ausfall im Laden locker wett. Bereits am Donnerstag in der Woche darauf startete sie mit ihrem ersten Kurs für die Kinder an Johannes' Schule. Viel Zeit zur Vorbereitung hatte sie also nicht gehabt.

Als Marlene das Schulhaus betrat, herrschte geschäftiges Treiben. Es kam ihr so vor, als würde einfach jeder in diesem Gebäude ganz genau wissen, wo sein Platz und was als Nächstes zu tun war. Alle – außer Marlene selbst. Die stand ein wenig unsicher in der Eingangshalle herum, bis ein Lehrer, der aussah, als stünde er kurz vor der Pension, ihr den Weg zum Sekretariat zeigte.

Nachdem die Sekretärin, Frau Angerstein, Marlene die wichtigsten Örtlichkeiten, wie etwa den Sanitätsraum oder das Büro des Hausmeisters der Schule, gezeigt hatte, standen sie nun im Lehrerzimmer. Als Schülerin hatte Marlene sich immer gefragt, was hinter den Türen des Lehrerzimmers so vor sich ging. Denn mehr als das, was man bei offener Tür ab und an erspähen konnte, hatte man nie darüber erfahren. Umso interessierter war sie nun, als Frau Angerstein das Geheimnis lüftete.

»Während des halben Schuljahres, in dem Sie hier sind, gehört Ihnen ein Fach. Darin werden Sie wichtige Informationen finden. Zum Beispiel, wenn ein Kind entschuldigt ist. Ach, sehen Sie mal, es liegt auch schon etwas drin …« Frau

Angerstein strahlte sie an, und Marlene hatte keinen Zweifel daran, dass die Frau ihrem Beruf mit Leib und Seele nachging.

Marlene angelte sich den kleinen Notizzettel heraus, der in ihrem Fach lag. »Entschuldige, dass ich dich nicht persönlich begrüßen und herumführen kann. Muss spontan für eine Kollegin eine Stunde übernehmen. Wünsche dir einen erfolgreichen Kursbeginn. Bis später, Gruß Johannes.« Marlene steckte das Stück Papier lächelnd in ihre Hosentasche. *Bis später*, hatte er geschrieben. Hieß das, dass sie sich nach ihrer Schreib-AG sehen würden? Marlenes Wangen begannen plötzlich zu glühen. »Gut, dann wird es jetzt höchste Zeit, Ihnen den Kursraum zu zeigen«, drängte die Sekretärin und holte Marlene damit wieder zurück in die Gegenwart.

***

Als die Schülerinnen und Schüler ihre Sachen zusammengepackt hatten und anschließend aus dem Raum gestürmt waren, ließ sich Marlene mit einem lauten Stöhnen auf ihren Stuhl fallen. Nachdem sie die ersten zwanzig Minuten damit verbracht hatte, sich Gehör zu verschaffen, einem Jungen, der zu spät gekommen war, die Aufgabe noch einmal zu erklären und das Mädchen hinten rechts mehrfach davon abzuhalten, unter dem Tisch SMS zu schreiben, lief der Kurs eigentlich sehr gut an. Die Kinder arbeiteten mit Begeisterung an den Aufgaben. Doch sie hätte nie gedacht, dass es so anstrengend war, Dreizehnjährigen etwas beizubringen. Sie war fix und fertig, und ihre Bluse war völlig durchgeschwitzt. Eigenartigerweise fühlte sie sich trotzdem gut. Sie hatte etwas geschafft – etwas getan, das nützlich war.

»Na? Bist du fertig?«

Marlene schreckte herum. In der offenen Tür lehnte ein lässiger Johannes.

»Im wahrsten Sinne des Wortes«, erwiderte sie mit einem

erschöpften Lächeln und betrachtete Johannes einen Moment länger als angebracht. Denn er trug eine graue Jogginghose, ein weißes, enganliegendes Sport-Shirt, ausgetretene Turnschuhe, und auf seiner Stirn glänzten ein paar vereinzelte Schweißperlen.

Als Johannes Marlenes Blick bemerkte, tippte er auf sein T-Shirt. »Ich laufe in der Regel nicht so durch die Gegend, aber ich war gerade mit den Achtklässlern auf dem Trimm-dich-Pfad.«

»Immerhin kannst du dein zerzaustes Aussehen auf sportliche Betätigung schieben!« Marlene hob etwas verlegen die Arme. »Ich schwitze mindestens so heftig wie du und bin dabei nur hier im Raum herumgestanden.«

Johannes lachte herzhaft auf. »Ja, unterrichten kann schweißtreibend sein. Ganz besonders an dieser Schule. Ich hätte dich wohl warnen sollen. Aber keine Sorge, man sieht dir nur ein bisschen an, dass du dringend eine Dusche und ein Bett benötigst.«

Marlene begann ihre Sachen zusammenzupacken. »Du bist also Sportlehrer?«

»Sport und Physik.«

Natürlich – Typen wie Johannes waren immer die Sportlehrer. »Was für eine grauenhafte Kombination.« Marlene verzog das Gesicht.

»Ach, ich bin eigentlich ganz zufrieden.« Johannes zuckte amüsiert mit den Schultern. »Wenn du noch kurz warten kannst, dann nehme ich dich mit nach Hause. Ich bin heute mit dem Auto gekommen, weil ich drei gigantische Stapel korrigierte Arbeiten dabeihatte. Ich muss nur schnell noch mal in mein Büro.«

Der Gedanke, mit Johannes gemeinsam nach Hause zu fahren, verursachte schon wieder dieses wilde Kribbeln in Marlenes Magengegend, und Marlene fragte sich allmählich, ob sie das noch als normale Sympathie für Johannes abtun konnte. Sie schüttelte den Kopf, um den Gedanken zu verscheuchen. Das war doch alles Unsinn, schimpfte sie sich und folgte Johannes durch die Schulflure.

»Was ist das denn?«, entfuhr es Marlene. Im gleichen Moment schlug sie sich erschrocken die Hand vor den Mund. Oje, das hatte sie auf keinen Fall laut sagen wollen. Aber als sie hinter Johannes sein Büro betreten hatte und den Schreibtisch sah, war es ihr einfach herausgerutscht. Dort türmten sich glatte sowie zerknüllte Papiere, aufgeschlagene Bücher, drei leere Kaffeetassen und ein Teller mit einer halb aufgegessenen Leberkäsesemmel. Es war das reinste Chaos.

»Was meinst du?«, fragte Johannes unschuldig und biss im gleichen Moment von dem alten Brötchen ab.

Marlene schoss die Röte in die Wangen. Johannes war genau genommen seit heute sowas wie ein Vorgesetzter. Außerdem kannten sie sich kaum. Sich über das Chaos auf seinem Tisch auszulassen war da wohl nicht gerade die beste Idee.

Johannes grinste Marlene schief an. »Es mag vielleicht nicht danach aussehen, aber es steckt ein System dahinter, weißt du«, behauptete er gut gelaunt.

Schweigend gingen die beiden nebeneinanderher, bis zum Lehrerparkplatz, wo sie in einen schwarzen BMW einstiegen und losfuhren. Während sie sich mühsam durch den Münchner Verkehr bewegten, schaute Marlene sich immer wieder verstohlen in dem Auto um.

»Suchst du was?«, fragte Johannes, als er nach einer Weile Marlenes Blick bemerkte.

»Nein. Tut mir leid. Ich war nur irgendwie ... überrascht.« Verlegen starrte sie durch die Frontscheibe.

»Überrascht?«

Wieder errötete sie. »Nachdem ich deinen Schreibtisch gesehen habe, hatte ich irgendwie erwartet, dass dein Auto ähnlich aussieht«, gestand Marlene.

Johannes grinste. »Würde es mit Sicherheit auch – wenn

es mein Auto wäre. Aber das gute Stück gehört meiner Freundin.«

»Ah … Ach so. Dann hast du also zu Hause deinen Schreibtisch besser im Griff, oder? Dass sie dir ihr Schmuckstück anvertraut und keine Angst vor totalem Chaos hat?!«, schoss es aus Marlene heraus, ehe die Stimme in ihrem Kopf sie daran erinnern konnte, dass sie das alles überhaupt nichts anging. Wie oft hatte sie sich in ihrem Leben schon vorgenommen, sich aus anderer Leute Angelegenheiten herauszuhalten. Aber immer und immer wieder brach sie ihre eigenen Vorsätze – mal, weil sie glaubte helfen zu können, mal, weil sie sich dafür interessierte, was in anderen vorging, und auch mal einfach aus Reflex. Und zu neunundneunzig Prozent endete es nicht gut. Wann würde sie es endlich lernen …

Zu ihrem Glück sah sie es um Johannes' Mundwinkel zucken, als sie vorsichtig zu ihm rüberschaute. »Katrin ist erst vor drei Monaten zu mir gezogen. Abgesehen davon ist sie Stewardess und viel unterwegs. Sie fand deshalb auch, dass es sich nicht lohnt, eine Wohnung zu mieten, wenn sie ohnehin immer bei mir oder auf Reisen ist. Sie kriegt also zum Glück kaum etwas von meinem Chaos mit.«

Es klang zwar nicht gerade romantisch, doch Marlene konnte nicht leugnen, dass es Sinn ergab. Keiner, der bei Verstand war, würde sich in München eine überteuerte Wohnung mieten, sie dann aber kaum nutzen.

»Und was hat Amelie für ein Problem mit Katrin?« Marlene konnte nicht glauben, dass sie das tatsächlich gefragt hatte. Was war nur in sie gefahren?

Zu Marlenes großer Erleichterung bat Johannes sie nicht, direkt an der roten Ampel auszusteigen, an der sie nun ankamen. Stattdessen sah Johannes sie interessiert an. So lange, bis die Ampel wieder auf Grün schaltete. »Das ist dir wohl nicht entgangen.«

»Nimm es mir nicht übel, aber man muss schon sehr blind sein, um Amelies Abneigung nicht wahrzunehmen.«

»Du würdest dich wundern«, antwortete er. »Du hast Amelie doch gehört: Sie regt sich furchtbar auf, dass Katrin keine Bücher mag, und seit Neuestem findet sie auch, dass sie auf dem Niveau von Flugzeugfutter kocht. Findest du nicht, dass das ausreichende Gründe sind, jemanden nicht zu mögen?«

»Nein«, sagte Marlene geradeheraus.

Einen Moment war es still im Wagen, dann sprach Johannes zu Marlenes Überraschung weiter. »Amelie meint, ich hätte mich wegen Katrin von meiner Familie – meinen Eltern und ihr – entfernt.«

»Hm, klingt schwierig, und schon eher nach einem richtigen Grund.« Während die meisten Leute sich mit dieser Antwort zu einem ohnehin sehr privaten Thema zufriedengegeben hätten, hakte Marlene genauer nach. »Und?« Irgendwie wollte sie diesen Mann, der ihr anfangs so mürrisch und unfreundlich erschien und der bei ihr jetzt so viel Chaos im Bauch auslöste, besser verstehen.

»Was und?«

»Hat Amelie recht damit?«

Marlene bemerkte, dass sich Johannes' Gesichtszüge plötzlich anspannten. »Nein«, erwiderte er schließlich, und seine Stimme klang in ihren Ohren dabei hart und abweisend. Die freundlichen Lachfältchen in den Augenwinkeln waren nun wieder der ernsten Falte zwischen seinen Augenbrauen gewichen, die Marlene von ihrer ersten Begegnung kannte.

»Also, wenn ich es mir genau überlege, dann ist das mit den Büchern vielleicht doch ein triftiger Grund«, sagte Marlene, in der Hoffnung, die kippende Stimmung aufzuhalten. »Aber es käme für mich auf den Titel drauf an. Ich würde zum Beispiel nie über jemanden schlecht denken, weil er *Fifty Shades of Grey* nicht leiden kann. Würde hingegen jemand etwas gegen einen Klassiker wie *Jane Eyre* sagen, wäre er oder sie für mich gestorben.«

Johannes schmunzelte. »Verstehe.«

»Welches Buch wäre es bei dir?«

Er überlegte einen Augenblick. »Für mich wäre eine Person gestorben, wenn sie *Grüner Winter* nicht mögen würde.« Da Marlene ihm eine Antwort schuldig blieb und nur betreten auf die Fußmatte blickte, hakte er nach: »Sag mir nicht, du magst das Buch nicht! Ich fürchte nämlich, dann muss ich dich sofort aus dem Auto werfen.« Da sie schon wieder vor einer roten Ampel anhalten mussten, drehte er sich zu Marlene und richtete seine tiefgrünen Augen auf sie.

»Noch schlimmer!«, gestand Marlene. Unter seinem konzentrierten Blick wurde ihr schon wieder ganz warm.

»Noch schlimmer, als *diesen Klassiker* nicht zu mögen? Jetzt bin ich aber gespannt.«

Marlene nickte schuldbewusst. »Ich kenne das Buch noch nicht mal.«

Johannes begann zu lachen. Es war ein schönes Lachen – tief, aber melodisch, und Marlene genoss es dabei zuzuhören, ohne genau zu wissen, wieso ihn das so amüsierte. Auf ihre Nachfrage, ob es sich bei dem Buch um etwas Neues handelte, schüttelte er nur den Kopf. Marlene nahm sich vor, zu Hause sofort zu googeln, worum es sich bei dieser Lektüre handelte. Eigentlich dachte sie immer, sie würde alle großen Werke kennen – zumindest vom Titel her. Was für eine Literaturwissenschaftlerin war sie denn eigentlich, wenn sie nicht einmal die wichtigsten Werke kannte?

***

Nach einem langen Freitag im Buchcafé verabschiedete sich Marlene von Lotte, brachte Gerti zwei Muffins vorbei, die im

Laden übrig geblieben waren, und machte sich dann auf den Heimweg.

An der Eingangstür checkte sie wie jeden Tag den Briefkasten, in dem heute ein braunes Päckchen steckte. Es war nicht frankiert und nur mit »Marlene« beschriftet. Es musste also jemand eingeworfen haben. Neugierig öffnete sie das Paket bereits, während sie die vielen Treppenstufen hinaufstieg. Sie zog ein abgegriffenes und sehr dünnes Buch heraus, etwa in der Größe eines Reclam-Heftchens. Darauf klebte ein Postit:

»Damit du deine Bildungslücke schließen kannst. Das Buch ist jetzt zwei Jahre alt. Wenn du damit fertig bist, bitte wieder an mich zurück. Ist ein Einzelstück. Viel Spaß beim Lesen. LG Johannes.«

Marlene betrachtete das kleine Buch genauer. Der grüne Umschlag war nicht beschriftet, aber als sie die erste Seite aufschlug, fand sie dort, von Hand hineingeschrieben, Titel und Autorin des Buches.

»Grüner Winter von Amelie Wagner.«

Ein Lächeln huschte über Marlenes Gesicht. Das war also der »Klassiker«, von dem Johannes gesprochen hatte. Kein Wunder, dass sie davon noch nie zuvor etwas gehört hatte. Denn es handelte sich dabei um eine von seiner kleinen Schwester verfasste Geschichte.

***

Eingekuschelt in eine Decke saß Marlene auf ihrer Fensterbank und las in einem Zug die hundert Seiten von Amelies Buch. Am Ende angekommen, klappte sie es zu und griff instinktiv nach ihrem Handy, um sich bei Johannes für die Leihgabe zu bedanken. Amelie schrieb so unheimlich humorvoll und witzig, dass sich Marlene fragte, wie ein Mädchen, das so einen schweren Schicksalsschlag hinter sich hatte, so viel Leichtigkeit versprühen konnte.

»Hat es dir gefallen?«, kam umgehend die Antwort, obwohl es mittlerweile schon nach elf Uhr abends war.

»Sehr! Amelie hat wirklich unglaublich viel Talent. Danke, dass ich es lesen durfte.«

»Ich konnte nicht anders. Du sahst ziemlich geknickt aus, als du dachtest, dir wäre ein wichtiges literarisches Werk unbekannt.«

»Das war ich auch. Ich hab sogar heute Lotte nach einem bekannten Buch mit dem Titel *Grüner Winter* gefragt. Da sie es nicht kannte, meinte sie, ich müsse mir den Namen falsch gemerkt haben. :-D Du siehst, es kratzt an der Ehre einer Buchhändlerin, einen wichtigen Titel nicht zu kennen ...«

«:-D Ich hoffe, du kannst jetzt beruhigt einschlafen. Das Buch komme ich mir nächste Woche im Buchcafé abholen. LG«

Als Marlene las, dass Johannes vorhatte, nächste Woche in Lottes Laden vorbeizukommen, tauchte plötzlich wieder dieses lästige Kribbeln in ihrem Bauch auf. Nur schaffte sie es dieses Mal nicht, es fortzudrängen und im Keim zu ersticken. Dabei war das Letzte, was sie jetzt gebrauchen konnte, sich in einen Mann zu verlieben, der in sehr festen Händen war. So etwas kam für sie nicht in Frage.

Um sich abzulenken, holte sie ihren Laptop und ihre Bücher zu sich und begann das letzte Treffen der Schreibwerkstatt vorzubereiten. Es sollte ein Abend werden, der allen noch einmal eine Portion Inspiration mit auf den Weg gab. Nicht alle hatten während der Schreibwerkstatt geschafft, was sie schaffen wollten, aber das war auch nicht wichtig. Wichtig war nur, dass alle nun wussten, wohin die Reise ging und wie sie ihr Vorhaben umsetzen konnten.

Marlene lächelte vor sich hin, als sie an Arnold, den Prokrastinierer, dachte, der es tatsächlich geschafft hatte, seine

Hausarbeit fertigzustellen. Vielleicht würde Marlene in ein paar Wochen eine neue Schreibwerkstatt anbieten. Ideen hatte sie zur Genüge. Vorerst wollte sie ihre Energie aber voll und ganz in die Schreib-AG an Johannes' Schule stecken.

Kapitel 15

Marlene steckte gerade mit dem Kopf in einer der Kisten mit der neuen, herbstlichen Gruß- und Postkartenlieferung, als plötzlich Lotte neben ihr auftauchte und sie erwartungsvoll ansah.

»Stimmt was nicht?« Marlene unterbrach ihre Arbeit.

»Ich war gestern bei meiner Nachbarin.« Lotte stemmte die Hände in die schmalen Hüften. »Sie benutzt auch dieses ›fakebook‹, von dem du erzählt hast, und hat es mir gezeigt. Wir haben uns Seiten von Autorinnen angeschaut und natürlich von einigen Buchhandlungen.«

»Und? Findest du es gut?«

Lotte überging Marlenes Frage und sprang gleich einen Schritt weiter, so als hätte sie keine Zeit für sinnloses Geplänkel. »Du kannst für das Buchcafé auch so etwas machen. Aber ich will alles, was du dort schreibst, vorab sehen und absegnen. Hast du verstanden?«

»Ist doch klar, Lotte. Ach, du wirst sicher begeistert sein«, versprach Marlene und klatschte dabei in die Hände, als hätte sie einen großen Erfolg errungen.

Lotte nickte. »Dann auf, auf …«

»Du willst, dass ich sofort damit anfange?«

»Ja, was denkst du denn? Die Postkarten kann ich schließlich selbst in den Ständer sortieren.«

»Äh … Okay.« Marlene zog ihr Smartphone aus der Tasche.

»Gut. Wenn du mit dem Erstellen der Seite fertig bist, reden wir über das vierzigjährige Jubiläum meines Ladens. Du hast doch ständig irgendwelche Ideen. Überleg dir, wie wir diesen Tag feiern.«

Marlene konnte gerade noch verhindern, dass ihr die Kinnlade herunterklappte wie bei einer Marionette. Ungläubig betrachtete sie ihre Chefin. Nicht nur, dass sie zugestimmt hatte, soziale Netzwerke zu nutzen, jetzt packte sie auch noch selbst der Tatendrang, und sie wollte eine Jubiläumsfeier veranstalten.

Über Lottes Gesicht huschte ein freches Grinsen, das sie mit einem Schlag zwanzig Jahre jünger wirken ließ. »Jetzt schau nicht so bedeppert aus der Wäsche.«

»Ich bin nur überrascht, das ist alles«, erklärte Marlene.

»Bloß, weil ich dir nicht jedes Mal Honig ums Maul schmiere, wenn du eine gute Idee hast, brauchst du nicht zu denken, dass ich deine Bemühungen, meinen Laden aufzufrischen, nicht zu schätzen weiß«, sagte Lotte und schenkte Marlene einen vielsagenden Blick, bevor sie ihren Kopf im Karton mit den Postkarten versenkte, um nicht noch weiter Zeit mit sinnlosem Geplapper zu verschenken.

In Marlenes Innerem breitete sich ein wohliges Gefühl aus. Am liebsten hätte sie die alte Frau gedrückt, denn sie wusste genau: Was grob klang, war in Wirklichkeit ein großes Kompliment von Lotte.

Als wäre ihr plötzlich noch etwas in den Sinn gekommen richtete sich Lotte noch einmal auf. »Marlene, du wirst im Leben nicht immer nur Lob oder Komplimente zu hören kriegen. Selbst dann nicht, wenn du sie eigentlich verdient hättest. Also hör auf, auf die Anerkennung der Leute zu warten. Wenn du zufrieden bist mit dem, was du geschafft hast; wenn das, was du tust, dich erfüllt und glücklich macht, dann ist das genug.« Lottes Stimme klang zum ersten Mal, seit Marlene sie kennengelernt hatte, weich. Marlene überlegte, ob Lotte in ihrem Leben vielleicht auch allzu oft vergeblich auf Anerkennung gewartet hatte und ob diese Tatsache sie möglicherweise so herb und teils ruppig gemacht hatte. Noch während Marlene überlegte, was sie Lotte entgegnen sollte, war die schon wieder über die Kiste gebeugt und brummelte vor sich hin: »Sagt, sie sei eine Doktorin, aber ist unsicher wie ein Käfighäschen in der großen Welt …«

***

Zu Hause widmete Marlene ihren Abend den Vorbereitungen für die Schreib-AG am nächsten Tag in Johannes' Schule. Obwohl die AG viel Arbeit bedeutete, wirkte alles, was mit dem Kurs zu tun hatte, für Marlene immer wie eine Wiederbelebungskur. Nicht nur, weil sie einfach Spaß daran hatte, mit den Kindern zu arbeiten, sie anzuleiten und ab und zu auch mit ihnen zu diskutieren. Sondern auch deshalb, weil sie spürte, dass sie einige der Kinder wirklich erreichen konnte. Sie spürte, dass sich ihr Einsatz lohnte.

»Frau Baumgärtner, können Sie nicht unsere Deutschlehrerin werden?«, fragte am nächsten Tag eins der Mädchen aus Marlenes Schreib-AG.

Marlene lächelte in sich hinein. »Ich fürchte, das geht nicht.«

»Wieso nicht?«

»Na ja, das hat viele Gründe. Doch der Hauptgrund ist wohl, dass ich keine richtige Lehrerin bin. Ich habe den Beruf nicht gelernt. Eure Deutschlehrerin schon.«

»Aber bei Frau Siebert ist alles immer sooo schrecklich langweilig …«

Marlene musste sich zusammenreißen. Das Mädchen sprach mit einer solch leidenden Miene, dass es ihr schwerfiel, nicht zu lachen. »Glaubst du nicht, du würdest es bei mir genauso langweilig finden, wenn ich euch anstatt kreatives

Schreiben Grammatik und Rechtschreibung beibringen müsste?«

»Nein, ganz bestimmt nicht. Bei Ihnen wär's trotzdem besser. Frau Siebert ist ungefähr hundert Jahre alt, und so alt sind auch die Texte, die wir bei ihr lesen müssen. Manchmal hat sie sogar noch Arbeitsblätter dabei, die auf Schreibmaschine geschrieben sind.«

»Verstehe. Habt ihr denn mal versucht, ihr vorzuschlagen, auch mit neueren Büchern oder Texten zu arbeiten? Vielleicht könntet ihr ja mal Lektüre mitbringen, die euch gefällt?«

»Wir sagen das jedes Mal, dass wir das wollen. Aber dann lesen wir doch nur wieder Bücher von Autoren, die schon ewig tot sind.«

Marlene tat es leid zu hören, dass das Mädchen, das offenbar große Freude am Lesen und Schreiben hatte, so die Lust an ihrem Deutschunterricht verloren hatte. »Ich glaube, deine Lehrerin kann gar nicht so viel dafür. Sie muss sich eben an den Lehrplan halten … Aber dann ist es doch gut, dass du jetzt in diesem Kurs bist. Vielleicht können wir ja hier etwas machen. Wir diskutieren über eure Lieblingsbücher oder ich bringe ein paar Bücher mit, die dir und dem Rest des Kurses gefallen könnten. Eventuell können wir dann ja eine Art Leserunde starten, oder so etwas in der Art.« Noch während Marlene redete, um das Mädchen zu trösten, kam Idee um Idee hinzu, was sie noch alles in ihrem Kurs tun wollte. Am besten würde sie sich auch ein Paar Didaktikbücher besorgen und mit einer der Deutschlehrerinnen sprechen, was die Kinder aktuell so im Unterricht durchnahmen. So konnte sie ihren Kurs noch besser gestalten und anpassen.

Kapitel 16

Es war ein trister, nebelverhangener Herbsttag, und Marlene hatte wenig Lust, das gemütlich warme Buchcafé zu verlassen und in die Kälte hinauszugehen, obwohl ihre Arbeit eigentlich getan war. In den vergangenen Tagen hatte Marlene immer wieder daran denken müssen, was Lotte ihr gesagt hatte.

Ihre Chefin und sie sprachen selten über private Angelegenheiten. Meistens diskutierten sie nur über Bücher, weshalb sie eigentlich dachte, Lotte würde nicht wirklich viel über sie wissen. Daher hatte es Marlene umso mehr überrascht, wie sehr sie nun doch das Gefühl hatte, Lotte hatte mit ihrer Aussage ins Schwarze getroffen. Schon als Marlene klein gewesen war, hatte sie immer nach Bestätigung gesucht, sie jedoch selten von ihrer Mutter bekommen.

Gut in einer Sache zu sein war in ihrer Familie dafür viel zu selbstverständlich. Doch selbst dann, wenn sie Bestätigung von Lehrern oder Freundinnen bekommen hatte, hatte es nichts an dem Gefühl geändert, nicht gut genug zu sein. Das Gefühl, nicht mithalten zu können mit ihrer erfolgreichen Mutter, war allgegenwärtig. Sie hatte sich stets nur daran gemessen, was für Noten sie bekommen hatte, wie ihre Mutter und ihr Großvater, ihre Lehrer, ihre Professoren und Chefs sie und ihre Resultate bewerteten. Nie daran, ob sie selbst glücklich damit war, was sie tat. Lotte hatte vollkommen recht. Sie war viel zu unsicher. Doch konnte man eine solche Eigenschaft so einfach ändern?

Wie zur Erinnerung, dass ihr Arbeitstag längst zu Ende war, klingelte ihr Handy. Es war Amelie, die wissen wollte, ob Marlene Samstagabend Zeit hatte, sie zu einer Lesung in Reutemanns Bücherhaus zu begleiten. Marlene verbrachte gern Zeit mit Amelie. Ihre gute Laune war ansteckend und sie führten immer interessante Gespräche. Amelie besaß trotz ihres jungen Alters Lebenserfahrung, die sie manchmal beinah weise erscheinen ließ. Nur, damit sie sich im nächsten Moment wieder wie eine Dreizehnjährige wegen einer schlechtgekleideten Cafékundin kaputtlachen konnte.

Da Marlene noch nichts vorhatte, stimmte sie also zu, obwohl der Autor nicht gerade zu ihren Favoriten gehörte und der Eintrittspreis verboten hoch war.

***

Als Marlene sich am frühen Samstagabend auf den Weg in die Stadt machte, zeigte sich der Herbst von seiner schönsten Seite. Die Luft war kühl, sodass die Leute auf der Straße versuchten, Gesicht und Hände in ihren Mänteln zu verbergen. Doch die tiefstehende Sonne sorgte dafür, dass das Laub am Boden und auf den Bäumen so orange leuchtete wie die wärmenden Flammen eines Kaminfeuers. Es lag sogar schon etwas Winterliches in der Luft.

Als Marlene auf den vereinbarten Treffpunkt vor dem Bücherhaus Reutemann zuging, konnte sie aus der Ferne beobachten, wie Amelies Eltern die eingebaute Rollstuhlrampe im Kofferraum verstauten und die Heckklappe des riesigen Familienvans schlossen.

Amelie hatte Marlene bereits entdeckt und winkte ihr zu. Marlene hatte kaum die Gelegenheit, Amelies Eltern die Hand zu schütteln und ein »Freut mich, sie wiederzusehen« über die Lippen zu bringen, da drängte Amelie auch schon, dass sie sich auf den Weg machen müssten.

»Wir sollten jetzt echt los. In zehn Minuten fängt die Lesung an, und ich will nicht die Aufmerksamkeit auf mich ziehen, indem ich zu spät und mit diesem Ding in den Raum rolle.«

»Gut. Mama und ich kommen dich pünktlich um acht wieder hier abholen, ja? Und falls du eher gehen willst, ruf einfach an. Wir haben heute Abend nichts geplant.«

»Ja, ja, ich weiß. Bis dann«, sagte Amelie halbherzig und war schon dabei davonzurollen, in Richtung Eingangstür. Begleitet von ›Viel Spaß‹- Rufen ihrer Eltern.

Als sie vor der Eingangstür angekommen und ihre Eltern hinter der nächsten Kurve verschwunden waren, hielt Amelie abrupt an.

Um ein Haar wäre Marlene auf Amelie und ihren Rollstuhl aufgelaufen. »Was ist, hattest du es eben nicht noch total eilig?«

»Schon, aber Johannes fehlt. Er wird den Anfang verpassen.«

»Dein Bruder?«, fragte Marlene überflüssigerweise.

»Ja. Er kommt auch mit. Wusstest du nicht, dass er auch ein totaler Bücherwurm ist?« Amelie entblößte ein zugleich freches wie liebenswürdiges Lächeln, und Marlene überlegte, was sie wohl im Schilde führen mochte.

»Okay, gut … dann warten wir natürlich noch.« Marlene versuchte zu überspielen, dass sie diese neue Erkenntnis ein wenig aus dem Gleichgewicht brachte. Sie war nicht darauf eingestellt gewesen, dass Johannes heute auch dabei sein würde. Während Marlene immer noch dabei war, ihre Gedanken zu ordnen, bog wenige Minuten später schon Johannes um die Ecke.

»Ist was nicht in Ordnung?«, wollte Amelie wissen.

»Nein, nein«, log Marlene. Denn es war so einiges nicht in Ordnung. Zum Beispiel, dass sie aufgeregt war, seit sie wusste, dass Johannes heute Abend auch dabei sein würde. Oder, dass

Johannes für Marlenes Geschmack viel zu attraktiv aussah, wie er so auf die beiden Freundinnen zuschritt. Hauptsächlich widerstrebte es Marlene aber, dass sie nicht länger leugnen konnte, dass sie für einen Mann schwärmte, der in festen Händen war. Nach diesem Tag musste sie dringend darauf achten, die Begegnungen mit ihm auf ein Minimum zu reduzieren.

»Hallo die Damen!« Johannes schien heute in bester Laune zu sein.

»Guten Abend, Johannes.« Marlene klang selbst in ihren Ohren übertrieben höflich, weshalb sie sich auch nicht weiter wunderte, als Johannes sie etwas irritiert anblickte.

»Kann's losgehen?«

»Du hast Mama und Papa verpasst«, stellte Amelie mit leicht vorwurfsvollem Ton fest, woraufhin Johannes etwas brummte wie »schade« und »nächstes Mal«.

Da sie mittlerweile sehr knapp dran waren und Amelie kein Aufsehen erregen wollte, hockten sie sich auf die letzten zwei freien Plätze in die hinterste Reihe, sodass Amelie mit dem Rollstuhl neben sie kommen konnte. Marlene fragte sich, wieso zum Teufel diese Stühle so eng aneinandergereiht sein mussten. Bei jeder noch so kleinen Bewegung, die sie vollführte, passierte es, dass sie entweder mit ihrem Arm oder mit ihrem Oberschenkel Johannes streifte.

Eine Sache, die es ihr unmöglich machte, der Lesung des Autors aufmerksam zu folgen. Ganz zu schweigen davon, dass Marlene Johannes so nah war, dass sie sogar deutlich wahrnehmen konnte, welches Duschgel er benutzte. Und das, obwohl der frische Sandelholz-Duft ihn nur leicht umgab.

Als die Lesung zu Ende war und der Applaus begann, sprang Marlene bereits von ihrem Stuhl, mit dem Vorwand, zur Toilette zu müssen. Sie brauchte dringend einen Moment für sich, um sich sammeln zu können. Vielleicht sollte sie einfach ihren Kopf unter den Wasserhahn halten, überlegte Marlene, als sie vor dem Spiegel ihre Hände abtrocknete und schon wieder feststellen musste, dass ihre Wangen glühten. Doch weil sie sich ziemlich sicher war, dass nicht einmal eiskaltes Wasser es schaffen konnte, Johannes aus ihrem Kopf zu kriegen, überlegte sie es sich anders. Ihre Haare sahen auch so schon zerzaust genug aus.

»Gut, Leute, ich werde mich jetzt dort hinten einreihen, um mir mein Exemplar signieren zu lassen und ein Selfie mit ihm zu machen. Wollt ihr mit?«, fragte Amelie, als Marlene wieder zurück war.

»Auf keinen Fall stell ich mich da an. Das dauert sicher mindestens eine Dreiviertelstunde«, wandte Johannes ein. »Ich hol mir dahinten an der Bar mal was zu trinken. Soll ich dir was mitbringen, Amelie?«

»'ne Limo, bitte.«

»Kommst du mit?«, wandte sich Johannes an Marlene, als Amelie losgezogen war, und deutete mit dem Kopf zur Bar.

»Ich dachte, ich stöbere hier mal ein bisschen durch die Bücherauslagen«, begann Marlene halbherzig sich abzusetzen.

»Kannst du danach doch immer noch machen.«

Obwohl Marlene zu einhundert Prozent sicher war, dass es keine gute Idee war, Zeit allein mit Johannes zu verbringen, folgte sie ihm.

»Arbeitest du eigentlich gern im Buchcafé?« Zum Glück stellte Johannes eine Frage, die dazu führte, dass in Marlenes Innerem wieder etwas Ruhe einkehrte. Sie lehnten mittlerweile mit ihren Getränken an einem der Stehtische.

»Schon, ja. Ich mag Lotte – selbst wenn sie manchmal etwas eigen ist.«

Johannes schmunzelte. »Ja, das hab ich auch festgestellt.«

»Ich mag auch das kleine, staubige Buchcafé. Es ist eher … Für immer dort zu arbeiten ist nicht gerade das, was ich mir wünsche. Aber bei mir lief, oder besser gesagt läuft es nicht so doll mit der Jobsuche. Und da ich knapp bei Kasse war, habe ich eben bei Lotte angefragt.«

»Was für einen Job suchst du denn? Ich meine, du bist doch hochqualifiziert, sollten dir da die Angebote nicht zufliegen?«

»Nicht wirklich … Ich bin für niemanden richtig interessant. Die einen nennen es ‚überqualifiziert', aber in Wahrheit bin ich nicht gut genug. Mir fehlt einfach echte Berufserfahrung. Kein Unternehmen stellt gern eine fast Dreißigjährige ein, deren einzige Aufgabe bislang darin bestanden hat, eine Doktorarbeit zu verfassen. Das weiß ich mittlerweile.«

»Mhm, klingt ziemlich frustrierend.«

»Ist es auch«, stimmte Marlene zu, und einen Moment lang herrschte Schweigen zwischen ihnen.

»Weißt du eigentlich, dass du einen Fanclub an meiner Schule hast?« Johannes lächelte Marlene an.

Marlene schüttelte nur den Kopf, denn sie nahm gerade einen Schluck aus ihrem Getränk.

»Gestern standen vier Kinder aus deiner Schreib-AG vor meiner Bürotür. Sie haben mir vorgeschlagen, dass ich dich einstellen und ihre Deutschlehrerin Frau Siebert entlassen sollte.«

Um ein Haar hätte Marlene sich vor lauter Lachen an ihrem Orangensaft verschluckt. »Ich hoffe, Frau Siebert hat davon nichts mitbekommen.«

»Keine Sorge. Hat sie nicht. Aber das war gar nicht mal so einfach, denn die vier haben sich nicht so leicht abwimmeln lassen.«

»Oje …«

»Ich sag ja, ein echter Fanclub. Aber wie kann man es ihnen verübeln. Sie haben ja recht. Ich würde mich auch für dich entscheiden.«

Marlene und Johannes' Blick trafen sich, und einen kurzen Moment sahen sie sich einfach nur an. So lange, bis Marlene das Kribbeln in ihrem Bauch wegen Johannes tiefgrünen Augen so intensiv spürte, dass sie vergaß zu atmen. Verlegen blickte sie hinab auf ihr Glas und begann mit dem Strohhalm herumzuspielen.

Entgegen Johannes' Prophezeiung hatte es nicht einmal zwanzig Minuten gedauert, bis Amelie ihr Autogramm und ihr Selfie in der Tasche hatte und zurück zu Marlene und Johannes gerollt kam. Die drei wollten gerade das Bücherhaus Reutemann verlassen, das sich mittlerweile deutlich geleert hatte, als Marlene plötzlich der Atem stockte. Erschrocken erstarrte sie eine Sekunde und versuchte sich dann hinter Johannes zu verstecken, indem sie enger an ihn heranrückte.

Da kam tatsächlich ihr Ex-Chef Roland direkt auf sie zu, und an seiner Seite lief seine Verlobte. Marlene betete, dass er sie nicht bemerken würde. Das Letzte, was sie jetzt brauchte, war, ihn zu treffen und vor Amelie und Johannes mit ihm Smalltalk halten zu müssen. Nur noch wenige Meter, dann würde er sie passiert haben. Marlene griff auf ihren üblichen Trick zurück und ließ sich das offene Haar ins Gesicht fallen. Starr blickte sie zu Boden. Als sie sicher war, dass genug Zeit vergangen war, dass Roland und seine Verlobte an ihnen vorbeigegangen waren, hob sie den Kopf – und da passierte es. Er war genau auf ihrer Höhe und sah ihr direkt ins Gesicht.

»Marlene? Du bist es ja doch. Ich hatte dich erst gar nicht erkannt.« Er und seine Verlobte änderten die Richtung, in die sie unterwegs gewesen waren, und traten nun direkt auf Marlene und ihre Begleitungen zu.

Ihr Körper versteifte sich. »Roland. Hallo«, würgte sie hervor. Ihren ehemaligen Chef hier zu treffen war kein Wunder. Er war in Literaturkreisen kein Niemand, und natürlich interessierte auch er sich dafür, wenn ein erfolgreicher Autor in einem hiesigen Buchgeschäft eine Lesung hielt. Nur leider hatte Marlene nicht einmal eine Sekunde daran gedacht, dass das heute hier passieren könnte.

»Wie schön dich zu sehen. Meine Verlobte Dana kennst du ja bereits.«

Marlene nickte und rang sich ein höfliches Lächeln ab. Am liebsten hätte sie sich übergeben. »Das ist Roland, mein ehemaliger Chef an der Uni«, fand sie schließlich ihre Umgangsformen wieder. »Das hier sind Amelie und Johannes, sie sind …«, erklärte sie weiter, doch in dem Augenblick rollte Amelie an ihr vorbei und streckte Roland selbstbewusst die Hand entgegen.

»Hallo, ich bin Amelie. Ich bin die kleine Schwester von Johannes – Amelies Verlobtem.«

»Äh, was …?«, platzte es aus Johannes heraus, und gleichzeitig verschluckte sich Marlene an ihrem trockenen Mund und begann zu husten.

Was war denn nur in Amelie gefahren, so etwas zu behaupten? Sofort bereute Marlene, dass sie Amelie gegenüber so ehrlich gewesen war und die ganze – hier und da vielleicht auch geschönte – Geschichte erzählt hatte, wie sie in Lottes Buchcafé gelandet war.

Amelie machte große Augen und funkelte ihren Bruder vielsagend an, sodass Roland und Dana nichts davon mitbekamen.

»Freut mich, dich kennenzulernen, Roland«, lenkte Johannes mit einem Mal ein und wirkte dabei erschreckend souverän. Marlene war es ein Rätsel, was gerade zwischen Amelie und ihm abgelaufen war. Sie hatte nicht verstanden, was Amelie mit ihrem Blick sagen wollte, aber er offenbar schon.

Die ganze Situation war vollkommen unwirklich, und Marlene fühlte sich immer noch wie betäubt. Also stand sie teilnahmslos dabei, während Johannes ein für Roland viel zu charmantes Lächeln zeigte und anfing, mit ihm zu plaudern, als wären sie alte Bekannte.

»Wisst ihr was? Lasst uns doch gemeinsam einen Happen Essen gehen«, hörte sie Roland schließlich sagen.

In Marlenes Kopf schrillten sofort alle Alarmglocken. Verzweifelt suchte sie nach einer Ausrede. Leider schien ihr Gehirn sich für heute schon zur Nachtruhe verabschiedet zu haben.

»Wir wollten gerade nach Hause gehen«, sprang Johannes zu Marlenes Erleichterung ein, aber Roland ließ nicht locker.

»Oh, bitte. Kommt doch mit. Ich möchte so gern hören, wie es dir geht, Marlene.«

Marlene setzte ein neutrales Lächeln auf und hakte sich dann bei Johannes unter. Dabei ging es ihr weniger darum, Amelies Schwindelei zu untermauern, als sich selbst ein bisschen Unterstützung zu holen, um dieses elendige Aufeinandertreffen endlich zu beenden. Und zu ihrer Erleichterung tat ihr Johannes den Gefallen und erwiderte die Geste, indem er seinen Arm um ihre Hüften legte. »So schön es wäre, Roland. Leider geht es aber wirklich nicht. Amelie muss jetzt nach Hause«, hörte Marlene sich säuseln. Nur einem selbstverliebten Egomanen wie Roland konnte die Heuchelei in ihrer Stimme entgehen.

»Also auf mich braucht ihr keine Rücksicht zu nehmen. Geht ruhig zusammen aus«, meinte Amelie und zeigte ein schelmisches Grinsen.

»Nein, das geht ja nicht. Wir haben deinen Eltern versprochen, dich pünktlich nach Hause zu bringen.« Es war nicht genau das, was sie vereinbart hatten, aber diese kleine Notlüge würde hoffentlich endgültig dafür sorgen, dass das Thema »gemeinsames Abendessen« vom Tisch war.

»Wisst ihr was, ich rufe einfach meine Eltern an, die holen mich ab. Dann können Johannes und du mit den anderen mitgehen«, fiel Amelie Marlene überraschenderweise in den Rücken.

»Na, dann ist die Sache ja geklärt«, meinte Roland mit einem Lächeln, das Marlene einmal für charmant gehalten hatte. Amelie begann derweil verschmitzt grinsend irgendeine erfundene Nummer zu wählen, da ihre Eltern vermutlich ohnehin bereits auf dem Weg hierher waren.

Dieses Verhalten war auch wieder typisch für Roland. Er hörte einfach nie auf zu bohren und zu überreden … So lange, bis er seinen Willen hatte. Und was zum Geier machte Amelie eigentlich so zufrieden, überlegte Marlene und fluchte dann innerlich.

»Also, wer klärt mich auf?«, forderte Johannes in strengem Lehrertonfall, als sie wieder zu dritt waren, weil Roland noch einen weiteren Bekannten getroffen hatte. Marlene war überrascht, dass Johannes doch relativ beherrscht darauf reagierte, dass er eben zu einer solchen Schauspieleinlage gezwungen wurde.

»Das macht Marlene, ihr habt jetzt ja etwas Zeit zusammen. Ich muss raus, mein Abholdienst steht sicher schon bereit«, meinte Amelie unbekümmert.

»Oh nein, erst erklärst du mir, wie du darauf kommst zu behaupten, dass Marlene und ich ein Paar sind. Das kam schließlich aus deinem Mund. Nicht aus ihrem.« Johannes stellte seinen Fuß vor das Rad von Amelies Rollstuhl, um sie so am Davonfahren zu hindern. Jetzt wirkte er deutlich verärgerter als zuvor.

»Hättest ja nicht mitmachen müssen«, maulte Amelie, fummelte aber unsicher an der Kette um ihren Hals.

»Ach nein? Und was sollte dann dein ›SOS-Blick‹?«

Amelie schwieg. Offenbar war es ihrer jungen Freundin trotz ihres frechen Vorstoßes vorhin doch nicht ganz geheuer, Marlenes private Geschichten vor ihrem Bruder offenzulegen.

»Ich schätze, sie wollte mir helfen«, versuchte Marlene die Situation zu entschärfen, wobei sie Amelie selbst am liebsten Vorwürfe gemacht hätte.

Johannes richtete nun seinen Blick auf Marlene, und seine Züge wurden weicher. »Helfen? Wieso?«

»Na ja … Roland ist genau genommen nicht nur mein

ehemaliger Chef, sondern auch mein Ex. Wir hatten so etwas wie eine Beziehung, und es endete nicht zu meinem Vorteil …«

Kapitel 17

»Wieso nur habe ich diesem Essen zugestimmt?«, jammerte Marlene und ließ ihren Kopf nach hinten fallen, als ob der Himmel ihr eine Antwort geben könnte. Johannes und sie drückten sich vor dem Restaurant herum, zu dem sie gemeinsam mit Roland gefahren waren. Marlene hatte so getan, als hätte sie einen Anruf erhalten, damit sie draußen stehen bleiben konnten.

»Genau genommen hast du nicht zugestimmt. Dein Exfreund hat es einfach als beschlossen angesehen, nachdem meine Schwester sich plötzlich zu seiner Komplizin gemacht hat. Aber vielleicht hätte es geholfen, wenn du weniger höflich gewesen wärst. Und ihm stattdessen verklickert hättest, dass das Letzte, was du tun willst, ist, mit ihm und seiner neuen Flamme *Daaana* ins *Chez Michel* essen zu gehen. Zum einen, weil er ein Arsch ist – nur eine Vermutung von mir –, und zum anderen, weil du pleite bist«, sagte Johannes trocken. Ein Moment herrschte Stille, dann begannen beide zu lachen.

»Und was willst du jetzt machen?«, fragte Johannes, nachdem sie sich beruhigt hatten.

»Ja, was wohl. Ich gehe rein und bringe es hinter mich.« Marlene rollte mit den Augen.

»Wir werden viel Alkohol brauchen.«

»Wieso wir?« Marlene drehte sich zu Johannes und sah ihn aus großen Augen an.

»Na, ich komm natürlich mit.« Johannes zuckte die Schultern.

Marlene schüttelte den Kopf. »Auf keinen Fall. Das kann ich unmöglich von dir verlangen. Ich werde ihnen einfach sagen, dass du einen wichtigen Termin vergessen hast, zu dem du noch gehen musst.«

»Also erstens hat meine Schwester dich in diese Lage gebracht, weshalb ich mich mitverantwortlich fühle. Und zweitens verlangst du es doch gar nicht. Das gehört zum guten Ton, weißt du, dass ein Mann seine Verlobte zu einem grässlichen Abendessen begleitet. In guten wie in schlechten Zeiten und so …« Johannes lachte unbekümmert.

Auf Marlenes Körper breitete sich Gänsehaut aus, doch daran war nicht der Windstoß schuld, der gerade aufzog. Obwohl sie wusste, dass es das Richtige gewesen wäre, widersprach sie nicht noch einmal – und fragte ihn auch nicht danach, was seine Freundin wohl davon halten würde. Sie hatte viel zu große Bedenken, dass Johannes dadurch wieder zur Besinnung kommen könnte und sich umentscheiden würde. Und sosehr ihr vor diesem Essen mit Roland graute, sosehr freute sie sich darauf, Johannes dabei an ihrer Seite zu wissen. Wenn auch nur als geschwindelten Verlobten.

»Bereit?«, fragte Johannes.

Marlene checkte im Spiegelbild der Glastüre ihre Erscheinung. Das Haar saß natürlich nicht mehr wie am Morgen – viele kleine Strähnen hatten sich aus dem langen Zopf gelöst –, und ihr legeres Tagesoutfit war eigentlich nicht für ein Restaurant wie das *Chez Michel* geeignet. »Nicht wirklich, aber es hilft ja nichts. Lass uns reingehen.«

»Na dann. Nach dir.« Mit einer einladenden Armbewegung hielt Johannes Marlene die Tür auf. Die Art, wie er sie dabei aufmunternd anlächelte, ließ sie einen Moment völlig vergessen, dass das Ganze hier keine richtige Verabredung war.

»Hey, warte kurz!« Johannes blieb auf dem Weg zum Tisch stehen, an dem bereits Roland, seine Verlobte und noch ein weiteres Paar saßen, das sie ebenfalls auf der Lesung getroffen hatten.

»Was ist? Willst du einen Rückzieher machen?«, fragte Marlene und versuchte dabei, nicht panisch zu klingen.

»Quatsch.« Er schüttelte amüsiert den Kopf. »Ich dachte nur, wir sollten uns vielleicht ein Codewort ausdenken.«

»Hä?« Marlene sah ihn planlos an.

»Na ja, ein Codewort eben. Ein Wort, mit dem wir dem anderen heimlich und unauffällig mitteilen können, dass es jetzt höchste Zeit ist abzuhauen.«

Marlene musste sich ein Kichern verkneifen. »Okay, und was schlägst du vor?« Sie sah an Johannes vorbei. Roland winkte ihnen bereits zu.

»Also mein Kumpel Alex und ich nehmen auf Partys immer den Satz ›Ich hab gehört, das Bier ist alle‹.« Er grinste verschmitzt, und Marlene hatte sofort vor Augen, wie er und sein Kumpel auf Kommando eine Party verließen.

»Ich glaube, das wäre heute nicht ganz angebracht.«

»Wie wär's mit Dessert?«, schlug er stattdessen vor. »Beginnt einer von uns beiden von Nachtisch zu reden, hauen wir ab.«

Zu Marlenes Überraschung verlief der Abend nur halb so furchtbar wie erwartet. Zu verdanken hatte sie das zum einen dem sehr sympathischen, ebenfalls spontan eingeladenen Ehepaar, der Flasche Rosé, die in Reichweite stand, und natürlich Johannes. Dank dieser Kombi hatte Marlene bislang darauf verzichtet, das Codewort zu verwenden.

Die Frage war nur, wie lange sie es noch durchhielt. Roland ließ quasi keine Gelegenheit aus, um zu demonstrieren, wer der Erfolgreichste am Tisch war, und um von irgendwelchen gemeinsamen Erlebnissen mit Marlene zu erzählen – vermutlich in der Hoffnung, Johannes damit auf die Palme zu bringen. Dass dadurch mittlerweile sogar seine Verlobte kapiert haben musste, dass Roland und Marlene ein Verhältnis gehabt hatten, schien ihn dabei erst einmal nicht zu interessieren.

Marlene fragte sich, ob er schon immer so prahlerisch und ichbezogen gewesen war. Hätte Marlene Roland für einen anderen Mann verlassen, könnte sie ja verstehen, dass er nun versuchte, sich aufzuplustern, um ihr zu zeigen, dass sie einen Fehler gemacht hatte. Aber schließlich war er es gewesen, der angefangen hatte, sich über Monate hinweg, parallel zu ihrer inoffiziellen Beziehung, eine zusätzliche Vorzeigefreundin anzulachen.

»Also, Marlene, so wie Roland erzählt, müsst ihr am Lehrstuhl ja eine tolle Zeit gehabt haben«, stellte Rolands Verlobte Dana fest. »Wolltest du nicht dort bleiben? Wäre die Uni nicht ein besserer Arbeitgeber?«

Marlene wünschte, sie hätte auf die Frage, wo sie jetzt arbeitete, nicht ehrlich geantwortet. Doch irgendwie hatte sie gedacht, dass sie an diesem Abend schon genügend Lügen verbreitet hatte.

»Weißt du, Schatz. Nicht jeder bringt die Voraussetzungen für eine Karriere im Hochschulsektor mit. Die Anforderungen sind hoch, und Marlenes Promotion ist leider nicht so ausgefallen, wie meine Kollegen und ich es erwartet hatten.«

Marlene biss sich auf die Zunge, griff zur Weinflasche und schenkte sich und Johannes nach.

»Also ich bin froh, dass sie dem Elfenbeinturm entflohen ist. Und ich glaube, Marlenes neue Chefin und die Kinder und Erwachsenen in ihrer Schreibwerkstatt sind ebenfalls froh darüber«, sprang Johannes für Marlene in die Bresche. Dann legte er seinen Arm auf ihre Stuhllehne und beugte sich leicht zu ihr. »Ich hoffe, du störst dich nicht an einem peinlichen Verlobten. Ansonsten solltest du nämlich aufhören, mein Glas weiter zu befüllen.« Johannes' Atem kitzelte in Marlenes Nacken, und wieder lief ihr Gänsehaut über den Körper. Okay, das reichte. Das alles wurde nun definitiv zu viel.

»Absacker!«, flüsterte sie Johannes entgegen.

»Hä?« Er sah sie ratlos an.

Marlene zog bedeutungsschwer die Augenbrauen in die Höhe und sprach deutlicher. »Ich brauche einen Absacker. Jetzt.«

»Ohhh …« Jetzt fiel bei Johannes der Groschen. »Du meinst, du hättest gern einen Nachtisch? Klar, kein Problem.«

Etwa eine halbe Stunde nachdem Marlene vom geheimen Codewort Gebrauch gemacht hatte, befanden sich Johannes und sie bereits im Kapuzinerviertel.

»Warst du da schon mal drin?« Johannes blieb mit einem verschmitzten Grinsen vor der heruntergekommenen Bierkneipe stehen.

»Äh … Nein.«

»Siehst du, ich auch nicht, dabei wohnen wir beide hier im Viertel.«

»Ich war aber auch nie bei Lotte im Laden, bis vor einem Dreivierteljahr.«

»Komm!« Johannes schob Marlene durch die Tür. »Du hast selbst gesagt, du willst einen Absacker.«

»Aber doch nur, weil es unser Codewort war.«

»Unser Codewort war Nachtisch«, erklärte er noch einmal. »Also komm …«

»Nachtisch ist übrigens kein besonders gutes Codewort für ein Abendessen. Beinah hätten wir dadurch noch länger bleiben und einen essen müssen, weil Rolands Flamme *Daaaana* mitbekommen hat, wie wir darüber reden.« Marlene und Johannes hatten mittlerweile an der Bar der Bierkneipe Platz genommen. Obwohl Samstag war, waren außer ihnen nur noch vier weitere Gäste im Lokal, und Marlene musste nicht lange überlegen wieso. Im Raum hing der Gestank von mindestens zwanzig Jahren gesammeltem kalten Rauch, das Bier war lauwarm, wenn man die Ellenbogen auf die Theke stützte, klebte man fest, und die Toilette wollte Marlene erst überhaupt nicht betreten. Trotzdem gefiel es ihr dort, was entweder bedeutete, sie war betrunkener, als sie dachte, oder ihre Begleitung ließ alles andere nebensächlich erscheinen. Als Marlene darüber nachdachte, kam sie zu dem Schluss, dass wohl beides ein wenig zutraf.

»Nächstes Mal kannst du dir ja ein besseres ausdenken«, schlug Johannes vor.

Marlene war klar, dass das nur so dahergesagt war. Aber bei der Vorstellung, noch einmal mit Johannes auszugehen – auch wenn es nur eine Fake-Verabredung war –, geriet in ihrem Inneren schon wieder alles durcheinander.

»Also, was für einen Absacker nehmen wir?«

Marlene hob ihm ihr Bier vor die Nase. »Gilt denn das hier nicht?«

»Oh nein.« Johannes schüttelte den Kopf. »Ein Absacker ist per Definition ein Schnaps. Für Zartbesaitete lasse ich aber auch einen Likör gelten.«

»Du hältst mich für zartbesaitet?«, wollte Marlene empört wissen.

»Hm … Stimmt. Wenn ich daran denke, wie du drauf und dran warst, mir mit einem Buch die Rübe einzuschlagen, dann trifft das eigentlich nicht auf dich zu.«

»Pfft …«, war alles, was Marlene erwiderte.

Für einen Augenblick saßen sie einfach nur schweigend beieinander, und Marlene genoss die seltsame Vertrautheit, die zwischen ihnen herrschte.

»Weißt du, was ich mich schon die ganze Zeit frage?« Johannes' Gesicht wurde plötzlich ernst, und er sah Marlene direkt in die Augen. Dazu rückte er ein wenig weiter auf sie zu, als es für zwei lediglich lose Bekannte angebracht gewesen wäre.

Marlene hatte keine Ahnung, worauf er hinauswollte, aber sie wusste gut, was sie selbst sich die ganze Zeit fragte. Und zwar, wie es wohl wäre, Johannes' verteufelt schönen Mund zu küssen. Rasch versuchte sie, den Gedanken loszuwerden. »Fragst du dich, wieso du dir diesen Abend angetan hast?«

»Nein. Ich frage mich, wieso *du* dir diesen Abend angetan hast …«

Marlene hielt es für sicherer, nichts zu antworten, denn sie hatte Sorge, durch den ganzen Alkohol in ihren Adern ansonsten auszuplaudern, dass sie den Abend dank Johannes' Anwesenheit eigentlich ziemlich gelungen fand.

»Fassen wir zusammen. Roland ist dein Ex, und es endete für dich mit dem klassischen gebrochenen Herzen. Du hast also keinen Grund, dich ihm gegenüber freundlich zu verhalten, und trotzdem gehst du mit ihm essen und lässt dich den ganzen Abend bequatschen und hörst höflich dabei zu, wie er irgendwelchen Stuss erzählt. Abgesehen davon verstehe ich nicht, wie eine Frau wie du jemals mit einem Arsch wie Roland zusammen sein konnte. Und davon, dass er ein Arsch ist, konnte ich mich heut Abend selbst überzeugen.«

»Eine Frau wie du«, hatte Johannes gesagt – das war das Einzige, was bei Marlene im Kopf hängen geblieben war. Zu gern hätte sie ihn gefragt, was er damit meinte. Doch selbst eine halbe Flasche Wein, zwei Bier und ein Schnaps schafften es nicht, dass sie ihre Prinzipien so über den Haufen warf und einen vergebenen Mann anflirtete. Bedachte man, dass sie gerade drei Stunden lang behauptet hatte, Johannes sei ihr Verlobter, war dies eine sehr späte Besinnung, aber immerhin.

»Was hätte ich deiner Meinung nach denn tun sollen?«

»Du meinst, außer gar nicht erst zu dem Essen zu gehen?« Er grinste sie an, und Marlene boxte Johannes in die Seite. »Du hättest ihm und seinem Geschwafel ja zumindest etwas entgegensetzen können. Zum Beispiel, als er seiner Neuen erklärte, du seist nicht gut genug für eine Unikarriere. Ich mag mich irren, aber das war nicht sehr galant von ihm. Selbst wenn es stimmen würde, was ich nicht glaube, hätte er sich diesen Kommentar sparen können.«

»Du hast ja recht … Doch ich hätte ja schlecht vor allen erklären können, wie es wirklich war. Dass ich ihm, lange bevor meine Doktorarbeit fertig war, gesagt habe, dass ich den Lehrstuhl verlassen würde – was er mir damals übrigens versuchte auszureden. Und dass der einzige Grund für meine Kündigung war, dass es mich nach unserer Trennung allmählich zermürbt hat, an dem Institut zu arbeiten, an dem er Professor war. Ich hätte ja schlecht vor Dana sagen können, dass er mich monatelang verarscht hat – mit mir geschlafen, mir schöne Augen gemacht hat, während er sich parallel zu mir Dana als Vorzeigefreundin für offizielle Anlässe angelacht hat.« Marlene schüttelte den Kopf und gab einen verächtlichen Zischlaut von sich. »Und als ich die Sache daraufhin beendet habe, hat er meine anhaltende Schwäche für ihn weiter ausgenutzt und dafür gesorgt, dass ich weiterhin seine Arbeit für ihn erledige. Weißt du, die letzten Vorträge, die er gehalten hat, die hab alle ich ihm vorbereitet. Sogar die Witze darin sind von mir … Damals hab ich solche Sachen für ihn gern erledigt, weil ich dachte, dass er mich liebt und weil ich ihn unterstützen wollte. Er sagte mir immer, wie viel er zu tun hätte – dabei wollte er nur freie Zeit haben, um mit Dana zusammen zu sein.«

»Oh.« Johannes Augen weiteten sich mit jedem Wort von Marlene.

»Genau, und jetzt halten mich meine Mutter und mein Großvater für eine komplette Versagerin. Denn ich habe – entgegen ihren Ratschlägen – ein Verhältnis mit einem Vorgesetzten angefangen, ins Blaue hinein gekündigt und meine Promotion vermasselt, da ich wegen meiner Kündigung unter Zeitdruck stand. Und zu allem Überfluss finde ich jetzt nicht mal einen vernünftigen Job.« Marlene fuhr sich durch ihr zerzaustes Haar, und einen Moment fragte sie sich wieder, wie es hatte passieren können, dass ihr Leben so aus der Spur geraten war.

Mit fassungslosem Blick aus seinen tiefgrünen Augen sah Johannes sie an.

»Siehst du, und deshalb hab ich eben lieber meinen Schnabel gehalten, als Roland zu korrigieren.«

Johannes dachte einen Moment nach. »Ich finde, du hättest es trotzdem tun sollen … Und nimm's mir nicht übel, aber dass deine Mutter enttäuscht sein soll von einer wunderschönen und liebenswürdigen Tochter, die zu allem Überfluss noch einen Doktortitel in der Tasche hat, kaufe ich dir nicht ab. Es gibt Gründe, dass Eltern ihre Kinder für Versager halten und sich von ihnen abwenden, ja. Aber einen beruflichen Neuanfang zu wagen, der vielleicht gerade etwas holpert, gehört ganz bestimmt nicht dazu.« Langsam löste Johannes den Blick von Marlene. Dann sah er in sein Glas, stürzte sich den Rest hinunter und bestellte noch zwei Bier.

Kapitel 18

»Canan … Caaanaaan?« Marlene klopfte gegen die Zimmertür ihrer Mitbewohnerin und musste sich dann für einen Moment am Türrahmen festhalten, um nicht das Gleichgewicht zu verlieren.

»Was ist?«, brummte es durch die geschlossene Tür.

»Bisu noch wach?«, lallte Marlene.

Marlene hörte ein genervtes Stöhnen. »Jetzt schon, ja.«

»Kann ich reinkomm'?«

»Wegen mir …« Kaum hatte Canan die Erlaubnis ausgesprochen, lag Marlene auch schon neben ihr im Bett. »Wieso bist 'n du so besoffen?«, fragte Canan amüsiert mit einem verschlafenen Grinsen.

»Halt so halt.« Marlene zuckte die Schultern. »Erzähl ich dir morgen.«

»Und was willst du dann jetzt hier? Mir deine mörderische Fahne präsentieren?«

»Ich muss mit dir red'n. Ich hab 'ne gute und 'ne schlechte Nachricht. Welche willste zuerst hör'n?«

»Boah, Marlene. Es ist zwei Uhr nachts. Rede oder geh schlafen.« Canan warf sich genervt den Arm über die Augen.

»Okay … also, die gute Nachricht is, ich kann jetzt mit Sicherheit sag'n, dass ich mit dem Kapit'l Roland für immer abgeschlossen hab.«

»Das höre ich gern. Und was ist die schlechte?«

»Ich denk, ich hab mich in Johannes verliebt.« Marlene

sprach Canan ins Ohr, obwohl ihre Stimme weit entfernt von einem Flüstern war.

»Nicht wirklich überraschend, wenn ich ehrlich sein darf.«

»Nee, oder?«

»Ist heut Abend zwischen euch was passiert, dass du zu dieser Erkenntnis gekommen bist?«

Marlene hatte die Augen nun ebenfalls geschlossen und schüttelte den Kopf. »Er hält mich für wun'erschön ... und für liebenswert ...«, erzählte Marlene.

»Hat er nicht eine Freundin, mit der er auch zusammenwohnt?«

»Doch«, nuschelte Marlene im Halbschlaf. »Die hat er ...«

Canan kuschelte sich tröstend an Marlene. »Dann weißt du ja, was jetzt angesagt ist.«

»Meine Gefühle an 'nen Stapel Bücher binden und den dann inner Isar versenken?« Marlene seufzte.

»Jep, genau das. Und sieh zu, dass du ein wenig Abstand zwischen euch schaffst ...«

***

Marlene wachte mit einem höllisch trockenen Mund und pochenden Kopfschmerzen in Canans Bett auf, als die ihr eine Tasse dampfenden Kaffee auf den Nachttisch stellte.

»Oh Gott ...«, stöhnte Marlene und setzte sich in Zeitlupe auf. »Wie konnte ich nur so viel trinken?«

Canan sah sie prüfend an. »Das würde mich auch interessieren. Und wenn du schon dabei bist, den gestrigen Abend aufzuarbeiten, würde mich ebenfalls noch interessieren, *wieso* du so viel getrunken hast. Und welche Rolle Johannes und Roland dabei gespielt haben. Ich dachte, du bist mit Amelie auf einer Autorenlesung.«

»War ich ja auch.«

»Aha. Und dort gab es gratis Getränke?«

Marlene schüttelte den Kopf und bereute es sofort, da ihr direkt schwindelig wurde. »Ich werde dir alle Fragen beantworten. Aber erstmal brauche ich eine Dusche und eine Kopfschmerztablette …« Sie musste erst einmal einen klaren Kopf bekommen, ehe sie mit Canan den gestrigen Abend besprechen konnte. »Hast du Lust auf einen Spaziergang an der Isar entlang? Ich könnte ein wenig frische Luft gebrauchen, glaube ich.«

»Gern. Ich hab dir nämlich auch was zu berichten. Du weißt hoffentlich noch, dass ich gestern Abend mein zweites Date mit Emre hatte, dem heißen Typen vom Onlinedating-Portal?«

»Oh, Mist, sorry. Ich hab dich nicht mal gefragt, wie es war.«

»Ich schätze, wir sind jetzt ein Paar.« Canan kicherte.

»Warte, was?« Marlene riss die Augen auf. »Wir sprechen uns drei Tage nicht, und plötzlich kommst du mit einem neuen Freund um die Ecke? Ich denke, nicht nur ich hab nachher einiges zu erzählen …«

***

Es war der Montagnachmittag nach ihrem ungeplant alkoholhaltigen Wochenende, und Marlene zählte die Stunden, bis sie endlich nach Hause gehen konnte. Zum einen, weil sie das Gefühl hatte, einen Zwei-Tageskater zu haben, und zum anderen, weil sie bei jedem Türklingeln befürchtete, Johannes könnte zur Ladentür hereinkommen. Als sie ein weiteres Mal zur Tür sah, da die Glocke über der Tür bimmelte, rollte Amelie gut gelaunt herein und direkt auf Marlene zu, die hinter der Theke an der Kaffeemaschine stand.

»Naaa, wie war euer Date noch?« Amelie wackelte verschwörerisch mit den Augenbrauen.

»Ich weiß nicht, wovon du redest«, erwiderte Marlene. Ihr

war klar, worauf das Mädchen hinauswollte, doch Amelie sollte nicht denken, dass Marlene ihre irrwitzige Aktion gefallen hatte.

»Na, Johannes und dein Doppeldate mit Roland. Ist mein Plan aufgegangen? Hat ihm nicht gefallen, dich mit einem neuen Mann zu sehen, oder?« Amelie grinste frech.

»Keine Ahnung … Schon möglich.«

»Ganz bestimmt ärgert er sich jetzt«, gab Amelie überzeugt zurück und kicherte.

Marlene stellte ihre Arbeit an der Kaffeemaschine ein. »Mag schon sein, aber du hast deinen Bruder und mich in eine ziemlich blöde Lage gebracht.«

»Ach …« Amelie zuckte die Schulter. Sie wollte von Marlenes Einwänden nichts wissen.

»Dein Bruder hat eine Freundin, und deinetwegen musste er den ganzen Abend so tun, als wären wir ein Paar. Wenn ich seine Verlobte wäre, wäre ich davon alles andere begeistert.« Kaum hatte Marlene den Satz ausgesprochen, überkam sie auch schon wieder eine heiße Welle des schlechten Gewissens.

»Sowas nennt man Win-win-Situation«, erklärte Amelie und grinste frech, ja beinah teuflisch. Erst in diesem Moment verstand Marlene, dass Amelie am Samstagabend zwei Ziele verfolgt hatte. Roland um Marlenes willen eins auszuwischen, und sie wollte ganz eindeutig Katrin verärgern.

»Sowas nennt man eine Lüge … Mann, Amelie, dein Bruder ist schließlich glücklich mit Katrin, wieso willst du ihm das kaputt machen?«

In Amelies Blick lag ein Hauch von Schuldbewusstsein. »Ich hab's ja nicht böse gemeint. Ich dachte nur … na ja … ich dachte eben, wenn ihr beiden etwas Zeit verbringt, dann verliebt ihr euch bestimmt, und Johannes schießt endlich Katrin ab.«

Marlene stockte. »Toller Plan«, war schließlich alles, was

sie herausbrachte. Sie hoffte inständig, dass Amelie nie erfahren würde, dass ihr Plan zugegebenermaßen teilweise erfolgreich gewesen war. Denn wenn auch nicht Johannes, so hatte zumindest Marlene ihr Herz ein klein wenig an ihn verloren. Und genau das war das Problem. Doch wenn Marlene ehrlich zu sich war, dann war daran nicht Amelie und ihr eingefädeltes Doppeldate schuld.

Klar, jede Minute mehr, die Marlene mit Johannes verbrachte, verstärkten ihre Gefühle noch, aber genau genommen war sie schon vor Amelies Plan verloren gewesen. Und wenn sie Amelie Vorhaltungen machte, Katrin gegenüber unfair zu handeln, dann schimpfte sie sich in Wirklichkeit selbst.

Denn sie hatte sich in Johannes verliebt, obwohl sie genau wusste, dass er in festen Händen war. Ja und nicht nur das. Sie hoffte innerlich, dass es ihm genauso ging. Was war sie nur für ein Mensch geworden? Das alles musste aufhören. Sie – Marlene – musste sich entlieben. Und das schnell!

»Tut mir leid«, begann Amelie, und ihr geknickter Gesichtsausdruck machte Marlene direkt noch ein viel schlechteres Gewissen.

»Ist okay. Ich hätte es ja auch selbst einfach richtigstellen können. Und eigentlich war es ganz lustig, Roland etwas vorzuspielen«, gestand Marlene. »Übrigens, das hier wollte ich dir schon am Samstag zeigen.« Marlene schob ihr Smartphone zu Amelie hinüber, auf dem sie – wie Lotte immer sagte – fakebook geöffnet hatte.

»Was ist das?«, fragte Amelie, anstatt zu lesen.

»Das ist eine Ausschreibung. Ein Berliner Verlag veranstaltet zusammen mit einer Buchladenkette einen Schreibwettbewerb für Nachwuchsschreiberlinge. Ich bin doch für Lotte und den Laden jetzt auf den sozialen Netzwerken aktiv, und so bin ich drauf gestoßen. Wäre das nichts für dich?«

»Geschichten, die das Leben schreibt«, las Amelie das Motto des Wettbewerbs vor.

Marlene nickte. »Sie suchen genau solche Kurzgeschichten, wie du sie gern schreibst. Die besten fünf werden in einem Sammelband veröffentlicht. Leider ist die Eingabefrist bereits nächste Woche.«

Auf Amelies Gesicht breitete sich ein Strahlen aus. »Kein Problem. Ich hab schon eine Idee, was ich einreiche. Ich muss es nur noch ein wenig überarbeiten«, erklärte sie und rollte bereits davon, direkt zu ihrem Stammplatz im Laden. Dort packte sie ihren Laptop aus und begann geräuschvoll zu tippen.

Kapitel 19

»Hat dieses Kind denn keinen eigenen Arbeitsplatz zu Hause? Sie nimmt den Gästen den Platz weg«, meckerte Lotte, als sie Amelie schon wieder im Laden sitzen sah.

»Sie findet den Ort hier eben inspirierend.« Marlene lächelte Lotte an. »Außerdem sind doch noch Tische frei.«

Als hätte Amelie die beiden sprechen gehört, sah sie von ihrer Arbeit auf und rollte dann zu ihnen auf die Theke zu. Marlene erkannte, dass sie unzufrieden war.

»Ich glaube, ich habe eine Schaffenskrise«, stöhnte Amelie theatralisch.

Trotz Amelies leidendem Gesichtsausdruck musste Marlene lachen. »Bist du dazu nicht noch etwas zu jung? Abgesehen davon sitzt du doch erst seit gestern an deiner Geschichte.«

Amelie sah Marlene streng an und antwortete nicht.

»Okay, was ist los?«

»Ich weiß nicht, was ich schreiben – was ich einreichen soll … Mein Kopf ist plötzlich leer.«

»Aber was ist mit der Geschichte, die du gestern erwähnt hattest – du warst doch Feuer und Flamme.«

»Ach, das funktioniert nicht. Die Geschichte ist völliger Kindergartenkram. Außerdem passt es auch gar nicht zum Motto.«

»Worum geht es hier?«, wollte Lotte wissen, die sich untypischerweise für das Gespräch zu interessieren schien.

»Amelie möchte an einem Schreibwettbewerb teilnehmen.«

»Ja. Und das Motto lautet ›Geschichten die das Leben schreibt‹. Da brauch ich was, das die Leute richtig packt, was mit Tiefe und Drama und Spannung … Ich will mich an was Neuem probieren.« Amelie beschrieb noch eine Weile weiter, wonach sie suchte.

»Mhm.« Marlene dachte nach. Sie wollte ihrer jungen Freundin gern helfen, doch sosehr sie es auch liebte, zu lesen und an Texten zu arbeiten, selbst etwas zu schreiben und zu erfinden, das war nicht ihre Stärke.

»Wieso schreibst du nicht über dich und den Rollstuhl?« Der Vorschlag kam zur Überraschung der beiden von Lotte, die offenbar keine Sorge hatte, damit ein sensibles Thema anzusprechen.

»Über mich und meinen Rollstuhl?«

»Vielleicht ist das ja gar keine schlechte Idee. Ein bisschen so wie auf diesem Blog, den du mir gezeigt hast. Möglicherweise inspiriert dich das ja«, meinte Marlene und konnte förmlich sehen, wie es sofort in Amelies Kopf arbeitete.

Ohne noch etwas zu erwidern, rollte Amelie wieder zu ihrem Platz, begann ein paar Wörter zu schreiben und hob dann gedankenverloren den Kopf. »Frau Eigner, Sie sind spitze!«, rief sie quer durch das Buchcafé, sodass es auch die übrigen Kunden mitbekamen.

Kapitel 20

Seit dem Abend, an dem Johannes Marlenes Verlobten gespielt hatte, hatte sie ihn nicht wiedergesehen. Sie hoffte – wenn auch schweren Herzens –, dass es so bleiben würde. Denn ihr Vorhaben, sich zu entlieben, war auch schon schwierig genug, ohne dass sie in seine moosgrünen Augen schauen musste.

Zur nächsten Schreib-AG in seiner Schule kam Marlene deshalb auf die letzte Minute, sodass sie sicher war, ihn nicht zufällig anzutreffen, und ging direkt zum Klassenraum, ohne im Lehrerzimmer oder sonst wo vorbeizuschauen.

Zu Marlenes Erleichterung beanspruchte sie die Arbeit mit den Jugendlichen so sehr, dass sie gar keine Gelegenheit hatte, sich über Johannes Gedanken zu machen. Nichts lenkte einen so gut ab, stellte sie fest, wie ein Raum voller quirliger Jungs und Mädchen, die in jeder unbeobachteten Minute etwas ausheckten. Und als die AG zu Ende war, ließ sich Marlene, ohne Zeit zu verlieren, wie ein Treibholz mit der Menge der hinausströmenden Kinder aus dem Schulhaus schwemmen.

»Mist«, meckerte sie, als sie zu Hause angekommen war.

»Was ist los?« Canan rief aus der Küche herüber in den Flur.

»Ach, nichts. Hab nur was in der Schule liegen lassen.«

Canan streckte den Kopf um die Ecke. »Was Wichtiges?«

»Meine Tasche.« Vor lauter Bemühung, das Schulhaus möglichst schnell wieder zu verlassen, ohne dass sie Johannes über den Weg lief, hatte sie sie im Klassenzimmer hängen lassen.

»Oh.«

»Ist nicht schlimm. Ich hatte alles, was wertvoll ist, in meine Jackentasche gesteckt. Es ist nichts mehr drin, was ich dringend brauche.«

»Okay … Hast du Lust, mit Emre und mir nachher Essen zu gehen? Wir gehen zum Sushi.« Canan betrachtete Marlene mitleidig. »Dann könntest du ihn kennenlernen. So ein bisschen Ablenkung täte dir, glaube ich, ganz gut.«

Marlene rieb sich die müden Augen. Sie hatte die letzten Nächte nicht besonders gut geschlafen. »Das ist lieb von dir, aber mir ist heut eher nach einer Badewanne und Berieselung vom Fernseher.«

»Bist du sicher? Im Kühlschrank herrscht allerdings gähnende Leere.«

»Ist nicht schlimm, ich hab sowieso keinen großen Hunger.«

»Na gut, aber falls du es dir anders überlegst, dann komm nach.«

»Mach ich«, versprach Marlene.

Als Canan gegangen war, begann sich Marlene eine Badewanne einzulassen. Während das dampfende Wasser beruhigend im Hintergrund plätscherte, checkte Marlene auf ihrem Handy ihre E-Mails, um zu sehen, ob Reaktionen auf ihre Bewerbungen eingetroffen waren. Doch die zwei einzigen Mails, die keine Werbung enthielten, stammten von Amelie. Sie bat Marlene darum, die erste Rohfassung ihrer Kurzgeschichte zu lesen und ihr eine Rückmeldung dazu zu geben. Einmal ohne und einmal mit vergessenem Anhang …

Marlene war erstaunt, wie schnell Amelie ihre Idee zu Papier gebracht hatte. Da die Zeit bis zur Einreichung der Wettbewerbsbeiträge drängte, druckte Marlene die Seiten direkt.

Mit Stift und Blätterstapel bewaffnet, machte sie es sich in der Badewanne gemütlich, um Amelies Kurzgeschichte zu lesen.

Kaum hatte Marlene angefangen, bildete sich in ihrem Hals ein Kloß, der mit jedem Wort, das sie las, zu wachsen schien. Marlene war davon ausgegangen, dass Amelie darüber schreiben würde, wie sie ihr Leben im Rollstuhl meisterte, auf was für Herausforderungen sie täglich stieß oder was für Begegnungen und Erfahrungen sie Tag für Tag machte – und das auf dieselbe, humorvolle Art, wie sie auch *Grüner Winter* geschrieben hatte.

Doch nichts davon traf zu. Stattdessen erzählte Amelie erschreckend ehrlich von ihrem Unfall und den Minuten danach. Marlene wusste nicht, wie sie den Text beschreiben sollte – es war kein detailreicher Unfallbericht, keine Unfallszene im klassischen Sinne. Amelie beschrieb nicht, was passiert war, sondern nur was sie im Moment des Aufpralls wahrgenommen und empfunden hatte. Und das machte die Erzählung so unfassbar ergreifend. Man hatte das Gefühl, den Augenblick selbst zu durchleben.

Als Marlene schließlich davon las, wie Amelie nach dem Unfall immer und immer wieder eine schmerzverzerrte Stimme wahrnahm, die ihren Namen schrie, sie aber in ihrer Benommenheit nicht imstande war zu antworten, konnte Marlene nicht mehr anders, als ihren Tränen freien Lauf zu lassen …

Als Marlene auf der letzten Seite angekommen war, war das Wasser abgekühlt, und ihre Hände waren eiskalt. Sie legte die Papiere neben sich auf den Boden und tauchte mit dem Kopf unter, um sich wieder zu sammeln. In dem Moment, da sie auftauchte, klingelte es an der Tür. Da Marlene niemanden erwartete und ihr das Risiko zu groß war, sich mit irgendwelchen religiösen Vertretern unterhalten zu müssen, ignorierte sie es geflissentlich. Stattdessen stieg sie in aller Ruhe aus der Wanne und begann sich abzutrocknen. Wenn es etwas Wichtiges war, würde derjenige wiederkommen oder es auf ihrem Handy versuchen.

Da es kurz darauf allerdings ein zweites Mal klingelte, hüpfte sie schließlich doch in ihre Yogahose, warf sich einen Kapuzenpulli über und wickelte sich das nasse Haar in einem Handtuch um den Kopf.

Barfuß tapste sie zur Freisprechanlage. »Ja bitte?«

»Marlene? Hier ist Johannes. Hi.«

Entsetzt blickte Marlene an sich hinunter. Sie war definitiv nicht angezogen, um jemanden zu empfangen, und schon gar nicht, um Johannes gegenüberzutreten. Sie trug ja noch nicht einmal Unterwäsche. »Ähh …«, stammelte Marlene.

»Du hast deine Tasche in der Schule hängen lassen, und es ist dein Geldbeutel drin. Unsere Sekretärin hat reingeschaut, um zu sehen, ob sie einem der Kinder gehört.«

»Oh, ach so … ähm … ja, danke.« Marlene war noch gar nicht aufgefallen, dass ihr Geldbeutel gar nicht wie angenommen in ihrer Jackentasche steckte.

»Lässt du mich rein oder soll ich das Teil in den Briefkasten stopfen?« Marlene konnte hören, dass Johannes grinste.

Marlene drückte auf das Knöpfchen neben dem Freisprecher und öffnete dann auch ihre Wohnungstür. Einen Moment hatte sie darüber nachgedacht, sich umzuziehen oder zumindest das Handtuch von ihrem Kopf zu nehmen, aber letztendlich musste es ihr egal sein, was Johannes dachte.

»Hi«, sagte Marlene ein wenig verlegen, als Johannes die letzten Stufen bis zu ihrer Dachgeschosswohnung erklommen hatte. »Ich hatte nicht mehr damit gerechnet, heute noch jemanden zu Gesicht zu bekommen.«

»Ach nein?«, fragte Johannes und grinste frech.

Marlene errötete und plapperte irgendetwas vor sich hin, von dem sie im nächsten Moment schon nicht mehr wusste, was es war, und betrachtete dabei konzentriert ihre nackten Füße.

»Hier.« Johannes streckte ihr entgegen, weshalb er vorbeigekommen war.

Mit immer noch kalten Fingern nahm Marlene die Tasche, woraufhin sich die beiden schweigend gegenüberstanden.

»Sorry, dass ich einfach so hier vorbeigeschneit bin«, meinte Johannes schließlich.

Marlene winkte ab. »Ach was, ich bin doch froh drüber. Ich fahr morgen über das Wochenende zu meiner Mutter, da hätte ich schlecht ausgesehen, ohne Geldbeutel. Schwarzfahren wird einem im Allgemeinen ja nicht so empfohlen.«

Johannes lachte ein leises, kurzes Lachen. »Dann werde ich jetzt mal wieder abhauen. Einen schönen Abend noch.«

»Hast du noch einen Augenblick Zeit? Ich würde dir gern etwas für Amelie mitgeben. Sie braucht es dringend, und wenn du eh schon mal hier bist … Ich fahre ja morgen und komme erst Montag wieder.«

»Ja, klar. Gib her. Ich seh sie wahrscheinlich morgen – unsere Mutter hat Geburtstag, und Amelie besteht auf meine Anwesenheit.«

»Okay, dann komm am besten kurz rein.« Marlene machte einen Schritt zur Seite, sodass Johannes eintreten konnte, und führte ihn in die Küche. »Ich bin gleich wieder da, aber setz dich ruhig.«

Marlene huschte in ihr Zimmer und begann rasch, eine Notiz für Amelie zu verfassen, um sie dem Ausdruck beilegen zu können, in den sie in der Badewanne direkt hineingeschrieben hatte. Viel hatte Marlene nicht anzumerken gehabt, das meiste waren Flüchtigkeitsfehler oder ab und an eine überflüssige Wortwiederholung. Als sie fertig war, tackerte sie die Seiten der Kurzgeschichte und die Notiz zusammen und ging zurück zu Johannes, um ihm alles mitzugeben.

»So, entschuldige bitte, es hat jetzt doch ein paar Minuten gedauert.«

»Kein Problem. Ich hab mir solange euer Fotosammelsurium angeschaut. Sehr unterhaltsam …«, meinte Johannes und betrachtete immer noch die bunt zusammengewürfelten Erinnerungen, die an der Kühlschranktür klebten.

Marlene nickte. »Sind ein paar echte Highlights dabei, nicht?«

»Absolut. Ich bin mir aber nicht ganz sicher, welches Foto ich besser finde: du im Dirndl auf dem Oktoberfest mit einem halben Grillhähnchen im Gesicht oder du im Halloweenkostüm mit Fatsuit.« Johannes lachte.

»Das ist ja wohl keine Frage. Ich als übergewichtige Mumie!« Marlene kicherte, bis sich Johannes und ihr Blick trafen. Mit einem Mal fiel es ihr schwer zu atmen, denn ihr wurde bewusst, dass Johannes und sie ganz allein in ihrer Wohnung waren.

Als wäre Johannes in diesem Moment Ähnliches durch den Kopf gegangen, ließ er den Blick abreißen und zeigte mit dem Daumen zur Tür. »Ich pack's dann mal.«

»Danke, dass du mir extra meine Tasche vorbeigebracht hast«, wiederholte Marlene noch einmal, als sie gemeinsam durch den Flur gingen. »Ach so, das hätte ich beinah vergessen.« Marlene reichte Johannes Amelies Kurzgeschichte mit den Notizen.

»Was ist das eigentlich?«, wollte Johannes wissen und drehte den Papierstapel zur Begutachtung herum.

Marlene begann begeistert zu erzählen. »Amelie hat eine Kurzgeschichte für einen Schreibwettbewerb verfasst. Sie ist wirklich ergreifend, ich bin mir ziemlich sicher, dass sie veröffentlicht werden wird. Sie schreibt von ihrem Unfall, weißt du, und …« Weiter kam Marlene nicht, denn als sie Johannes' veränderte Miene sah, blieb ihr das Wort im Hals stecken. Sein zuvor noch freundlich strahlendes Gesicht wirkte jetzt aschfahl.

»Sie schreibt was?« Seine Stimme glich mehr einem Krächzen als dem angenehm tiefen Timbre, das Marlene so gern im Ohr hatte.

»Sie erzählt von ihrem Unfall und was damals passiert ist«, wiederholte Marlene unsicher. »Ist alles in Ordnung mit dir?«

»Ja, alles okay. Ist Amelies gutes Recht, darüber zu schreiben«, nuschelte er, sodass Marlene nur erahnen konnte, was er sagte.

Marlene suchte Johannes' Blick und berührte unbewusst seinen Arm, den er jedoch sofort wegzog. »Ich muss jetzt los.« Mit einer fahrigen Bewegung drehte er sich zur Tür, drückte die Klinke hinunter und verharrte dann. »Du solltest wissen, dass … ich will nur, dass du weißt, dass kein Tag vergeht, an dem ich mir keine Vorwürfe deswegen mache.«

Johannes' zutiefst traurige Augen versetzten Marlene einen Stich ins Herz. »Was meinst du damit?«, fragte sie mit tonloser Stimme.

»Weißt du das denn nicht längst? Hast du nicht eben gesagt, dass Amelie alles über den Unfall, für jeden nachlesbar, aufgeschrieben hat?« Johannes hob resigniert die bedruckten Seiten in die Höhe.

Marlene spürte, wie sich ihr Magen zusammenzog. Mit einem Mal ergab alles einen Sinn. Johannes' beschützerische Art Amelie gegenüber, das unterkühlte Verhältnis zu seinen Eltern, dass Johannes sich so stark von seiner Familie zurückgezogen hatte – Johannes musste an dem Unfall beteiligt gewesen sein. Und nicht nur das, so wie er davon sprach, hatte er ihn scheinbar sogar verschuldet. Doch anstatt auszusprechen, was ihr in diesem Moment durch den Kopf ging, schüttelte Marlene nur den Kopf und antwortete: »Amelie schreibt nichts darüber, wer beteiligt war oder wie es geschah.«

Johannes stieß einen gequälten Seufzer aus und rieb sich mit der freien Hand die Schläfen so fest, dass rote Stellen entstanden.

»Was ist damals passiert, Johannes?«

Johannes hob den Blick. In seinen Augen glänzten Tränen. »Ich bin schuld, dass meine Schwester im Rollstuhl sitzt. Sie war damals mit mir unterwegs. Ich habe das Auto gefahren …«

Marlenes Kopf und Stimme versagten bei dem Versuch, etwas zu erwidern. Allein die Vorstellung, schuld daran zu sein, dass die eigene Schwester nicht mehr laufen konnte, war Marlene zu viel. Der Schmerz, den sie in Johannes' Augen und seiner Stimme wahrnahm, machten es ihr schwer, nicht zu weinen. Vermutlich hätte Marlene entsetzt sein müssen über Johannes' Geständnis. Stattdessen fühlte sie einfach nur unendliches Mitleid mit ihm, den die Last seiner Schuld in diesem Moment niederzudrücken schien.

Johannes betrachtete Marlene nun so intensiv, dass sie glaubte, seinen Blick am ganzen Körper spüren zu können. »Was denkst du jetzt?«

Marlene horchte in sich hinein. »Ich würde gern die komplette Geschichte kennen … Du hast gesagt, du hast das Auto gefahren, aber wie ist es passiert?«

Kapitel 21

»An dem Abend des Unfalls war ich in meinem ehemaligen Studentenwohnheim. Dort veranstalteten sie zusammen mit drei anderen Wohnheimen in München einen Poetry Slam, und ich bin auch aufgetreten. Amelie hatte damals unbedingt mitkommen wollen – du kennst sie ja. Sie ist verrückt nach allem, was mit Wortkunst zusammenhängt.« Er lächelte matt.

»Jedenfalls war es unter der Woche, und unsere Eltern hatten ihr verboten, mich zu begleiten. Als ich gegen elf dran war und auf der Bühne stand, sah ich sie aber plötzlich zwischen den Zuschauern stehen und mir gut gelaunt zuwinken. Als ich fertig war, ging ich sofort zu ihr. Nach x-maligem Nachbohren rückte sie dann irgendwann damit raus, dass sie sich von zu Hause davongeschlichen hatte und mit dem Bus heimlich zum Wohnheim gekommen war. Nach einer langen Diskussion hatten wir uns darauf geeinigt, dass ich unseren Eltern nichts sage, sie aber sofort nach Hause bringe.« Johannes seufzte schwer. »Ich lieh mir also von einem Bekannten den Wagen und fuhr mit Amelie los. Und das, obwohl es heftig angefangen hatte zu schneien. Es ging mehr schlecht als recht vorwärts, und ich war heilfroh, bald bei unseren Eltern zu sein. Doch in der letzten Kurve rauschte mit einem Mal ein Auto ungebremst in die Beifahrerseite und direkt hinein in Amelie. Der Fahrer hatte wegen der Glätte in der Kurve die Kontrolle über sein Fahrzeug verloren, und ich hatte es nicht geschafft auszuweichen …« Johannes machte eine kurze Pause, und Marlene sah, wie unheimlich schwer es ihm fiel, davon zu sprechen.

Sie waren mittlerweile auf das durchgesessene Sofa in Marlenes und Canans Fernsehecke umgezogen. Während Marlene Johannes ganz genau beobachtete, starrte er angestrengt den Boden an. »Der Fahrer des Wagens starb noch am Unfallort, und Amelie war sofort bewusstlos.«

Marlene erschauderte. Nun wusste sie, wessen Stimme es war, die Amelie in ihrer Kurzgeschichte beschrieben hatte. Wer es war, der Amelies Namen Sekunden nach dem Unfall immer und immer wieder herausgeschrien hatte, um sie aus ihrer Bewusstlosigkeit zurückzuholen.

»Wurdest du nicht verletzt?«, fragte Marlene, als sie sicher war, dass Johannes nicht weitersprechen würde.

Er schüttelte den Kopf. »Nein. Eine Gehirnerschütterung, ein gebrochener Arm, ein paar angeknackste Rippen, Schnittwunden. Nichts im Vergleich zu meiner Schwester und dem Fahrer des anderen Wagens.«

Schweigend saßen sich Marlene und Johannes gegenüber.

»Ich werde diesen Anblick von Amelie, wie sie bewegungslos im Wagen lag, niemals aus meinem Kopf kriegen – eingequetscht vom eingedellten Blech des Autos, und überall war Blut … vom kaputten Fensterglas hatte sie lauter Schnittwunden.« Johannes schüttelte sich plötzlich, so als würde er versuchen, die Bilder zu verscheuchen.

»Es tut mir so unendlich leid. Das muss schrecklich für dich gewesen sein.«

»Für mich?« Johannes sah sie mit einer Mischung aus Wut und Verwunderung an. »Ich bin es nicht, mit dem du Mitleid haben solltest. Ich war der Fahrer des Wagens, und mir ist nichts passiert. Meine Schwester ist die, die für immer mit den Konsequenzen *meines* Fehlers leben muss.«

Marlene nickte verständnisvoll. »Ja. Amelie hat mit Sicherheit ein schweres Schicksal. Aber findest du nicht, dass du ein wenig hart mit dir ins Gericht gehst?« Marlene sah Johannes eindringlich an. »Schließlich konntest du nichts dafür, dass ein Wagen in euch hineingefahren ist. Was hättest du schon tun können?«

»Sehr viel. Ich hätte gar nicht erst mit einem fremden Fahrzeug, bei Schnee und in der Nacht auf die Straße sollen – und schon gar nicht, da ich an dem Abend nicht mehr nüchtern war.«

»Du warst betrunken?«, fragte Marlene entsetzt. Ihr Herz schlug spürbar schneller.

»Ich war nicht betrunken. Aber ich hatte an dem Abend, bis zu dem Zeitpunkt, da ich Amelie unter den Zuschauern entdeckt hatte, bereits ein Bier intus.«

Marlene war sicherlich keine Expertin, wenn es um den Abbau von Alkohol ging. Aber sie konnte sich nicht vorstellen, dass ein Mann mit Johannes' Statur von einer normalen Flasche Bier fahruntüchtig wurde.

»Damit mag ich vielleicht nicht die gesetzliche Promillegrenze überschritten haben«, sagte er streng, als hätte er Marlenes Gedanken gelesen, »aber wer weiß, womöglich hätte ich ohne das Bier schneller oder besser reagieren und dem Auto ausweichen können …«

»Ich weiß nicht …«

»Was gibt es da nicht zu wissen. Man trinkt einfach nicht und fährt dann Auto. Und wer es trotzdem tut, verhält sich unverantwortlich … Du brauchst nur meine Eltern zu fragen, die geben mir schließlich auch die Schuld an Amelies Behinderung. Und sie haben recht damit.« Johannes lehnte sich mit dem Rücken an die Sofalehne und ließ seinen Kopf schwer auf das Polster fallen.

»Amelie scheint das anders zu sehen«, entgegnete Marlene. Genau genommen wusste sie nicht, wie Amelie darüber dachte. Doch die Art und Weise, wie sie ihren Bruder vergötterte, sprach nicht gerade dafür, dass sie ihm die Schuld daran gab, im Rollstuhl zu sitzen.

Johannes lachte kurz und hart. »Weil Amelie eine Heilige ist. Sie sieht das so: Wäre sie nicht abgehauen, hätte ich sie nicht nach Hause bringen müssen, und es hätte den Unfall nie gegeben.« In seiner Stimme schwang gleichzeitig Bewunderung und Scham mit.

Marlene musste an ihre Unterhaltung mit Johannes in der Bierkneipe nebenan denken, als sie angedeutet hatte, eine Enttäuschung für ihre Eltern zu sein. Verglichen mit dem, was zwischen Johannes und seinen Eltern stand, kamen ihre Sorgen ihr nun belanglos vor. Auch wenn sie sich nicht vorstellen konnte, dass seine Eltern ihn wirklich hassten. Doch es war jetzt weder der geeignete Zeitpunkt, noch war sie die richtige Person, um sich in seine Belange einzumischen.

»Johannes, das tut mir alles so wahnsinnig leid.«

Johannes versuchte sich an einem Lächeln. Doch das hätte Marlene nicht einmal dann überzeugt, wenn sie nicht gewusst hätte, wie einnehmend ein richtiges Lächeln von ihm sein konnte.

»Schon gut. Es ist ja nun wirklich nicht dein Problem«, erinnerte er Marlene, deren Magen in diesem Moment unüberhörbar laut knurrte. »Und trotzdem versau ich dir jetzt bereits seit fast einer Stunde den Abend und halte dich vom Essen ab.«

»Das tust du nicht. Ich hatte ohnehin nichts vor heute. Aber Hunger habe ich tatsächlich langsam.«

Johannes raffte sich auf. »Gut, also dann …«

»Bleib doch noch«, platzte es plötzlich aus Marlene heraus, ohne darüber nachzudenken. Einfach alles in ihr sträubte sich dagegen, Johannes jetzt gehen zu lassen. Auch wenn es möglicherweise eine blöde Idee war. Aber einen Freund – und das war er nun mal irgendwie – setzte man nach einem solchen

Gespräch nicht einfach so vor die Tür. »Ich meine, falls du auch hungrig bist, könnte ich uns was kochen.«

Marlene hatte damit gerechnet, dass Johannes ablehnen würde oder zumindest darüber nachdenken musste, aber zu ihrer Verwunderung stimmte er sofort zu. Ja, er wirkte sogar so, als wäre er froh, nicht gehen zu müssen.

»Vielleicht sollte ich dich noch darauf hinweisen, dass ich keine besonders gute Köchin bin«, erklärte Marlene etwas verlegen. Schließlich hatte sie Johannes gerade großspurig eingeladen.

»Wirklich? Bei deinen Backkünsten hatte ich das irgendwie erwartet.«

»Tja, Backen und Kochen sind eben zwei unterschiedliche Dinge ... Oh!«, entfuhr es Marlene, als sie den Kühlschrank öffnete.

»Was ist?«

»Ich hatte vergessen, dass in unserem Kühlschrank gähnende Leere herrscht.« Als Johannes hinter ihr auftauchte, um an ihr vorbei ebenfalls einen Blick in den Kühlschrank zu werfen, war sie sich seiner Nähe, seiner Körperwärme überdeutlich bewusst. Gänsehaut rieselte über Marlenes ganzen Körper. »Also, da wären spanische Grillwürste, die seit einer Woche abgelaufen sind, eine leicht verschrumpelte Karotte, ein Stück alter Parmesan, ein Ei, Milch ...«

»Hm«, machte Johannes, der tatsächlich zu glauben schien, wenn er nur angestrengt genug darüber nachdachte, würde ihm schon eine Idee kommen, was daraus gezaubert werden könnte.

Marlene schloss den Kühlschrank und öffnete die Vorratsschublade. »Dann kann ich noch mit einer Zwiebel und einem etwas vertrockneten Knoblauch dienen, mit Haferflocken und mit einer angefangenen Packung Lasagne, die bei unserem letzten Kochabend übrig geblieben ist.«

Johannes nickte zufrieden. »Okay, und ich habe Tomatenmark gesehen. Das sieht doch gut aus.«

Marlene sah ihn mit großen Augen an. »Ach ja?« Das Einzige, was ihr im Moment einfiel, war Haferbrei.

»Wenn du willst, dann koche ich. Sozusagen als Entschädigung dafür, dass ich meinen ungeklärten Familienmist bei dir abgeladen habe.«

Wortlos reichte Marlene Johannes ein Messer, ein Schneidebrett und was er sonst noch so benötigte. Und weil sie nicht einfach so herumsitzen wollte, machte sie sich erneut auf die Suche und wurde bald fündig.

»Was machst du?«, fragte Johannes, der gerade dabei war, die Karotten und Zwiebeln in kleine Würfel zu schneiden.

»Ich mache einen Nachtisch. Ich hoffe, du magst Zabaione?«

»Hab ich ehrlich gesagt noch nie gegessen.« Er deutete mit dem Kopf auf die Weißweinflasche, aus der Marlene gerade einen Korken herausdrehte. »Kann ich davon was abhaben?«

»Ja, klar.« Sie ging zum Schrank und holte ein Weinglas für ihn heraus.

Auf seinem Gesicht tauchte ein breites Grinsen auf. »Ich meinte eigentlich zum Kochen. Aber trinken geht natürlich auch.«

Marlene holte ein zweites Glas heraus, schenkte je ein paar Schlucke ein und teilte den Rest zum Kochen beziehungsweise für die Zabaione auf.

»Was gibt es denn überhaupt?«, wollte Marlene wissen, als Johannes gerade dabei war, die Salsiccia auseinanderzunehmen und die Fleischfüllung von der Haut zu trennen.

»Lass dich überraschen.« Johannes werkelte zufrieden vor sich hin, und Marlene war froh, dass seine düstere Stimmung mittlerweile verflogen war.

***

Johannes und Marlene saßen wieder in der Fernsehecke – dieses Mal jedoch mit deutlich besserer Laune – und sahen sich eine Doku über Alaska an, während sie sich über das Abendessen hermachten. Johannes hatte es tatsächlich geschafft, trotz des leeren Kühlschranks etwas zu zaubern. Die zerstückelten Salsiccia hatte er wie Hackfleisch verwendet, und gemeinsam mit dem Gemüse, Tomatenmark und Wein hatte er eine Art Bolognesesoße gekocht. Dazu hatte er die Lasagneplatten grob, der Länge nach abgebrochen, sodass etwas dabei herauskam, was Bandnudeln überraschend ähnlich war.

»Das war ziemlich lecker, danke.« Satt stellte Marlene ihren leeren Teller auf den Couchtisch, streckte ihre Beine aus und ließ sich tiefer ins Sofa sinken. Dabei achtete sie jedoch penibel darauf, Johannes nicht zu berühren, der sich mit einem Kissen auf den Boden an den Couchtisch gesetzt hatte.

Gedankenverloren betrachtete Marlene Johannes' Rücken. Würde sie jetzt ihre Hand ausstrecken, dann könnte sie Johannes mit den Fingern durch das dicke dunkelblonde Haar fahren. Etwas, das sie zu gern getan hätte, wäre er nicht der Freund einer anderen Frau.

»Nachtisch?«, fragte Marlene, um sich von einer Dummheit abzuhalten, und hüpfte vom Sofa. Johannes nickte, sammelte die leeren Pastateller ein und folgte Marlene in die Küche. Als sie die zwei Schalen aus dem Kühlschrank holte und eine davon Johannes übergab, achtete sie sorgsam darauf, dass sich ihre Hände nicht berührten. Zwar führte das dazu, dass Marlene eine etwas clownsähnliche Bewegung machte, die Johannes irritiert aufschauen ließ, aber es war nötig. Denn an diesem Abend auch noch Johannes' Finger auf ihren zu spüren würde ihr vermutlich den Rest geben.

Schweigend löffelten sie das Dessert, während Marlene immer wieder verstohlen von ihrer Schale aufblickte und zu Johannes sah. Natürlich war Marlene klar, dass dieser ganze Abend im kompletten Gegensatz zu ihrem Vorsatz stand, sich zu entlieben. Doch im Augenblick war ihr das völlig egal. Darüber, wie sie Johannes und diesen Abend vergessen konnte, würde sie sich Gedanken machen, wenn er fort war. Für den Moment erlaubte sie sich einfach, das wohlige Gefühl zu genießen, wenn sie ihn in ihrem Wohnzimmer sitzen sah.

Und in ihrem Wohnzimmer blieb er auch noch lange, nachdem der Nachtisch verputzt war. Denn irgendwie fiel ihnen ständig etwas Neues ein, worüber sie sich unterhalten konnten. Irgendwann jedoch konnte sich Marlene ein Gähnen nicht mehr verkneifen, woraufhin sich Johannes aufraffte und sie ihn zur Tür brachte. Es fühlte sich eigenartig an, ihm jetzt auf Wiedersehen zu sagen, nach diesem seltsamen, aber trotzdem vertraut schönen Abend. Ohne darüber nachzudenken, ob es angebracht war oder nicht, hob Marlene die Arme und drückte Johannes einen Moment an sich, um sich von ihm zu verabschieden. So wie sie es mit all ihren Freunden tat. Nur verharrte sie eine egoistische Sekunde länger als sonst und atmete heimlich seinen Duft ein. Als sie sich schließlich von ihm löste und einen Schritt von ihm weg machen wollte, hielt sie etwas zurück. Es dauerte einen Moment, bis sie verstand, dass Johannes nach ihrer Hand gegriffen hatte.

Nicht mutig genug, ihn anzusehen, aber zu schwach, um sich zurückzuziehen, stand sie da, den Blick auf die verschränkten Hände gerichtet, die die Lücke zwischen ihnen wie eine zarte Brücke verband.

»Marlene?« Johannes' Stimme klang weich und ernst zugleich.

Sie wollte nicht, dass er etwas sagte. Sie wollte einfach weiter seine Hand in ihrer spüren, seine Wärme aufsaugen und nicht darüber nachdenken, dass sie sich nicht so nah sein sollten.

»Danke für heute Abend.«

Jetzt erst hob Marlene ihren Blick und versank sofort in seinen warmen dunkelgrünen Augen. So wie in diesem Moment sollte sich Marlene nicht fühlen, wenn er sie anblickte. Nicht, wenn er morgen und alle Tage danach wieder eine andere Frau in seinen Armen halten würde. Trotz der mahnenden Stimme in ihrem Kopf schaffte es Marlene nicht, sich von ihm zu lösen. Plötzlich beugte sich Johannes ein wenig zu ihr hinab und hauchte ihr einen so zärtlichen Kuss auf die Lippen, der Marlene durch und durch ging. Mit großen Augen sah sie ihn an, in der Hoffnung, aus seinem Blick erfahren zu können, was das zu bedeuten hatte. Doch Johannes sah selbst aus, als hätte er erst in dieser Sekunde bemerkt, was er getan hatte.

»Ich muss jetzt los. Mach's gut.«

»Bis dann«, flüsterte Marlene und sah Johannes durch die offene Wohnungstür hinterher, wie er die Treppen hinunterging, ohne sich noch einmal nach ihr umzudrehen.

Kapitel 22

Marlene saß im Zug nach Frankfurt, wo ihre Mutter und ihr Großvater wohnten, und fühlte sich flau. Doch egal wie sehr sie versuchte, sich auf die vorbeirauschenden Bäume zu konzentrieren, das Gefühl ließ nicht nach. Zu viel schwirrte ihr im Kopf und irgendwie auch im Magen herum, und das ständige Gewackel des Zuges machte es ebenfalls nicht besser. Wenn Marlene an gestern Abend dachte, dann glaubte sie, Johannes' Lippen noch immer auf ihren spüren zu können.

Wieso hatte er sie geküsst? War er vielleicht gar nicht mehr mit Katrin zusammen? Aber wenn er es doch war ... Marlene wollte gar nicht daran denken. Schließlich wusste sie, wie es sich anfühlte, die Betrogene zu sein.

»Fahrscheinkontrolle, guten Tag.« Die Stimme des Kontrolleurs holte Marlene für einen Moment zurück in die Gegenwart. Doch sobald der Kontrolleur sich der nächsten Passagierin widmete, kreisten Marlenes Gedanken wieder um Johannes. Marlene zog ihr Telefon aus der Umhängetasche und begann eine Nachricht zu schreiben. Obwohl sie nur aus drei Worten bestand (»Können wir reden?«), dauerte es beinah die gesamte restliche Fahrt, ehe sie den Text auch wirklich abschickte.

Am Frankfurter Bahnhof wartete Marlenes Großvater bereits am Bahnsteig, um sie abzuholen. Er trug, was er unter einem »Freizeitoutfit« verstand – eine beige Stoffhose und ein feinkariertes, weiß-graues Bügelhemd mit Sakko. Das lichte

Haar hatte er ordentlich zurückgekämmt, und er war wie immer glattrasiert.

»Hallo Opa.«

»Hallo Ann-Marlene.« Automatisch rümpfte Marlene die Nase. Sie mochte es nicht, bei ihrem Doppelnamen genannt zu werden. Er klang so schrecklich sperrig und formell. Doch ihr Großvater wollte das selbst nach dreißig Jahren nicht verstehen.

Als Marlene kleiner war, hatte sie jeden Tag mit neidischen Blicken mitverfolgt, wie andere Eltern ihre Töchter mit »Mäuschen« oder »Spatz« ansprachen. Ihr Mutter meinte zu diesem Thema nur: »Die Leute sollen dich respektieren, Ann-Marlene. Niemand nimmt ein Mädchen ernst, das von allen Häschen genannt wird.«

Vermutlich hatte sie damit sogar recht. Aber dass sie einer Zehnjährigen etwas von Emanzipation und Respekt predigte, wenn diese eigentlich nur – wie alle anderen Kinder auch – einen liebevollen Spitznamen haben wollte, fasste die Beziehung zwischen Marlene und ihrer Familie sehr gut zusammen.

»Hattest du eine gute Fahrt?«, fragte Marlenes Großvater, als sie die Gleise Richtung Ausgang entlanggingen.

»Na ja. Geht so. Das Übliche eben, wenn man mit der Bahn fährt. Überfüllte Waggons, überquellende Mülleimer … Aber das Personal war sehr freundlich.«

Er sah auf die Uhr. »Immerhin heute zur Abwechslung einmal pünktlich.«

Marlene nickte. »Wann kommt Mama an?«

»Vor etwa drei Stunden war ihre Konferenz zu Ende, da ist sie in Zürich in den Flieger gestiegen. Sie wird also auch bald zu Hause sein. Ihr Vortrag war wohl ein großer Erfolg. Gut besucht, obwohl es der letzte Beitrag der Tagung war.«

Natürlich war er das, dachte Marlene ein wenig schwermütig. Einfach alles, was ihre Mutter jemals getan hatte, war erfolgreich gewesen. Manchmal kam es Marlene vor, als könnte sie überhaupt nicht versagen …

***

Kurze Zeit, nachdem Marlenes Großvater sie mit seiner Mercedes-Kompaktlimo vor der Haustüre abgeliefert hatte, hüpfte – perfekt gestylt – ihre Mutter aus einem Taxi. Zielstrebig kam sie ins Wohnzimmer zu Marlene, die über einer dampfenden Tasse Kaffee saß und durch die aktuellen Stellenangebote scrollte.

Ursula Baumgärtner hauchte Marlene zur Begrüßung einen flüchtigen Kuss auf die Wange und zeigte dann auf ihre goldene Armbanduhr. »Es ist schon halb sechs. Am besten wir ziehen uns gleich um.« Marlenes Mutter steckte in einem ihrer Professorinnen-Outfits, das es schaffte, die Eleganz und natürliche Autorität, die ihre Mutter selbst im Schlafanzug ausstrahlte, noch zu unterstreichen.

Marlene richtete ihren Blick wieder auf den Bildschirm. »Wir können jederzeit los. Ich bin schon fertig.«

»Hat dein Großvater keinen Tisch mehr im *Rigoletto* bekommen?«

»Doch. Wieso fragst du?«

Als Marlene den Blick hob und ihre Mutter ansah, bekam sie ihre Antwort. Marlene hatte eine Bluse angezogen und die Kette angelegt, die ihre Mutter ihr zum letzten Weihnachtsfest geschenkt hatte. Aber offenbar war ihrer Mutter das Outfit trotzdem nicht gut genug für den Edel-Italiener, der sich über die Jahre zum Stammlokal der Familie entwickelt hatte.

»Nun gut«, war jedoch alles, was Marlenes Mutter erwiderte. Marlene war froh, dass ihre Mutter sich heute dagegen entschieden hatte, ihr – wie etliche Male zuvor – anzubieten, sich adäquate Kleidung von ihr auszuborgen. Ein Angebot, das vermutlich gut gemeint war. Trotzdem verunsicherte es

Marlene jedes Mal, und sie fühlte sich mehr und mehr wie das verlotterte schwarze Schaf der Familie. Abgesehen davon hatte ihre Mutter eine deutlich femininere Figur als sie selbst, sodass Marlene in deren Klamotten immer wie ein Kind wirkte, das Verkleiden spielte.

Marlenes Handy klingelte, und die Unterbrechung war ihr mehr als willkommen. »Entschuldige, Mama, da muss ich kurz rangehen.«

Marlenes Mutter horchte auf. »Geht es um eine Bewerbung?«

»Nein, es ist eine meiner Schreibschülerinnen, die meine Hilfe bei einem Projekt braucht«, erklärte Marlene. Es war zwar ein bisschen dick aufgetragen, aber gelogen war es auch nicht.

»Oh. Gut, gut, dann … gehe ich mal nach oben.«

Da das Klingeln in der Zwischenzeit aufgehört hatte, rief Marlene zurück, nachdem ihre Mutter den Raum verlassen hatte. »Hi Amelie, was gibt's?«

»Danke für dein Feedback.« Amelie kam gleich zum Punkt.

»Gern«, antwortete Marlene ein wenig abwesend, denn sofort waren ihre Gedanken bei Johannes, der Amelie die Unterlagen übergeben haben musste. Am liebsten hätte sie Amelie nach ihm gefragt, doch sie verkniff es sich. »Kannst du denn was damit anfangen?«

»Na klar! Ich hab deine Anmerkungen zwar erst einmal überflogen, aber ich hab schon jetzt mindestens fünf Sachen im Kopf, die ich angehen will.«

»Super, das freut mich.«

»Ich saß den ganzen Nachmittag auf heißen Kohlen, nur Johannes und Katrin sind eben erst gegangen. Jetzt kann ich es kaum erwarten, mich endlich an die Arbeit zu machen. Bloß eine Frage habe ich noch, deshalb rufe ich auch an …«

Amelie stellte Marlene eine lange Frage zum ersten Satz

ihrer Geschichte, die Marlene im Normalfall mit Begeisterung mit ihr ausdiskutiert hätte. Doch nun bekam sie nur bruchstückhaft mit, was Amelie ihr erzählte. Das Einzige, was in ihrem Kopf hängen blieb, war Johannes, der mit Katrin beim Geburtstag seiner Mutter aufgetaucht war. Und das hieß, er war eindeutig noch immer mit ihr zusammen – was bedeutete, sie hatte einen Mann geküsst, der nach wie vor in festen Händen war …

Kapitel 23

Marlene saß genau wie ihre Mutter und ihr Großvater über einem kleinen Gläschen hausgemachtem Tiramisu – der Nachspeise, für die der Koch bei *Rigoletto* berühmt war. Obwohl der Abend bislang angenehm verlaufen und das Essen fein war, war Marlene viel zu sehr mit sich und ihren Sorgen beschäftigt, als dass sie sich voll auf ein Gespräch mit ihrer Mutter oder ihrem Großvater hätte einlassen können.

Ausgerechnet jetzt, wo sie endlich das Gefühl hatte, ihr Leben ginge wieder in die richtige Richtung … Sie hatte ihre katastrophale Beziehung mit Roland hinter sich gelassen, sie hatte einen Job, bei dem sie genug verdiente, und sie hatte durch ihre Schreibkurse auch etwas gefunden, das ihr Spaß machte. Und doch hatte sie nichts aus ihren Fehlern gelernt und sich schon wieder in die nächste unmögliche Liebesgeschichte hineinmanövriert. Wieso nur konnte sie nicht einfach alles so gut im Griff haben wie ihre Mutter? Ausnahmsweise war Marlene einmal froh darüber, dass sowohl ihr Großvater als auch ihre Mutter selten das nötige Feingespür hatten, um zu erkennen, wenn etwas in ihr vorging.

»Ursula, wolltest du deiner Tochter nicht noch etwas erzählen?« Marlenes Großvater sah seine Tochter auffordernd an.

»Oh ja, richtig. Ich hätte es beinah vergessen.«

»Um was geht es?« Die Art, wie die beiden sich ansahen, machte Marlene misstrauisch.

»Ich hatte kürzlich ein Meeting mit einem Fachkollegen

aus Berlin – er leitet dort an einer privaten Hochschule den Lehrstuhl für Deutsche Literatur –, und er hat mir erzählt, dass er in den nächsten Wochen eine Post-Doc-Stelle ausschreiben wird.«

Marlenes Mutter machte eine mehrere Sekunden andauernde Pause, sodass sich Marlene verpflichtet fühlte, etwas zu sagen. Mehr als »Aha …« brachte sie jedoch nicht hervor. Denn sie wusste, wohin das Gespräch nun führen würde.

»Die Stelle würde perfekt zu dir passen. Ich habe ihm beim Lunch einfach mal ganz informell von dir und deiner Doktorarbeit erzählt. Und weißt du was? Er hätte großes Interesse daran, dich kennenzulernen. Dass du nicht mit Bestnote abgeschlossen hast, habe ich ihm gesagt, aber es stellt für ihn kein Ausschlusskriterium dar.« Marlenes Mutter sah sie erwartungsvoll an. »Ich gebe dir später seine E-Mail-Adresse, dann kannst du dich bei ihm melden und ihm deine Unterlagen schicken.«

»Ich dachte, wir hätten dieses Thema ein für alle Mal geklärt«, sagte Marlene und klang dabei pampiger als beabsichtigt.

»Welches Thema?«

»Du weißt, was ich meine. Ich möchte nicht, dass du deine Stellung und deine Kontakte dafür nutzt, um meine Karriere voranzutreiben. Außerdem will ich doch überhaupt nicht weg aus München.«

»Sei nicht albern, Ann-Marlene. Du kannst ganz offensichtlich Hilfe gebrauchen, und wenn du es zu etwas bringen willst auf deinem Gebiet, dann solltest du örtlich ein wenig flexibel bleiben!« Marlenes Großvater war ihr einfach ins Wort gefallen.

Marlene zählte innerlich bis fünf. »Ich weiß es wirklich zu schätzen, dass ihr mir helfen wollt. Aber es ist nicht nötig.«

»Das sehe ich anders. Oder hast du mittlerweile einen Job?«

»Ja, den habe ich.«

»Ach ja? Das hast du ja gar nicht erzählt?« Marlenes Mutter sah sie aus einer Mischung aus Skepsis und Interesse an, und Marlene spürte, wie es in ihr langsam zu brodeln begann.

»Ihr wisst doch ganz genau, dass ich aktuell in einem Buchcafé arbeite und nebenher Schreibkurse gebe.«

Die Neugierde im Gesicht ihrer Mutter wich Enttäuschung. Wieder einmal. »Marlene, ich respektiere ja deine Bemühungen, dich selbst über Wasser zu halten. Auch, dass du Schulkindern Kurse gibst, finde ich grundsätzlich gut. Aber …« Sie hielt einen Moment inne, während Marlene innerlich schrumpfte. Marlenes Mutter fuhr fort: »… das ist doch kein richtiger Job.«

»Wieso nicht?« Marlene klang beinah trotzig. Sie hatte ja selbst nicht vor, Ewigkeiten in Lottes Buchcafé zu arbeiten. Aber die Art, wie ihre Mutter davon sprach, störte sie gewaltig.

»Willst du denn in deinem Leben gar nichts erreichen?«

»Wie bitte?« Marlene legte ihren Löffel beiseite – der Hunger auf Dessert war ihr gründlich vergangen. Hatte sie nicht vor wenigen Monaten erst ihren Doktortitel erhalten? War das denn keine Leistung?

»Du weißt, wie ich das meine.«

Marlene nickte. »Ja. Das weiß ich. Du meinst, ich bin eine Enttäuschung für euch.«

Ihr Großvater horchte auf. »Ich bitte dich, Kind. Du tust ja gerade so, als wärst du das schwarze Schaf der Familie.«

Ein öffentliches Restaurant war der denkbar schlechteste Ort, um seine privaten Angelegenheiten zu klären, aber was bereits seit so vielen Jahren an Marlene nagte, musste nun heraus. Sie konnte und wollte es nicht mehr länger zurückhalten. Wieso auch? Ihre Mutter und ihr Großvater hielten sich ja ganz offensichtlich auch mit nichts zurück. Wieso sollte sie also versuchen, sich in sie hineinzuversetzen, oder einfach davon ausgehen, dass das, was sie sagten oder taten, nicht böse gemeint war? Wieso sollten sie nicht endlich erfahren, was ihre unbedachten Gesten und Worte bei ihr all die Jahre ausgelöst hatten.

»Ich *bin* das schwarze Schaf der Familie«, zischte Marlene.

»Das ist doch Quatsch, jetzt sei nicht kindisch!« Ihre Mutter winkte ab.

»Das ist kein Quatsch. Man muss nicht immer drogenabhängig oder sonst was sein, um sich als schwarzes Schaf der Familie zu fühlen. Nein, manchmal reicht es auch, andauernd einen Schritt hinterherzuhinken.«

»Ich weiß wirklich nicht, wovon du im Augenblick redest, Marlene. Vielleicht hatten wir alle ein bisschen zu viel Wein, und wir gehen jetzt besser nach Hause.« Marlenes Mutter legte die Stoffserviette zusammen, die bislang ordentlich glatt gestrichen auf ihrem Schoß gelegen hatte.

Marlene lachte bitter. »Es hätte mir klar sein müssen, dass du mich nicht verstehst. Ich bin es langsam leid, immer und immer wieder zu versuchen, euren Erwartungen gerecht zu werden. Ich bin nicht wie du. Ich bin nicht perfekt. Du schon, in allem, was du tust – einmal abgesehen von der Tatsache, dass du während eines Auslandssemesters ungewollt schwanger geworden bist …«

»Ann-Marlene! Du bist jetzt besser still!« Marlenes Großvater bekam vor lauter Ärger einen roten Kopf. Marlenes Mutter hingegen überging die Bemerkung ihrer Tochter einfach.

»Ich habe nie von dir erwartet, perfekt zu sein oder genau den Weg zu gehen, den dein Großvater oder ich eingeschlagen haben!«

»Das stimmt. Ihr habt nie gesagt: ›Marlene, ich erwarte, dass du dein Abitur mit einer Eins abschließt‹ oder ›Marlene, ich erwarte, dass du Karriere machst‹. Aber das musstet ihr auch nicht. Denn eure Blicke und Taten haben das schon für euch getan.«

»Ich mag mich wiederholen, doch ich weiß nicht, wovon du redest.«

»Nein? Dann will ich es euch erklären … Was ist passiert, als ich nach der Grundschule eine Empfehlung für die Realschule erhalten habe und nicht fürs Gymnasium?«

Es blieb ruhig, keiner wollte etwas sagen.

»Du hast auf Großvaters Anraten hin Einspruch erhoben, und ich musste einen Aufnahmetest absolvieren, damit ich doch noch auf die höhere Schule gehen konnte.«

»Du hattest nun mal das Potenzial dazu, und deine Lehrerin hatte dich nicht richtig eingeschätzt.«

»Sie hatte mich genau richtig eingeschätzt, ihr wolltet das schlichtweg nicht wahrhaben! Die ersten Jahre auf dem Gymnasium waren eine Qual für mich. Ich war einfach noch nicht so weit. Ich habe nur gelernt, saß fast den ganzen Tag am Schreibtisch, um gut genug zu sein. Um mit den anderen mithalten zu können. Um euch nicht zu enttäuschen. Und dann? Als ich in die Pubertät kam und ein paar Kilo zu viel auf den Rippen hatte? Anstatt mir den Rücken zu stärken, hast du mich vier Wochen lang auf eine Abnehmkur geschickt, ohne mich vorher zu fragen. Wäre es denn wirklich so schlimm gewesen, zu akzeptieren, dass ich ein bisschen molliger war als andere Mädchen in meinem Alter?«

»Ich habe das doch nur getan, weil ich wollte, dass du gesund bist. Willst du mir das jetzt ernsthaft vorwerfen?« Im Gesicht von Marlenes Mutter lag Zorn, aber auch ein Hauch Schuldbewusstsein.

»Und so ging es doch immer weiter … Als dir klar wurde, dass mein Notenschnitt in der Schule keine Eins mehr vor dem Komma hat, da hast du mir dreimal wöchentlich Nachhilfe aufgebrummt.«

»Dir sollten nun mal alle Türen offenstehen, nach deinem

Abschluss … Und ich war beruflich zu eingespannt, um dir jeden Tag bei den Hausaufgaben zu helfen.«

Marlenes Frustration wuchs weiter. Wieso versuchte sie überhaupt, es zu erklären. Ihre Mutter konnte es einfach nicht verstehen. Was für Marlene stets nur mit großem Aufwand zu erreichen und eine besondere Leistung war, das war für ihre Mutter und auch ihren Großvater selbstverständlich.

Sie unternahm einen letzten Versuch: »Ihr sagt, ihr habt immer nur das Beste aus mir herausholen, eine starke, unabhängige und erfolgreiche Frau aus mir machen wollen. Aber mit jedem einzelnen Erlebnis habt ihr mir dadurch das Gefühl gegeben, nicht zu reichen. Nicht gut genug zu sein, wenn ich bin, wie ich bin. Ihr wart nie zufrieden mit mir …«

Marlenes Augen füllten sich mit Tränen. Nie zuvor hatte sie all dies ausgesprochen, und es fühlte sich überraschenderweise erleichternd an. »Ich habe immer nur versucht mitzuhalten, dir und Opa gerecht zu werden … aber ich kann es nun mal nicht. Und nun weiß ich, ich will es auch nicht.«

Marlene stand auf und verließ das Restaurant, ohne sich noch einmal umzudrehen. Und als sie die Tür hinter sich ins Schloss fallen hörte, ließ sie ihren Tränen freien Lauf.

Kapitel 24

Müde von der Zugfahrt schloss Marlene die Wohnungstür auf und freute sich auf ihr Bett. Doch statt friedlicher Stille hörte sie in ihrer Dachgeschosswohnung Canan und Dennis in der Küche, und anders als sonst blödelten und lachten sie nicht miteinander, sondern stritten. Unschlüssig, ob Marlene zu ihnen gehen und schlichten oder sich lieber unbemerkt in ihr Zimmer verkrümeln sollte, blieb sie einen Moment im Flur stehen.

»Sag mir, dass das nicht dein Ernst ist!«, forderte Dennis.

»Doch, wieso?« Marlene erkannte Canans Stimme kaum wieder. Sie klang mehr nach einer trotzigen Teenagerin.

»Wieso? Na, weil du mit einem wildfremden Typen nach Sardinien reisen willst. Das ist komplett hirnrissig.« Dennis' sonst so unbekümmerte Stimme klang scharf und gehässig.

»Er ist nicht wildfremd. Er ist mein Freund.«

Dennis lachte verächtlich. »Wie bitte? Canan, du kennst ihn wie lange? Ein paar Wochen?«

»Manchmal muss man jemanden eben nicht erst ein Leben lang kennen, bis man weiß, dass es passt.«

Einen Moment hörte Marlene nichts mehr. Dann begann Dennis etwas ruhiger zu sprechen. »Ich dachte immer, du willst warten, bis du verheiratet bist?«

Marlene konnte bis in den Flur hören, dass Canan die Luft einsog, und als sie redete, klang ihre Stimme eisig. »Nicht, dass es dich etwas anginge. Aber nur, weil ich mit ihm in den Urlaub fahren will, heißt das noch lange nicht, dass ich mit ihm sofort in die Kiste hüpfe. Ich habe früh entschieden, zu warten, bis ich verheiratet bin, und das werde ich auch tun.«

»Weiß dein Freund schon von seinem Glück?«, fragte Dennis und klang dabei so abfällig, dass selbst Marlene zusammenzuckte.

»Sag mal, spinnst du jetzt? Ja, er weiß davon, und es ist okay für ihn. Er findet es sogar gut. Es sind nun mal nicht alle Männer so drauf wie du. Du hältst es ja nicht mal zwei Monate aus, ohne mit jemandem zu schlafen!«

Dennis schnaubte verächtlich. »Ist doch lächerlich. Ich halte es sehr wohl zwei Monate ohne Sex aus. Ich halte es sogar noch viel länger aus. Sieben Monate und dreizehn Tage, wenn du es genau wissen willst!«

Canan lachte verächtlich. »Na, herzlichen Glückwunsch! Aber es ist für dich scheinbar so eine Qual, dass du jeden einzelnen Tag zählen musst.«

»Ich kenne die Anzahl der Tage, weil ich genau weiß, an welchem Tag ich bemerkt habe, dass ich in dich verliebt bin und überhaupt keine Lust mehr habe, mich mit anderen Mädels zu treffen! Nicht, weil ich's nicht ohne Sex aushalte.« Dennis' Stimme klang mit jedem Wort, das er sagte weicher. Marlene verschwand schnell in ihr Zimmer, doch wegen der gerade mal sechzig Quadratmeter verstand sie trotzdem noch alles.

»*Was?*«, hörte Marlene Canan fassungslos fragen. Sie konnte sich das Gesicht ihrer Freundin genau vorstellen.

»Ach, komm schon, Canan. Als ob du das nicht längst kapiert hast. Ja, ich bin in dich verliebt.«

Canan machte ein verneinendes Geräusch. »Du bist nicht in mich verliebt.«

»Ach nein? Und das weißt du so genau, weil?«

»Du denkst das jetzt vielleicht, aber du weißt doch gar nicht, wie es ist, jemanden zu lieben. Sobald dir ›das Eine‹ zu lange fehlt, wird dieses Gefühl, das du jetzt als Verliebtheit ansiehst, ganz schnell wieder verfliegen.«

»Wow – danke. Du scheinst ja richtig viel von mir zu halten …« Marlene hörte, wie jemand im Flur anfing, etwas zusammenzupacken. »Okay, irgendwie führt das hier zu nichts mehr. Ich geh jetzt.«

Am liebsten wäre sie aus ihrem Zimmer gestürmt und hätte sich in das Gespräch eingemischt, das in eine so vollkommen falsche Richtung abgedriftet war. Obwohl auch Dennis in diesem Streit bereits unschöne Dinge gesagt hatte, tat er ihr leid. Canans Worte hatten ihn ganz bestimmt getroffen.

»Wenn du wirklich diesen Sardinien-Typ haben willst, dann bitte. Aber wenn es nur daran liegt, dass du an mir zweifelst, dann gib mir 'ne Chance. Ich hab vielleicht ein bisschen gebraucht, bis ich es kapiert hab. Doch ich würde jederzeit einen Abend mit dir – an dem nicht mehr passiert, als dass wir zusammen kochen, auf dem Sofa hängen und du mir mal wieder Spaghettisoße vom T-Shirt putzt – eintauschen gegen einen Abend mit irgendeinem Mädel im Bett. Ich dachte, das hättest du gemerkt …«

Nachdem die Tür ins Schloss gefallen war, wartete Marlene ein paar Minuten, ehe sie vorsichtig in die Küche linste. Sie wollte ihre Freundin nicht überrumpeln. Canan stand am Herd und starrte die Töpfe an, die sie noch mit Dennis aufgesetzt hatte.

»Hey …« Obwohl Marlene leise sprach, schreckte Canan herum. Auf ihren Wangen glänzten dicke Tränen, die sie schnell fortwischte.

»Ich hab gar nicht bemerkt, dass du schon hier bist.«

»Ich bin auch eben erst rein. Was war denn da los mit Dennis?«

Canan wich dem Blick ihrer Freundin aus. »Was hast du denn alles mitbekommen?«

»Ich schätze mal, das Wesentliche. Ich hab gehört, dass es

um deinen Urlaubstrip nach Sardinien ging. Willst du echt mit Emre wegfliegen?«

»Bis eben hatte ich das zumindest vor.«

Marlene hielt einen Moment inne, um ihr Gelegenheit zu geben weiterzusprechen, aber Canan reagierte nicht mehr. »Willst du über das reden, was Dennis gesagt hat?«

Canan schüttelte den Kopf. »Jedenfalls nicht sofort.«

Kapitel 25

Marlene war froh, als sie am Montag endlich wieder im Buchcafé stehen durfte und sich ablenken konnte. Zum Glück war so viel los, dass sie kaum Zeit hatte, sich über irgendetwas anderes als Bücher oder Kaffee Gedanken zu machen.

Als gegen Nachmittag ein wenig Ruhe einkehrte, tauchte Lotte wie so oft plötzlich neben Marlene auf und kam ohne Umschweife zur Sache. »Hast du dein Smartphone-Kästchen dabei?«

»In meiner Tasche hinten im Lager, wieso?«

»Ich möchte ein Video für unsere Seite im Internet machen. Meine Nachbarin hat gesagt, wir sollten Buchempfehlungen abgeben.« Marlene staunte einmal mehr über Lottes neu entwickelten Tatendrang und fragte sich, was das wohl für eine Nachbarin war, dass Lotte so viel auf ihre Meinung gab.

»Deinem Blick nach zu urteilen willst du wohl, dass wir das sofort tun, oder?«

Lotte nickte und wedelte auffordernd mit den Armen. »Richtig erkannt, Frau Doktorin. Also los, hol schon dein Smartphone-Kästchen!«

***

»Frau Eigner!? Seh ich richtig? Sie sind auf Social Media?!« Canan war ins Buchcafé gekommen, um Marlene zum Eisessen abzuholen. Nachdem sie am gestrigen Abend beschlossen hatten, ihre jeweiligen »Problemthemen« auszuklammern und sich stattdessen von einer für diese Zwecke prädestinierten Folge *Traumschiff* berieseln zu lassen, hatten sie heute jede Menge nachzuholen. Doch Marlene war noch damit beschäftigt, das Video mit einem Text sowie den passenden Hashtags zu versehen. Die Kombination aus alter Dame, die in einem schnuckeligen Buchcafé stand und dabei einen knallharten Psychothriller bewarb, würde sicher bei der Buchcommunity ankommen.

»Respekt! Hätte ich Ihnen gar nicht zugetraut«, meinte Canan.

»Tadaaa!« Marlene hielt stolz ihr Smartphone in die Höhe.

»Lottes Leseliste – Buchempfehlungen aus dem kleinen Buchcafé an der Isar«, las Lotte laut den Untertitel vor, den Marlene gewählt hatte.

»Finden Sie es nicht gut? Ich kann den Text ändern.«

»Nein, lass es drin.« Lotte sah sich Video und Text noch eine Weile an. »Danke, Marlene«, sagte sie schließlich. »Das hast du gut hinbekommen. Aber jetzt haut endlich ab, sonst hat die Eisdiele noch zu, bis ihr dort ankommt.«

***

Am Abend hingen Marlene und Canan im Schlafanzug auf ihrer durchgesessenen Couch und teilten sich schwesterlich die angebrochene Tüte Schokoerdnüsse, die Marlene noch von der Zugfahrt übrig hatte.

»Weißt du, dein Auftritt im Restaurant war vielleicht nicht gerade die erwachsenste Art, die Sache mit deiner Mutter und deinem Opa anzugehen. Aber ich bin trotzdem stolz auf dich, dass du endlich einmal die Konfrontation gesucht und dich mit ihnen ausgesprochen hast.«

»Na ja, ausgesprochen ist zu viel gesagt. Doch du hast

schon recht, die Auseinandersetzung war dringend nötig.« Denn an diesem Wochenende, das einige Auf und Abs enthalten hatte, war ihr bewusst geworden, dass sie nicht nur ihrer Mutter die Schuld an ihren tiefsitzenden Selbstzweifeln geben konnte, sondern dass es auch ihre eigene Aufgabe war, stolz auf sich und mit sich selbst zufrieden zu sein. Möglicherweise war es ja genau so, wie Lotte ihr gesagt hatte. Sie sollte weniger darauf achten, was andere über sie dachten oder sagten, und dafür mehr versuchen herauszufinden, ob sie selbst mit sich im Reinen war. Ob sie selbst zufrieden war mit dem Leben, das sie führte, und mit der Person, die sie war …

Bloß was war es, das sie glücklich machte? Das ihr das Gefühl gab, stolz auf sich sein zu können? Kein Wunder fand sie keinen Job. Sie wusste ja selbst nicht einmal, was sie wollte und wo ihre Zukunft liegen sollte. Bislang hatte sie eigentlich nie wirklich darüber nachgedacht, was sie wollte. Sie hatte einfach das getan, wovon sie glaubte, dass es ihre Mutter stolz machen würde. Bis alles irgendwie schieflief.

Für den Moment arbeitete sie gern in Lottes Laden. Aber egal was sie gegenüber ihrer Mutter behauptet hatte, auch ihr reichte das auf Dauer nicht aus. Eins jedenfalls wusste sie genau: Einen Mann zu lieben, der in festen Händen war, war nichts, das sie glücklich machte oder auf das sie stolz sein konnte. Egal wie ihre berufliche Zukunft also aussehen sollte, eins war sicher – das Kapitel Johannes musste sie schnellstmöglich beenden.

»So, mit meinem Wochenende wären wir jetzt durch«, begann Marlene, als sie den Streit mit ihrer Familie und den Kuss mit Johannes zu Genüge besprochen hatten. »Willst du mir jetzt vielleicht sagen, wie es in dir aussieht, nachdem Dennis dir gesagt hat, dass er in dich verliebt ist?«

»Es ändert nichts«, war alles, was Canan erwiderte.

»Wie, es ändert nichts?«

»Dennis und ich sind nur Freunde, und das ist auch gut so.«

Marlene schnaubte und konnte sich nicht länger zurückhalten. »Sag mal, wem willst du hier eigentlich was vormachen? Du meine Güte, Canan! Dass du auch in Dennis verknallt bist, das wusste ich schon, kurz nachdem du ihn mir vorgestellt hast. Also warum machst du es kompliziert?«

»Das mach ich doch gar nicht. Ich hab nur keine Lust, in drei Monaten heulend in meinem Bett zu liegen, weil Dennis keinen Nerv mehr darauf hat, mit einer Frau zusammen zu sein, mit der er nicht schlafen darf. Und irgendwie könnt ich das sogar verstehen.«

»Hast du nicht gehört, was er gesagt hat? Ihm ist das bewusst, und es ist ihm egal. Großer Gott, ihr führt doch ohnehin schon sowas wie eine Beziehung.«

»Ich hab halt einfach Angst.« Canan schwieg einen Moment. »Ich meine, was ist … was ist, wenn er merkt, dass er doch nicht auf mich warten kann. Aber ich bin so sehr in ihn verliebt, dass ich meine Prinzipien wegen ihm über den Haufen werfe? Was würde das über mich aussagen?«

»Hör mal, ich bin sicher, Dennis hat sich das die letzten Monate sehr gut überlegt. Und du weißt selbst wohl am besten, dass er dich nie zu etwas überreden würde, was du nicht hundertprozentig möchtest. Außerdem bist du kein Fähnchen im Wind, das plötzlich seine Meinung ändert.«

»Und wenn doch?«

»Dann bin ich sicher, dass du es dir gut überlegt hast. Und wenn es deine eigene Entscheidung ist und sich gut für dich anfühlt, dann kann das unmöglich falsch sein. Hochzeit hin oder her.«

Einen Moment blieb es still zwischen den Freundinnen, dann stand Canan auf. »Macht's dir was aus, wenn ich kurz mal telefoniere?«

Marlene begann zu kichern. »Kommt drauf an. Wenn du

vorhast, Dennis anzurufen, dann nur zu … Wenn du mit Emre Urlaub planen willst, dann hab ich was dagegen. Was das angeht, bin ich nämlich absolut Dennis' Meinung. Es ist komplett verrückt, mit einem Fremden zu verreisen.«

Kaum hatte Marlene zu Ende gesprochen, huschte Canan auch schon aus dem Wohnzimmer durch den Flur in ihr Zimmer. Als sie kurze Zeit später wieder vor Marlene stand, war sie hibbelig und konnte sich ein aufgeregtes Gekicher nicht verkneifen.

»Ähm … also, wenn du nichts dagegen hast … dann würde ich mich jetzt noch mal anziehen und ähm … zu Dennis gehen.«

Auf Marlenes Gesicht breitete sich ein dickes Grinsen aus, und sie konnte nicht anders, als aufzustehen und ihre Freundin an sich zu drücken. »Ich wünsch euch einen schönen Abend.«

***

Auch am nächsten Tag stürzte sich Marlene voll in die Arbeit im Café und schaffte es darüber, ihre Gedanken weitestgehend frei von Johannes zu halten. Am Abend zuvor hatte sie wieder lange wach gelegen und ihr Handy angestarrt.

Aber nichts.

Seit über einer Woche prüfte sie mehrmals täglich ihr Telefon. Doch kein Lebenszeichen von Johannes. Sie wusste gar nicht, was sie erwartet hatte. Sie hatte sich ja ohnehin vorgenommen, den Kontakt zu ihm abzubrechen – und damit war es ihr ernst. Ein Teil von ihr hatte allerdings gehofft, dass er sich zumindest auf ihre Nachricht melden würde.

Frustriert schüttelte Marlene den Kopf, als sie merkte, dass sie schon wieder abgeschweift war. Es gab schließlich einiges zu tun. Denn außer dem täglichen Geschäft galt es auch, das große Jubiläum vorzubereiten, das nächste Woche gefeiert werden sollte.

Marlene hatte gemeinsam mit Lotte viel Arbeit investiert, damit es ein Tag werden würde, der Lottes Leistung – ihr Buchcafé vierzig Jahre lang erfolgreich geführt zu haben – gerecht würde. Neben ein paar besonderen Torten, die Marlene als Überraschung geplant hatte zu backen, hatte sie eine Münchner Krimiautorin überzeugen können, in Lottes Laden eine Lesung inklusive Signierstunde zu machen.

Dafür musste sie unbedingt noch passende Fragen vorbereiten und mindestens zwei weitere Werke der Autorin lesen, damit sie ausreichend Bescheid wusste. Außerdem wollte sie noch die Jubiläumspakete fertig bestücken, die es zu gewinnen gab. Über Lottes neuen Buchcafé-Account hatte Marlene dafür bereits seit Wochen Werbung gemacht, und es hatten sich schon einige beworben. Neben einem Buch war in den Boxen alles Mögliche für echte Leseratten – Schokolade, Tee, Kerzen, kleine Notizblöcke und Lesezeichen. Und zu jedem Genre gab es unterschiedliche Boxen.

Und zu guter Letzt stand natürlich auf der To-do-Liste, den Laden auf Vordermann zu bringen. Es war zwar das vierzigste Jubiläum, aber man musste ja nicht unbedingt den Originalstaub von damals vorfinden.

Kapitel 26

Marlene war bereits seit vier Stunden wach, und das, obwohl es erst acht Uhr war. Im Schlafanzug hatte sie die letzten Handgriffe an ihren aufwändigen Torten für das Jubiläum gemacht, die sie nun – eine nach der anderen – vorsichtig den Weg hinüber in Lottes Buchcafé trug.

Als sie die letzte Torte abgestellt hatte, kam Lotte herein. »Du hast alles ohne mich vorbereitet.«

Marlene hatte gestern Abend gemeinsam mit Canans, Dennis' und Amelies Hilfe den Laden dekoriert, Sekt und Getränke kühl gestellt und sogar einen kleinen Pavillon draußen aufgebaut. Hier würden sie später den ersten Glühwein des Jahres ausschenken. Es war zwar erst Anfang November, aber sowas lockte die Leute immer an, und man roch den Duft von Zimt, Nelken, Kardamom und heißem Wein schon aus der Ferne. Sie hatte Lotte einen Gefallen tun wollen, indem sie alles ohne ihr Zutun erledigt hatte. Auch wenn sie es nicht zugab, Lottes Arthrose machte ihr zu schaffen, und die Jubiläumsfeier war so bereits eine große Aufgabe für sie.

»Gefällt es dir nicht?«

»Würde es denn etwas ändern, wenn ich Nein sagte?« Auch wenn Lottes Ton harsch klang, verriet ihr Grinsen, dass sie zufrieden war. Ja, Marlene glaubte sogar Vorfreude bei ihr zu erkennen.

Mit aufmerksamem Blick ging Lotte den Laden ab und sah sich alles an. Dann kam sie zurück zu Marlene. Die war dabei, die wenigen Stühle, die in das kleine Buchcafé an der Isar passten, für die Lesung auszurichten. Die würde um elf Uhr stattfinden.

»Sieht toll aus, danke«, sagte Lotte schließlich und drückte für eine Sekunde Marlenes Hand.

Gerührt hielt Marlene inne. Für Lottes Verhältnisse war das ein wahrer Gefühlsausbruch. »Hab ich gern gemacht.«

»Ich hoff nur, es kommen genügend Leute, dass sich das ganze Brimborium auch gelohnt hat.«

»Ach, bestimmt!«, sagte Marlene voller Überzeugung und hoffte dabei inständig, dass sie damit recht haben würde. Immerhin befand Lottes Buchcafé nicht unbedingt im Dunstkreis der üblichen Hotspots von München. Wenngleich die Isar nicht in allzu weiter Ferne lag, musste man schon zweimal hinsehen, ehe man den Charme des Kapuzinerviertels und eben auch Lottes Buchcafé erkannte. Wenn man nicht gezielt hierherkam, dann wohl nur, weil man sich verirrt hatte.

Die ersten Gäste waren Canan und Dennis, die händchenhaltend bereits kurz nach dem offiziellen Beginn der Feier um zehn hereingeschneit kamen, und wenig später trudelten weitere Gäste ein.

»Tobi, hi!« Marlene ging mit federndem Schritt dem Besucher und seiner Begleitung entgegen. Sie freute sich, dass mit Tobias auch ein ehemaliger Teilnehmer ihrer Schreibwerkstatt da war.

»Grüß dich, meine Liebe! Schön, dich zu sehen.« Tobias nahm Marlene in den Arm und deutete dann neben sich. »Darf ich vorstellen, das ist der Mann, wegen dem ich in deinen Schreibkurs kam.«

»Was ja ganz offensichtlich nicht so schlimm war, oder?« Tobias' Verlobter lachte. »Hi, freut mich.«

Marlene unterhielt sich eine Weile mit dem Paar und zeigte Tobias' Verlobtem das Buchcafé, bis es höchste Zeit war, sich wieder an die Arbeit zu machen. »Setzt euch gern oder schaut euch noch ein bisschen um. Wenn ich euch etwas bringen darf, sagt einfach Bescheid. Ich muss mal eben raus und den Glühwein ansetzen.«

Marlene schüttete eine Flasche Rotwein nach der anderen in den großen Topf, bis dieser randvoll war. Dann gab sie mehrere Löffel Zucker hinzu, hängte zwei ihrer selbstgemachten Gewürzsäckchen hinein und begann, süßlich-sauer duftende Orangen in dünne Scheiben zu schneiden. Als Marlene gerade die letzte Scheibe im Topf versenkt hatte und zurück in den Laden wollte, hörte sie ihren Namen. Kurz darauf rollte Amelie um die Ecke – gefolgt von ihrem großen Bruder.

Da war es wieder – dieses elektrisierende Gefühl. Als hätte man um ein Haar seine Lieblingstasse auf den Boden fallen lassen, aber sie dann noch in letzter Sekunde aufgefangen. Jede Faser stand bei Marlene unter Strom, und mit einem Mal spürte sie wieder Johannes' Lippen auf ihren.

»Wie läuft es bisher?« Johannes' Stimme und vor allem sein Blick machten das Gefühl noch schlimmer.

»Ganz gut. Danke. Viel zu tun.«

Er nickte. »Kann ich mir vorstellen.«

»Ist sie schon da?« Amelies Stimme holte Marlene in die Realität zurück.

»Wer?«

»Na, Renate König – die Autorin. Ich muss sie unbedingt was fragen.«

»Nein, noch nicht. Aber gut, dass du das sagst. Ich sollte vielleicht mal mein Handy checken, ob sie angerufen hat«, antwortete Marlene, doch Amelie war schon in Richtung Eingangstür davongerollt.

Johannes stand noch immer bei ihr, und in seinem Blick schimmerten Unentschlossenheit und Unbehagen.

Nervös trat Marlene von einem Fuß auf den anderen. »Ähm … ja … Also dann, viel Spaß«, stammelte sie und wirbelte mit einem flüchtigen »Ich muss weiter, sorry!« davon.

Mittlerweile war es schon halb elf – und es war noch immer keine Spur von der Autorin zu sehen, was zwar problematisch war, Marlene aber zumindest die optimale Ausrede bescherte, Johannes stehenzulassen.

Marlene versuchte mehrfach, die Autorin auf dem Handy zu erreichen. Zum Glück war Lotte damit beschäftigt, mit der doch sehr respektablen Anzahl von Gästen zu sprechen, sodass sie nichts davon mitbekam.

Endlich nahm jemand ab. »Marlene, bitte entschuldige mein Abtauchen. Ich komme gerade aus der Notaufnahme, ich hab mir heute früh ganz bös mit dem Brotmesser in die Hand gesägt, und das musste jetzt mit einigen Stichen genäht werden.«

»Oje, Renate … das klingt ja schrecklich. Geht es dir denn gut? Unter diesen Umständen ist es natürlich klar, dass du nicht lesen kannst.«

»Ach was, das geht schon.«

Marlene war nicht scharf darauf, die bereits anwesenden Zuhörer zu enttäuschen, aber mit einer angeschlagenen Autorin, war auch niemandem geholfen. »Bist du sicher?«, fragte sie daher.

»Na klar. Passt doch zu 'ner Krimi-Lesung, so eine Verletzung«, flachste sie. »Es ist nur so, dass ich es nicht mehr pünktlich schaffen werde. Kannst du die Gäste irgendwie eine halbe Stunde vertrösten?«

Noch bevor Marlene aufgelegt hatte, hatte sie bereits die perfekte Lösung für ihr Problem: Amelie. Die hatte mit Sicherheit ihren Laptop in der Tasche, der all ihre Texte beherbergte, und sie würde sich ganz bestimmt über die Gelegenheit freuen, diese einem Publikum zu präsentieren.

Als die Lesung begann, war Lottes Buchcafé so voll wie nie zuvor. Es störte sich niemand daran, dass die eigentliche Autorin verspätet erschien, Amelie hatte die Leute mit ihrer Geschichte gut unterhalten. Es hatte Marlene Freude gemacht zu sehen, wie sie voller Stolz in ihrem Rollstuhl vorn saß und gelesen hatte. In Wahrheit hätte Marlene auch lieber noch weiter Amelie zugehört als der Autorin. Nicht, weil Renate König nicht gut war. Eher, weil Marlene Krimis nicht besonders viel abgewinnen konnte.

Als Marlene ihren Blick über die Zuschauer im Buchcafé schweifen ließ, blieb sie an Johannes hängen. Er saß ein Stück entfernt neben Amelie, doch seine Augen waren auf Marlene gerichtet. Obwohl der kleine Raum vollgestopft war mit Menschen, spürte sie Johannes' Gegenwart, als stünde er direkt neben ihr und als wären sie allein … Ohne sich darum zu scheren, dass es unangebracht war, als Veranstalterin einfach zu verschwinden, wandte sie sich hastig ab und tauchte im Lager unter.

***

Nachdem die Lesung zu Ende war, blieben einige Zuhörer im Laden, um sich von der Autorin ein Autogramm in ihr Buch geben zu lassen. Draußen am Glühweinstand, wo Marlene sich im Moment aufhielt, standen ebenfalls einige Besucher. Manche waren nur zufällig vorbeigekommen und wegen des Glühweins spontan stehen geblieben, andere waren gezielt aufgetaucht, um mit Lotte ihr Jubiläum zu feiern. Sogar Annika und Louisa hatten extra auf einen Glühwein hereingeschaut. Von Marlenes vier Torten war nur noch etwa eine halbe übrig, und auch sonst wurden alle Aktionen und Ideen gut angenommen. Marlene war froh, dass der Tag am Ende für Lotte nicht nur mit Ausgaben zusammenhing, sondern dass die vielen Besucher auch einkauften.

Marlene befüllte einen Becher mit heißem Punsch und legte ein paar Kekse auf eine Serviette, um sie Gerti, der Obdachlosen, vorbeizubringen. Doch als sie auf die Ecke zuging, an der sie sonst jeden Tag saß, war keine Spur von Gerti zu sehen. Möglicherweise, dachte Marlene, war es ihr heute zu turbulent hier mit all den Menschen.

Als sie umkehrte, lief sie geradewegs Johannes in die Arme, der allem Anschein nach die Feier verlassen wollte. Gut, dachte Marlene, dann brauchte sie sich den Rest des Tages wenigstens nicht mehr darauf zu konzentrieren, ihn nicht anzusehen. Ohne langsamer zu werden, huschte Marlene an ihm vorbei und warf ihm dabei ein bemüht ungezwungenes »Tschau, schönen Nachmittag noch« zu.

»Hey, warte mal«, sagte Johannes ruhig und harrte aus, bis Marlene sich wieder zu ihm umgedreht hatte. »Ich würde gern was mit dir besprechen.«

»Ich hab leider alle Hände voll zu tun, sorry.« Wieso nur musste er so gut aussehen, wie er da in seinem dicken Norwegerpulli stand, fragte sie sich, frustriert von ihren Gefühlen.

Er grinste kurz. »Ich mein ja auch nicht jetzt …«

»Ach so … Na, wir sehen uns ja am Donnerstag in der Schule«, versuchte Marlene weiter, ihn abzuwimmeln. Doch als sie sich abwandte, griff er sanft nach ihrer Hand und drehte sie wieder in seine Richtung. Marlenes kalte Finger begannen zu kribbeln, als sie seine warme Hand berührten.

»Es ist aber nichts, was ich gern an meinem Arbeitsplatz besprechen möchte. Mal abgesehen von den ganzen Kindern, die ein erstaunliches Talent haben, immer dann mit einem aufgeschürften Knie oder einer blutigen Nase aufzutauchen, wenn es am ungünstigsten ist.«

Marlene wollte nicht hören, was Johannes zu sagen hatte. Es war eine Sache zu entscheiden, den Kontakt zu ihm abzubrechen, weil sie es für richtig hielt. Aber eine andere, ihm dabei zuzuhören, wie er eine vorbereitete Rede abspulte, in der er ihr erzählte, dass er seine Freundin liebte, sich entschuldigte für den Kuss und sie bat, kein Wort darüber zu verlieren. Obwohl Marlene einhundertprozentig sicher war, dass dieses Gespräch für sie in Tränen enden würde, konnte sie ihm den

Wunsch jedoch nicht abschlagen. Nicht, wenn er sie schon wieder aus diesen tiefgrünen Augen ansah. »Gut«, hörte sie sich sagen.

»Rufst du mich an?« Er suchte ihren Blick.

Marlene schüttelte den Kopf. »Um achtzehn Uhr bin ich hier fertig. Wir können uns danach in der Bierkneipe treffen.«

»Nach dem Tag?« Fragend zog er eine Augenbraue in die Höhe. »Okay, wenn du meinst.«

»Aufräumen werden wir ohnehin erst morgen«, erklärte sie. Natürlich wollte sie nach diesem Jubiläum eigentlich nur noch eine Dusche nehmen und ins Bett gehen. Aber es gab aus ihrer Sicht keinen Grund, das Gespräch noch weiter hinauszuzögern. Wenn es schon sein musste, dann wenigstens so schnell wie möglich, damit sie nicht auch noch Zeit hatte, darüber nachzudenken.

Kapitel 27

Als Marlene die Bierkneipe betrat, in der sie bei ihrem ersten und letzten Besuch mit Johannes abgestürzt war, fühlte sie sich furchtbar. Sie war hundemüde, die Füße taten ihr weh, sie hatte einen gigantischen Glühweinfleck auf ihrem grauen Wollkleid, und der tiefsitzende Dutt, den sie am Morgen gebunden hatte, war die längste Zeit des Tages eine ansehnliche Frisur gewesen. Es hingen ihr bald mehr Haare ins Gesicht, als das Haargummi noch zusammenhielt. So wie sie aussah, passte sie perfekt in die heruntergekommene Bierkneipe. Aber wenigstens roch sie besser als das Lokal, denn in ihrem Haar hing noch der köstliche Duft von Apfel-Zimt-Waffeln.

Dank der überschaubaren Anzahl an Tischen fand Marlene Johannes sofort. Er saß unter dem einzigen Fenster im Lokal. Er hatte die Arme vor sich verschränkt und lehnte mit geschlossenen Augen im Stuhl. Als er Marlene bemerkte, stand er auf, wie es die Männer in den alten Filmen aus den Fünfzigerjahren taten, die Marlene immer mit Canan ansah.

»Hey du«, sagte er leise.

Wie zwei so triviale Worte einem so unter die Haut gehen konnten, war Marlene schleierhaft, aber der Klang seiner Stimme verursachte ihr Gänsehaut. »Also …«, begann sie, als beide wieder Platz genommen hatten. Ihr Versuch, das Gespräch, das sie eigentlich nicht führen wollte, einzuleiten, blieb irgendwo in der Luft hängen.

»Sollen wir was zu essen bestellen?«

Marlene hob die laminierte Menükarte in die Höhe. Sie klebte ein wenig am Tisch. »Ich bin mir nicht sicher, ob ich wirklich was zu essen bestellen will.«

Johannes lachte kurz auf. »Ich hätte dich ja auch woandershin eingeladen, aber du wolltest hierher.«

Marlene stimmte nur halbherzig in sein Lachen ein und war froh, als im nächsten Moment die Kellnerin an den Tisch trat.

»Servus, was darf ich euch bringen?«

»Ich nehme ein Wasser«, erklärte Marlene.

»Okay. Sonst nichts?« Die Kellnerin zog die Augenbrauen in die Höhe, als sei es ein Verbrechen, in diesem Lokal kein Bier zu ordern.

»Nein, danke.« Marlene schüttelte den Kopf.

Als die Kellnerin auch Johannes' Bestellung aufgenommen hatte, wurde es für einen Moment still an ihrem Tisch.

»Wie geht es dir?« Johannes' Stimme klang warm und vertraut, und wieder krabbelte Gänsehaut über Marlenes Körper. Noch vor zwei Wochen hätte Marlene ihm auf seine Frage ehrlich geantwortet. Doch heute wollte sie das Ganze lieber schnell hinter sich bringen.

»Hör mal, ich bin ziemlich k. o., und wir müssen das hier ja nicht unnötig in die Länge ziehen.«

»Tut mir leid, ich bin nicht gut darin, unangenehme Gespräche zu führen.«

»Schon gut, sprich einfach aus, was du mir sagen möchtest.«

»Katrin ist vorgestern bei mir ausgezogen.« Er hielt einen Moment inne, um einmal tief und schwer einzuatmen. »Wir haben uns getrennt.«

Reflexartig hob Marlene ihren Blick. Zum ersten Mal blickte sie Johannes heute ins Gesicht. Er sah geschafft aus, hatte dunkle Schatten unter den Augen, so als hätte er die letzten Tage nicht geschlafen. Marlene merkte ihm an, dass er darauf wartete, dass sie etwas sagte. Doch was um alles in der Welt sollte sie erwidern?

»Das … tut mir leid«, meinte sie schließlich und riss sich von seinem Anblick los. »Was ist passiert?«

Zu Marlenes Verwunderung hörte sie Johannes kurz auflachen. »Ist die Frage ernst gemeint?«

»Ja, schon irgendwie.«

Es dauerte einen Moment, ehe Johannes antwortete. Als er zu sprechen begann, lag in seiner Stimme eine seltsame Mischung aus Heiterkeit, schlechtem Gewissen und Wärme. »Nenn mich altmodisch, aber ich bin der Meinung, man sollte nicht mit einer Frau zusammenbleiben, wenn man sich zu einer anderen hingezogen fühlt.«

Marlenes Herz stolperte über seine Worte und machte gleich im Anschluss daran einen Purzelbaum. Zumindest fühlte es sich für sie so an. Hatte sie richtig gehört?

Johannes schüttelte mit einem leichten Schmunzeln den Kopf. »Willst du mir etwa sagen, dass du nicht gemerkt hast, dass ich … na ja … etwas für dich empfinde?«

Marlenes Wangen und Ohren begannen zu glühen. Mal wieder … Alles in ihrem Inneren geriet gerade gewaltig durcheinander. Das war nicht die Art von Gespräch, auf die sie sich eingestellt hatte.

»Du bist wirklich überrascht«, stellte Johannes interessiert fest. Dann streckte er seine Hand aus und strich Marlene zärtlich eine Strähne aus dem Gesicht. »Wie kann es bitte sein, dass du immer alles Mögliche bemerkst und wahrnimmst, aber diese eine Sache ist dir nicht aufgefallen?«

Marlene zuckte die Schultern und dachte einen Moment nach. »Wie hätte ich das denn wissen sollen?«

»Ich hab dich geküsst, Marlene.« Johannes sagte das, als wäre es die Antwort auf all ihre Fragen und als bräuchte es nicht mehr Worte. Doch für Marlene erklärte das gar nichts.

»Was glaubst du denn, wieso ich das gemacht habe, wenn nicht, weil ich mehr für dich empfinde?«

»Ich weiß nicht. Schließlich hast du bis vorgestern noch mit einer anderen Frau zusammengewohnt. Und die letzten zwei Wochen habe ich kein einziges Lebenszeichen von dir gekriegt. Du hast mir nicht mal auf meine Nachricht geantwortet.« Irgendwie ergab das, was Johannes sagte, in Marlenes Kopf noch keinen Sinn.

»Dass ich mich nicht bei dir gemeldet habe, tut mir leid, aber ich hab dich geküsst – und wie du mir gerade korrekterweise vorgehalten hast, war ich bis vor kurzem noch mit einer anderen Frau zusammen. Das ist genau genommen eine ziemliche Scheißnummer. Ich wollt's einfach nicht noch schlimmer machen. Wollte erst einen ordentlichen Schlussstrich ziehen.«

»Und wieso warst du nach unserem Kuss noch mit ihr bei deinen Eltern?«, fragte Marlene kleinlaut. Es lag schlichtweg in ihrer Natur, so lange Fragen zu stellen, bis sie verstand.

»Weißt du«, begann Johannes, der nun kapiert zu haben schien, dass es Marlene nicht reichte, einfach nur zu hören, dass er nicht mehr in einer Beziehung war, »du warst nicht die Einzige, die nicht verstanden hat, dass ich für dich nicht nur freundschaftliche Gefühle hege. Ich selbst hatte da auch eine ziemlich lange Leitung. Aber nach dem Abend bei dir, da war mir klar, was ich will – und was ich nicht will.« Er suchte Marlenes Blick. »Der Termin mit Katrin bei meinen Eltern stand schon seit Wochen. Sie war fast eine ganze Woche unterwegs und kam erst am Morgen von ihrem Flug zurück. Ich wollte das mit ihr einfach in Ruhe klären, und ich hatte keine Lust, mich meinen Eltern gegenüber rechtfertigen zu müssen, weshalb ich plötzlich doch allein komme.«

Johannes sah Marlene aus dunkelgrünen Augen an und eine Weile schwiegen sie einfach gemeinsam. Beide, mit einem vorsichtigen Lächeln im Gesicht, bis Marlene schließlich die Stille unterbrach. »Ich glaub, ich würd jetzt doch ganz gern was essen und noch ein bisschen bleiben.«

Kapitel 28

Marlene stand vor der Eingangstür ihres Wohnhauses. Unbewusst streckte sie sich ein wenig, damit sie in Johannes' Augen blicken konnte. Im Schein der Straßenlaterne schimmerten sie in einem dunklen, unergründlichen Grün, das sie sonst nur von der Isar kannte. Obwohl ihre Gesichter nur eine Armlänge trennte, kam Marlene die Entfernung trotzdem zu groß vor.

»Das war schön«, sagte Marlene im Flüsterton. Als könnte sonst ein Fremder mitbekommen, was zwischen ihnen vorging.

Johannes streckte die Hand aus und verschränkte seine Finger langsam mit Marlenes. In seiner Hand wirkte ihre klein und zierlich und irgendwie so, als wäre sie genau am richtigen Ort.

Er legte den Kopf ein wenig schief und lächelte Marlene an. »Ich bin froh, dass wir den Abend doch in die Länge gezogen haben …«

Marlene kicherte, und sie sahen sich eine Weile lang einfach nur an, während Johannes Marlenes Hand umschlossen hielt. Erst als Marlene schon ansetzen wollte, um etwas zu sagen, beugte er sich zu ihr hinunter und küsste sie. Es war ein zarter Kuss. Ein Kuss, den man von der allerersten Sekunde an genießen musste, denn man wusste von Anfang an, dass er nur einen Moment dauern würde. Viel zu schnell für Marlenes Geschmack richtete sich Johannes wieder auf.

»Und jetzt?«, fragte Marlene.

»Jetzt lasse ich dich endlich deinen wohlverdienten Erholungsschlaf bekommen.«

»Das habe ich nicht gemeint.«

»Ich weiß ...«

»Ich schätze, wir sollten es wohl erstmal langsam angehen.«

»Ja, wahrscheinlich hast du recht. Deine Trennung ist schließlich noch gar nicht lange her«, hörte sich Marlene sagen, während ihr Herz und ihr Bauch ganz eindeutig anderer Meinung waren. Ja, es war vernünftiger, wenn Johannes erst einmal seine alte Beziehung verdaute, ehe er mit Marlene etwas Neues begann. Aber eigentlich wollte sie doch nichts anderes als heute Abend in seinem Arm einschlafen.

»Ich meld mich, okay?«

Marlene nickte widerwillig und holte sich dann einen Gutenachtkuss ab, bevor sie mit Schmetterlingen im Bauch die Treppen zu ihrer Dachwohnung hinaufstieg. Als sie oben angekommen war, schloss sie die Tür hinter sich zu und blieb für einen Moment im Flur stehen. Auf ihrem Gesicht breitete sich ein Lächeln aus. War das alles wirklich passiert?

Marlene sah erst im Wohnzimmer und dann in Canans Zimmer nach, ob ihre Mitbewohnerin da war. Sie hatte dringenden Redebedarf. Sie wusste überhaupt nicht, wohin mit ihren Gedanken, ihrer Freude und ihrer Verwirrung. Marlene zog das Handy aus ihrem Stoffbeutel und schrieb Canan eine Nachricht, ob sie heute noch nach Hause kommen würde. Gerade als sie ihr Telefon wieder wegstecken und ins Badezimmer gehen wollte, vibrierte es.

Noch bevor der Klingelton einsetzte, hatte Marlene bereits auf den grünen Hörer gedrückt. »Als du gesagt hast, du meldest dich, hatte ich nicht gedacht, dass du das so schnell tun würdest.« Sie kicherte aufgeregt.

»Ich weiß, die Trennung von Katrin ist noch nicht sehr lange her ... und ich weiß, ich hatte gesagt, wir sollten es langsam angehen. Aber würdest du mich für furchtbar abgebrüht halten, wenn ich dir sage, dass ich gehofft hatte, du würdest mich trotzdem bitten, mit nach oben zu kommen?«

Marlenes Herz machte einen Sprung. Und dann gleich noch einen. »Nein … nein, das würde ich nicht«, sagte sie und verkniff sich, ihm zu verraten, dass sie genau das vorhin am liebsten getan hätte.

»Und würdest du mich für eine Art Stalker halten, wenn ich dir sage, dass ich auf halbem Weg kehrtgemacht habe und in diesem Moment vor deinem Wohnhaus stehe.«

Marlene gluckste. »Du stehst vor meiner Tür?«

»Das kommt ganz auf deine Antwort an.« Marlene konnte hören, dass Johannes beim Sprechen grinste. Anstatt etwas zu erwidern, drückte sie den Türöffner, der in die Stille hineinsurrte. An dem kurzen »Klack« erkannte Marlene, dass Johannes die Tür aufgedrückt hatte.

»Reicht das als Antwort?«, fragte sie und hörte daraufhin schon Johannes' leises Lachen durch das Treppenhaus klingen.

Als Johannes oben angekommen war, zögerte er keine weitere Sekunde mehr. Noch ehe Marlene die Tür hinter ihm geschlossen hatte, zog er sie an sich. Er gab Marlene einen so brennenden Kuss, dass sie fast glaubte, in dem Moment, als seine Lippen ihre berührten, hätten Funken sprühen müssen. Stürmisch schlang sie die Arme um seinen Nacken und drückte ihren Körper so nah an ihn, wie es ihre Küsse zuließen.

Nach wenigen Sekunden schob Johannes sie sacht ein Stückchen von sich. »Lass mich kurz Luft holen …« Er atmete mehrmals tief ein und wieder aus und zeigte dann mit dem Daumen in Richtung Tür. »Die Treppe … ihr wohnt echt ganz schön weit oben …«

»Na hör mal, bist du nicht Sportlehrer? Und da bringen dich die paar Stufen außer Atem?«

Er schüttelte den Kopf und zeigte ein spitzbübisches Grinsen. »Nee, normal nicht. Aber normalerweise springe ich so viele Stockwerke auch nicht im Eiltempo nach oben. Da muss schon etwas sehr Besonderes auf mich warten, dass ich so Gas gebe.«

***

Eingehüllt in eine ihrer Kuscheldecken lag Marlene in Johannes' Arm. Gleichmäßig streichelte er ihr über das zerzauste Haar, und langsam wurden ihre Augen müde. Mehr und mehr breitete sich eine angenehme Schwere in ihrem Körper aus, und in diesem Moment fühlte sich Marlene einfach nur zufrieden. Sie wollte eigentlich nicht schlafen, wollte lieber jede Sekunde mit Johannes genießen, doch der Tag war lang gewesen und aufregend. Und das, was sie und Johannes in der vergangenen Stunde hier in ihrem WG-Zimmer getan hatten, hatte ihre letzten Energiereserven aufgebraucht.

»Du bist doch morgen noch da, wenn ich aufwache, oder?«, murmelte sie im Halbschlaf.

Seine Brust, auf der Marlene ihren Kopf gebettet hatte, wippte leicht auf und ab, als er leise lachte. »Wo sollte ich denn hingehen? Es gibt keinen Ort, wo ich lieber wäre, als hier bei dir«, flüsterte er und hauchte Marlene einen Kuss auf ihr Haar.

Kapitel 29

Marlene wachte auf, als sie neben sich Bewegung wahrnahm. Von draußen schien schon die Sonne durchs Fenster. Johannes lehnte am Kopfteil des Bettes und schmökerte in einem Buch. Es war ein Krimi, den Marlene auf Empfehlung von Lotte lesen sollte. Nach fünfzig Seiten hatte sie jedoch abgebrochen, da ihr die Geschichte einfach zu düster war. Seither lag er unbeachtet auf ihrem Bücherstapel neben dem Bett.

Johannes schaute von seiner Lektüre auf, als er merkte, dass Marlene wach wurde. »Guten Morgen, Schlafmütze.«

Die Art, wie Johannes ihr einen zarten Guten-Morgen-Kuss auf die nackte Schulter hauchte – als wäre es das normalste auf der Welt, dass er hier bei Marlene im Bett lag –, ließ auch die Schmetterlinge in Marlenes Bauch erwachen. »Wie spät haben wir?«

»Ungefähr halb elf.« Johannes legte das Buch zurück auf den Stapel, wo er es herhatte, und hüpfte regelrecht aus dem Bett.

»Ein Morgenmensch also …«, konstatierte Marlene.

»Als Lehrer bleibt einem nichts anderes übrig. Aber ich bin mir nicht sicher, ob man von einem Morgenmenschen sprechen kann, nur, weil man sonntags um halb elf bereits hellwach ist.« Er beugte sich noch einmal hinunter zu ihr ins Bett, und diesmal landete sein Kuss auf ihren Lippen. »Ist es in Ordnung, wenn ich eure Dusche benutze?«

Sie nickte. »Klar. Ich bring dir gleich ein frisches Handtuch rüber.«

»Danke. Und hast du zufällig eine Zahnbürste für mich?«

»In der untersten Schublade im Badschrank müsste noch eine neue liegen.«

Als Johannes im Bad verschwunden war, schlüpfte Marlene in sein T-Shirt, das nach einer Mischung aus ihm, Apfel-Zimt-Waffeln und Bierkneipenmuff roch. Eine Kombination, die die Schmetterlinge in ihrem Bauch weiter in Aufruhr versetzte. Dann tapste sie ins Wohnzimmer, wo seit drei Tagen der Wäscheständer mit den frisch gewaschenen Handtüchern den Fernsehplatz zustellte. Bevor Marlene die Badtür aufstieß, klopfte sie kurz an, um sich anzumelden.

»Komm rein«, hörte sie über das Wasserprasseln hinweg.

Johannes durch die Glaswand in ihrer Dusche stehen zu sehen war ein Anblick, der in ihrem Inneren erneut ordentlich Unruhe anrichtete. Und nicht nur das ... Marlene ließ sich mehr als nötig Zeit im Bad und legte nicht nur das Handtuch für Johannes ab, sondern putzte bei der Gelegenheit auch gleich ihre Zähne.

»Brauchst du noch was?«, fragte sie, als sie fertig war, um etwas Zeit zu schinden.

Mit einem spitzbübischen Grinsen streckte Johannes den Kopf aus der Dusche heraus. »Brauchen wäre zu viel gesagt, aber ... du könntest reinkommen, wenn du nichts Besseres vorhast.«

Marlene gluckste fröhlich. Doch obwohl ihr ganzer Körper sich nach seinem sehnte, lehnte sie ab. »Ehrlich gesagt glaube ich nicht, dass wir in diese Minidusche zu zweit reinpassen. Ich geh später.«

Johannes drehte das Wasser ab und knotete sich das Handtuch, das Marlene gebracht hatte, um die Hüften. Dann drückte er Marlene einen Kuss auf die Lippen, der Marlenes Knie schon wieder weich werden ließ. »Schade ...«

Die beiden vertrödelten den gesamten restlichen Vormittag mit Frühstück, bis Marlene beschloss, dass es an der Zeit war, dass auch sie sich den gestrigen Tag von der Haut wusch.

Als sie unter dem heißen Wasserstrahl stand, konnte sie nicht anders, als die ganze Zeit zu lächeln. Es war unglaublich, wie schnell sich Dinge im Leben ändern konnten. Gestern Mittag hätte sie niemals damit gerechnet, dass sie heute den Tag mit Johannes verbringen würde. Als ihre Gedanken zu der letzten Nacht abschweiften, da explodierten hundert kleine Konfettikanonen in ihr. Konnte sie wirklich so viel Glück haben?

Als Marlene fertig geduscht und angezogen zurück ins Wohnzimmer kam, saß zu ihrer Überraschung Johannes mit Canan auf dem Sofa, wo sich die beiden unterhielten.

»Hey … seit wann bist du denn hier?«, begrüßte Marlene ihre Mitbewohnerin, die nicht hier übernachtet hatte.

Canan stand auf und ging mit einem Zwinkern auf Marlene zu. »Ich bin vor ungefähr 'ner Viertelstunde wiedergekommen. Wie es aussieht, scheine ich ja einiges verpasst zu haben …«

Marlene errötete und suchte nach einer Möglichkeit, Canan davon abzuhalten, zu tun, was Canan in solchen Situationen nun mal gern tat. Doch ihr Gehirn funktionierte einfach nicht. Es war viel zu sehr damit beschäftigt, sich darüber zu freuen, dass sie Johannes nun küssen konnte, wann und wo immer sie wollte. »Ähm …«, war deshalb alles, was Marlene erwiderte.

Canan sah von Marlene zu Johannes und wieder zurück. »Keine Sorge. Ich werde euch die peinlichen Kommentare ersparen, die mir auf der Zunge liegen.«

»Das ist sehr freundlich von dir«, sagte Johannes amüsiert.

»So, ich geh mal in mein Zimmer, ein wenig Schlaf nachholen. Bis später. Johannes, dich werde ich in Zukunft ja vermutlich öfter zu Gesicht kriegen.«

»Das ist anzunehmen.« Johannes nickte und sah dabei zu Marlene hinüber, deren Herz bei seinen Worten schon wieder hüpfte.

Kapitel 30

Marlene sperrte fröhlich summend die Ladentür zu Lottes Buchcafé auf. Mittlerweile hatte Lotte das klemmende Schloss austauschen lassen, doch trotzdem musste sie in diesem Moment an Johannes denken und an ihre Begegnung damals vor dem Laden. Und abermals entwischte ihr ein Lächeln. Johannes hatte diese Nacht wieder bei ihr verbracht. Wie so oft in den letzten zwei Wochen. Allerdings war er bereits in aller Frühe aufgestanden, um rechtzeitig in der Schule zu sein. Seit er weg war, hatte Marlene schon gebacken, Zeitung gelesen, ihre E-Mails beantwortet und ausgiebig mit Canan gefrühstückt. Doch trotzdem war es immer noch eine Dreiviertelstunde, bis sie das Buchcafé öffnen musste. Weil sie aber voller Tatendrang war, wollte sie nicht länger zu Hause sitzen, sondern lieber die Gelegenheit nutzen, das Buchcafé für sich zu haben. Lotte würde an diesem Tag wegen eines Zahnarzttermins erst später kommen.

Nachdem Marlene ihre nach Nuss, Gewürznelken und Johannisbeermarmelade duftende Linzer Torte auf der Etagere platziert und abgedeckt hatte, stellte sie die kleine Musikbox auf, die sie von daheim mitgebracht hatte, und suchte nach einer weihnachtlichen Playlist für den Hintergrund. Dann beschriftete sie den Tafelaufsteller neu, rückte ihn vor dem Laden zurecht und kehrte ein paar aufgeweichte Zigarettenstummel aus dem Weg. Als sie auf die Uhr sah und bemerkte, dass sie immer noch eine halbe Stunde Zeit hatte, stiefelte sie los ins Lager und machte sich auf die Suche nach etwas, womit sie das Buchcafé weihnachtlich schmücken könnte. Lotte hatte ihr erlaubt, ein wenig zu stöbern, und angedeutet, dass irgendwo noch Weihnachtsdeko herumliegen musste.

»Ha!«, entfuhr es ihr, als sie in der hintersten Ecke des Lagers auf eine verstaubte Kiste gestoßen war, in der eine Lichterkette, Christbaumkugeln, Sterne und ein paar Girlanden lagen. Ganz unten fand sie sogar noch eine uralte gebundene Ausgabe von Charles Dickens' *Eine Weihnachtsgeschichte.* Die Kiste sah aus, als wäre sie die letzten zehn Jahre nicht mehr hervorgezogen worden. Genau genommen hatte die Deko ihre beste Zeit längst hinter sich, aber es war besser als nichts.

Als Marlene das schwere Buch in die Hand nahm, kitzelte sie der Staub, der sich daran gesammelt hatte, in der Nase. Begeistert von dem alten Schatz blätterte sie durch die Seiten, bis ihr plötzlich ein handbeschriebenes Stück Papier entgegenkam, das langsam zu Boden segelte.

Marlene bückte sich, um es aufzuheben. Es war ein abgegriffener Brief, der aussah, als hätte man ihn wütend zerknüllt, doch dann zum Glätten in dieses Buch geschoben. Dem Datum zufolge war er ungefähr vierzig Jahre alt. Ehe Marlene bemerkte, was sie tat, huschten ihre Augen über die wenigen Zeilen. Eine alte Angewohnheit, dass sie alles las, was ihr vor die Nase kam …

Lotte, meine Liebste!

Dass ich heute den von mir verfassten Brief mitsamt Schlüssel wieder in meinem Postfach fand, hat mich nicht überrascht. Ich kenne dich zu gut und zu lange, als dass ich hätte glauben können, du würdest mein Geschenk an dich tatsächlich annehmen. Es ist schließlich auch einer der vielen Gründe, warum ich mein Herz an dich verloren habe.

Doch möchte ich dich dieses eine Mal bitten, eine Ausnahme zu machen und mir einen letzten Gefallen zu tun: Bitte nimm das Geschäft an, das ich für dich gekauft habe. Es war immer dein Traum,

und ich will sichergehen, dass dir zumindest dieser erfüllt wird. Sieh es als Entschädigung und Entschuldigung für all das, was ich dir angetan habe. Auch wenn es eigentlich keine Entschuldigung dafür gibt, dass ich nicht den Mut fand, meiner Familie die Wahrheit zu sagen und zu dir und unserer Liebe zu stehen.
Im Herzen für immer dein.
H.

Marlene blinzelte den Hauch einer Träne fort. Lotte war also vor langer Zeit verlassen worden. Und als Wiedergutmachung hatte sie von dem Mann, der sie unglücklich gemacht hatte, das Buchcafé geschenkt bekommen. Es musste eine große Liebe gewesen sein, dachte Marlene und steckte vorsichtig den Brief zurück in das Buch. Einen Moment lang überlegte sie, ob sie Dickens, anstatt ihn wieder in den Staubkarton mit der Weihnachtsdekoration zu verfrachten, im Laden als Dekoration auslegen sollte, entschied sich dann aber dagegen. Wer weiß, am Ende würde es Lotte nur an ihren Schmerz erinnern.

Eifrig machte sich Marlene daran, Lottes Buchcafé zu dekorieren. Ein Geschäft sollte im Dezember schließlich ein wenig Weihnachtszauber versprühen. Gerade dann kauften die Leute doch am liebsten ein.

***

Nach Marlenes Schicht kam Johannes im Buchcafé vorbei, um sie für den Weihnachtsmarkt abzuholen. Dort waren sie mit Johannes' Kumpel Alex – den Marlene bereits von ihrem Treffen im *Old Irish* kannte – verabredet. Weil Marlene und Johannes die Ersten am Treffpunkt waren und noch ein bisschen Zeit hatten, beschlossen sie, sich ein paar Weihnachtsbäume anzusehen. Möglicherweise gab es ja tatsächlich einen kleinen für Lottes Buchcafé, den sie in der Tram befördern könnten.

»Wie wär's mit dem hier?«, schlug Johannes vor und zeigte auf eine etwas unsymmetrische, buschig gewachsene Nordmanntanne.

Marlene schüttelte den Kopf.

»Und der da?«

Marlene umkreiste den Baum und kniff dann die Augen zusammen. »Hmmm … ich weiß nicht. Schauen wir lieber noch ein bisschen weiter.«

»Das hast du schon bei den letzten fünf Bäumen gesagt, die wir uns näher angesehen haben.« Johannes hauchte Marlene einen Kuss auf ihre eisige Nasenspitze, dann schlenderten sie Hand in Hand weiter.

»Aber der da, der ist doch schön!?« Johannes machte eine ausladende Handbewegung, um den Baum mit den zwei Spitzen, den er entdeckt hatte zu präsentieren.

»Ein bisschen zu licht, oder?«, gab Marlene zu bedenken. »Außerdem, zwei Spitzen? Hmmm …«

Sie suchten noch eine Weile weiter, bis irgendwann Johannes den Kopf schief legte und die Augen verdrehte. »Was machst du?«

»Wie meinst du das? Ich suche einen schönen Baum.«

Er schüttelte den Kopf. »Du suchst keinen schönen Baum.«

»Tu ich nicht?«

»Nein, du suchst einen perfekten, makellosen Baum.«

»Ist das nicht dasselbe?« Marlene strich mit ihrer flachen Hand über ein paar Zweige.

»Ganz und gar nicht. Schön war jeder einzelne der Bäume, die ich dir gezeigt habe. Aber keiner davon war perfekt. Jeder hatte einen Makel. Und genau das macht sie so besonders.«

Marlene sah Johannes skeptisch an. Sie war nicht sicher, was sie von seiner Theorie halten sollte. Mit Perfektsein oder besser gesagt mit Nicht-Perfektsein kannte sie sich schließlich aus. Und ihrer Erfahrung nach war es immer Perfektion, wofür sich die Menschen am Ende interessierten.

»Kein Mensch will etwas Perfektes, Marlene. Perfekt ist langweilig. Das gilt für Weihnachtsbäume wie für Menschen. Kleine Fehler, Macken, Eigenheiten – das ist es, was jemanden interessant macht«, sinnierte Johannes und betrachtete einen etwas klein geratenen Baum, der eine dicht bewachsene und eine lichte Seite und nicht nur zwei, sondern sogar drei Spitzen hatte.

»Dann umgibst du dich also am liebsten mit Menschen, die nicht perfekt sind und stattdessen ein paar Makel haben?«

»Genau«, bestätigte er, während er immer noch den Baum betrachtete.

Es war albern, aber es erleichterte Marlene zu hören, dass Johannes kleine Unzulänglichkeiten als etwas Liebenswertes ansah. Mit ihrem Exfreund oder mit ihrer Mutter war das immer anders gewesen. Fehler oder Schwächen waren etwas, das man besser nicht haben sollte. Und wenn es sie doch gab, dann musste so lange daran gearbeitet werden, bis sie ausgebessert waren. Also hatte Marlene stets alles darangesetzt, diese zu verstecken.

Johannes blickte plötzlich auf. »Das soll übrigens nicht heißen, dass ich denke, du bist nicht perfekt, so wie du bist. Es gibt nichts an dir, was anders sein sollte. Gewissermaßen bist du also perfekt. Aber irgendwie bist du's eben auch nicht, und das finde ich gut. Zum Beispiel dein linkes Ohr, das ein wenig stärker absteht als das rechte; oder auch die kleine Lücke zwischen deinen Schneidezähnen; oder die Tatsache, dass du manchmal deine Nase ein bisschen zu tief in die Angelegenheiten anderer Leute steckst, weil du helfen oder jemanden besser verstehen möchtest …«

Obwohl es kalt war und der Wind eisig pfiff, wurde Marlene wohlig warm. Es kam selten vor, dass Johannes über Gefühle oder dergleichen sprach. Genau genommen war es, seit sie ihn kannte, nie vorgekommen – einmal abgesehen vielleicht von ihrem »Date« nach der Jubiläumsfeier und dem Abend, als er ihr vom Unfall erzählte. Marlene hatte in ihrem Leben bisher nur selten den Eindruck gehabt, genau so wie sie war zu genügen oder sogar geliebt zu werden. Doch durch das, was Johannes in diesem Moment sagte, brachte er ihre Selbstzweifel tatsächlich für einen Augenblick zum Schweigen.

Lächelnd zog Marlene Johannes am Kragen seiner Jacke zu sich hinunter und drückte ihm einen Kuss auf seine warmen Lippen. »Wir nehmen den da«, sagte sie dann und zeigte auf den Baum, den Johannes die ganze Zeit betrachtet hatte, während er gesprochen hatte, und der der Inbegriff von unperfekt war.

***

Marlene hatte die kleine Tanne vom Weihnachtsmarkt gekauft und tatsächlich gemeinsam mit Johannes mit der Tram bis zu Lottes Buchcafé transportiert. Dort hatten sie den Baum aufgestellt, damit er nicht über Nacht eingepackt in der Ecke lag. Fürs Schmücken jedoch wollte Marlene sich an einem anderen Tag Zeit nehmen.

»Was ist los?«, wandte sich Marlene an Johannes, der plötzlich mit ernster Miene auf sein Handy starrte. Sie waren gerade erst wieder in der kleinen Zweier-WG angekommen.

»Meine Eltern haben mich versucht anzurufen. Sie schreiben, ich soll mich melden, irgendwas wegen Amelie.«

»Oh …« Marlenes eben noch ausgelassene Stimmung war von einer Sekunde auf die andere erloschen. Ehe sie noch etwas sagen konnte, verschwand Johannes ins Zimmer nebenan und verschloss die Tür. Hoffentlich war nichts passiert. Normalerweise würde Marlene nicht sofort vom Schlimmsten ausgehen, nur wegen eines verpassten Anrufs und einer Nachricht. Aber so alarmiert wie Johannes eben wirkte, und da seine Eltern ihn sonst nie anriefen … Es handelte sich also kaum um einen normalen Familienanruf. Zum Glück kam Johannes zurück, bevor Marlene sich weiter ausmalen konnte, was alles passiert sein könnte.

»Amelie war mit einer Freundin im Kino und ist nicht zur vereinbarten Zeit am Abholort erschienen.« Johannes tippte eine Nachricht, während er sprach. Vermutlich schrieb er an Amelie. »Meine Eltern drehen komplett durch vor Sorge und versuchen, sie seit einer halben Stunde anzurufen. Aber sie geht nicht ran.«

»Und wieso haben sich dich angerufen? Weißt du, wo sie sein könnte?«

»Das hatten sie zumindest gehofft. Als ich meinem Vater sagte, dass ich keine Ahnung habe, wo sie steckt, hat er mich angeschrien: Ich soll sie gefälligst nicht decken, wenn sie wieder irgendwohin abgehauen ist.«

»Hm, ich kann mir gar nicht vorstellen, dass Amelie wieder abhauen würde. Nicht nach eurem …« Marlene stockte. Sie hätte beinah »Unfall« gesagt. Doch sie wollte Johannes nicht noch mehr aufwühlen.

In diesem Moment begann Johannes' Handy zu klingeln, und er und Marlene schreckten hoch. »Das ist sie!«, meinte Johannes und blieb jetzt zum Telefonieren im Raum. »Amelie! Wo steckst du?! Bist du okay?« Obwohl Marlene nicht verstand, was Amelie am anderen Ende erzählte, sah sie zu ihrer Erleichterung, wie sich Johannes' Gesichtszüge und sein ganzer Körper entspannten. Nach ein paar »Ahas« und »Okays« legte er auf. »Amelie geht's gut. Sie und meine Eltern sind gerade auf dem Heimweg.«

Marlene atmete tief durch. »Und wo war sie?«

»Weil der Kinofilm mies war, den sie sich ausgesucht hatten, sind Amelie und ihre Freundin in eine Cafébar in der Nähe gegangen. Dort haben sie zwei Jungs aus ihrer Parallelklasse getroffen, und die beiden haben darüber einfach die Zeit vergessen.«

»Puh, was für ein Glück.« Marlene betrachtete Johannes eingehend. Er sah noch immer etwas zerstreut aus. Ganz anders als noch vor wenigen Stunden, als sie gemeinsam durch den Weihnachtsmarkt-Tannenwald gestreift waren. Marlene griff nach seinen Händen und legte sie sich um die Hüfte. »Komm! Wir hauen uns aufs Sofa«, sagte sie und streckte sich ein wenig, um Johannes besser küssen zu können.

Zögerlich schüttelte er den Kopf. »Ich werde nach Hause gehen. Ich bin ziemlich müde. Hab letzte Nacht nicht so viel geschlafen, wie du vielleicht weißt.« Über sein Gesicht huschte ein viel zu schwaches Lächeln, bei der Anspielung auf die gemeinsame Nacht. Und kurz darauf war es auch schon wieder verschwunden.

»Musst du wirklich los?« Marlene schmiegte sich noch ein wenig enger an seinen Körper. »Und wenn ich dir verspreche, dass ich dich heute Nacht nicht vom Schlafen abhalten werde, würdest du dann bleiben?«

Johannes sagte nichts, doch er ging auch nicht.

Kapitel 31

Marlene schreckte durch einen erstickten Schrei aus dem Schlaf hoch und saß aufrecht im Bett, ehe sie recht verstand, was passiert war. Ihr Herz raste wie wild. Panisch sah sie zur Seite. Die verzweifelten Laute kamen von Johannes, der sich neben ihr im Bett heftig hin und her warf. Seine Augen waren jedoch fest geschlossen. »Stirb nicht! … Bleib wach! … Amelie! … Es tut mir so leid …!«

Vorsichtig berührte Marlene Johannes an der Schulter und begann leise mit ihm zu sprechen. »Es ist alles in Ordnung Johannes, du bist hier bei mir. Amelie geht es gut. Es ist nur ein Traum …«

Obwohl Marlene geflüstert hatte, um ihn sanft aus seinem Albtraum zu wecken, schoss Johannes in die Höhe, als hätte man ihm geladene Defibrillator-Pads an die Brust gehalten, und griff nach Marlenes Handgelenk. Er hielt sie nicht so fest, dass es wehtat, aber die Bewegung war so abrupt gekommen, dass Marlene erschrocken zurückgewichen war.

Einen Moment sah sich Johannes in Marlenes WG-Zimmer um, dann ließ er sich zurück in sein Kissen fallen.

»Schon gut.« Marlene legte ihm ihre Hand an die Wange, doch Johannes machte sich los und stand aus dem Bett auf. »Wo willst du hin?«

»Ich hol mir was zu trinken.«

Marlene schlug die Decke zurück. »Warte, ich komme mit.«

»Nein, bleib und schlaf weiter. Ich bin gleich wieder da«, knurrte er und verließ das Zimmer.

Marlene verspürte den Drang, Johannes zu folgen, um zu sehen, ob er okay war, doch es war eindeutig, dass er das im Augenblick nicht wollte. Widerwillig legte sie sich hin und versuchte, zurück in den Schlaf zu finden – ohne Erfolg. Als Johannes nach einer halben Stunde wieder ins Bett kam und Marlene immer noch wach lag, rückte sie so nah an ihn heran, wie er es zuließ. Und weil sie spürte, dass sein Atem nach wie vor unregelmäßig ging, begann sie mit der flachen Hand langsam und gleichmäßig über seine Brust zu streicheln, bis sie selbst irgendwann von der beruhigenden Bewegung einschlief.

***

Als Marlene am nächsten Tag aufwachte, war sie allein in ihrem Bett. Reflexartig sah sie auf ihr Handy, doch darauf war keine Nachricht von Johannes. Mit einem unguten Gefühl im Bauch stand Marlene auf und machte sich Frühstück.

Ihre Gedanken kreisten jedoch ununterbrochen um Johannes. Gern hätte sie ihn nach seinem Albtraum gefragt und gehört, wie es ihm heute Morgen ging. Aber dann beschloss sie, ihm ein wenig Ruhe zu lassen und zu warten, bis er auf sie zukam.

Um sich abzulenken, setzte sich Marlene an ihren Laptop und sah die neuesten Stellenangebote durch. Leider gaben die jedoch nichts her. Umso besser, dass Marlene sich mit ihren Freundinnen am Nachmittag zum Kaffeetrinken verabredet hatte. So wie sie Canan, Annika und Louisa kannten, würden die ganz bestimmt dafür sorgen, dass Marlene auf andere Gedanken kam. Und so war es auch. Denn die Frauen hatten sich in den Kopf gesetzt, alternative Berufsideen für Marlene zu sammeln.

»Du könntest etwas erfinden und dann zu *Höhle der Löwen* gehen. Dann wirst du reich, und wir können uns in deinem Erfolg sonnen«, schlug Annika vor, und sofort begannen alle angestrengt darüber nachzudenken, was eine gute Erfindung wäre. Als jedoch keiner die zündende Idee hatte, ging die Berufsorientierung weiter.

»Jetzt hab ich's. Wie wär's mit Influencerin?« Louisa wackelte mit den Augenbrauen. »Da braucht man keine Ausbildung zu, und du könntest gleich morgen damit anfangen.«

»Okay, klar … Und was genau soll ich influencen?«, wollte Marlene wissen.

»Öhm …«

»Torten … Werde Torten-Influencerin! Dann kannst du auf deinem Channel Werbung für Backpulver und Co machen«, meinte Annika.

»Ist sicher superlukrativ, so eine Torten-Influencerin zu sein …«, sagte Canan, und alle begannen zu lachen. »Du könntest den Leuten beibringen, wie man leckere Torten bäckt. Du bist gut darin, anderen etwas beizubringen.«

»Okay, jetzt hab ich's aber wirklich. Wieso wirst du nicht Lehrerin? Du erzählst doch immer so begeistert von deinen Schreibkursen und deiner AG an Johannes' Schule. Dann wärst du außerdem verbeamtet. Das ist Luxus pur.« Annika lachte.

»Da halte ich eine Karriere als Influencerin noch für wahrscheinlicher.«

»Wieso das denn? Du wärst sicher 'ne tolle Lehrerin. Außerdem wärst du eine Topkandidatin für die Vertrauenslehrerin«, sagte Canan.

»Zum Beispiel, weil man nicht einfach so Lehrerin werden kann.« Marlene hatte selbst auch schon darüber nachgedacht, wie es wohl wäre, Kinder zu unterrichten … jeden Tag in die Schule zu gehen und nicht nur für ein paar Stunden. Und der Gedanke hatte ihr sofort gefallen. Mehr als die Vorstellung, einen der Jobs anzunehmen, für den sie sich in den letzten Wochen so erfolglos beworben hatte.

Aber man brauchte schließlich ein Staatsexamen, und man musste ein Referendariat absolvieren. Marlene hatte schon zehn Jahre an der Uni hinter sich, die sie in eine Sackgasse geführt hatten. Sie würde bestimmt nicht wieder ganz von vorn anfangen und mit lauter Erstsemestern in den Vorlesungssälen sitzen. Abgesehen davon, was würden ihre Mutter und ihr Großvater dazu sagen?

»Also meine Cousine hat ursprünglich auch kein Lehramt studiert, sondern Informatik. Und die ist jetzt Lehrerin. Soviel ich weiß, musste die nicht ganz von vorn anfangen. Die konnte irgend so einen Quereinstieg machen«, meinte Louisa. »Wenn du willst, dann frag ich sie mal, wie das lief.«

»Danke dir, ich denk mal drüber nach«, antwortete Marlene unverbindlich. Doch sobald sie am Abend zu Hause war, setzte sie sich an ihren Laptop und begann zu googeln, ob es tatsächlich so etwas wie einen Quereinstieg in den Lehrerberuf gab. Zum einen, weil sie es interessierte, und zum anderen, weil sich Johannes immer noch nicht gemeldet hatte und sie sich davon abhalten wollte, ständig auf ihr Handy zu schauen. Irgendwann jedoch hielt sie es nicht mehr aus, und sie wählte Johannes' Nummer.

»Bist du noch auf?«

»Hey … Ja.«

Beim Klang von Johannes' Stimme zog sich Marlenes Herz zusammen. Er wirkte völlig abwesend. »Stör ich dich gerade?«

»Ich korrigiere ein paar Klassenarbeiten, aber die rennen nicht weg.«

Marlene zögerte einen Moment. »Wie geht es dir? Ich hab mir ein bisschen Sorgen gemacht.«

»Mir geht's gut, wieso?«

»Ich dachte nur, wegen deines Albtraums. Du warst ziemlich aufgewühlt.«

»Ach das, keine Ahnung, was das war. Aber halb so wild. Schlechte Träume hat ja jeder mal. Entschuldige, dass ich mich nicht verabschiedet hab heute Morgen, ich bin nur früh los zur Boulderhalle und wollte dich nicht wecken.«

»Okay. Gut.«

Es wurde still am anderen Ende des Hörers. »Also … ich muss dann jetzt wieder weitermachen.«

Ehe Marlene noch etwas sagen konnte, hatte er bereits ein »Schlaf gut, bis dann« ins Telefon genuschelt und aufgelegt.

Kapitel 32

Es war Freitag, und kurz vor Ladenschluss war Johannes überraschend im Buchcafé aufgetaucht, um Marlene abzuholen. Seit Marlene und er sich das letzte Mal gesehen hatten, war eine Woche vergangen. Viel zu selten hatte sie von ihm gehört, und wenn, dann waren es ausschließlich knappe Textnachrichten gewesen. Verglichen mit den Wochen zuvor entsprach das für Marlene geradezu einem kalten Entzug. Umso mehr hatte sie sich auch gefreut, ihn Donnerstag nach ihrer Schreib-AG in der Schule zu treffen. Doch ihre Begegnung im Lehrerzimmer hatte eher einem höflich-distanzierten Austausch zwischen Chef und Mitarbeiterin geglichen als einem Aufeinandertreffen zweier Liebender.

Im Prinzip war das für Marlene kein Thema – auch wenn sie ihn natürlich lieber geküsst hätte. Sie konnte nachvollziehen, dass er sein Privatleben nicht unbedingt im Kollegium breittreten wollte. Trotzdem hatte er eine Distanziertheit ausgestrahlt, die Marlene dazu veranlasst hatte, ihm am Donnerstagabend nicht wie sonst per Textnachricht eine gute Nacht zu wünschen und zu fragen, wie sein Tag war.

»Vielleicht ist er einfach im Stress. Bei uns an der Schule drehen gerade auch alle Lehrer am Rad, weil es noch so viel zu tun gibt vor den Ferien«, hatte Canan gemeint, als sie bei Marlene im Buchcafé gesessen hatte.

Aber Marlene glaubte nicht daran. Es fühlte sich nicht danach an, als hätte Johannes einfach nur viel zu tun gehabt in der vergangenen Woche.

»Wo willst du hin, ich dachte, wir gehen zu dir?«, fragte Marlene und blieb stehen. Sie hatten Lottes Buchcafé verlassen und befanden sich nun genau zwischen Johannes' Wohnung und der Gipfel-WG. Nachdem Marlene sich die letzten Nächte in den Schlaf gegrübelt hatte, auf der Suche nach einer Antwort darauf, warum es sich plötzlich so seltsam zwischen ihnen anfühlte, war sie verunsichert.

»Willst du nicht noch kurz nach Hause?«

»Nein, wieso?«

Er zuckte die Schultern. »Ich dachte, du musst dir vielleicht noch ein paar Übernachtungssachen holen oder sowas.«

»Übernachte ich denn heute bei dir?«

»Da wir uns die ganze Woche nicht gesehen haben, dachte ich ... aber wenn es heute nicht passt, ist das kein Problem.«

»Ich übernachte gern bei dir. Es ist nur – ich hatte das Gefühl, du bist mir in den letzten Tagen aus dem Weg gegangen. Du hast mich irgendwie verunsichert, und ... ich habe mich gefragt, ob du vielleicht nicht mehr mit mir zusammen sein willst.«

Johannes blieb stehen und sah Marlene mit einem seltsamen Gesichtsausdruck an. »Nur, weil ich mal wieder ein paar Nächte allein verbringen wollte und weil wir uns nicht gesehen haben?«

»... und nicht gesprochen«, ergänzte Marlene.

»Ich kenne Paare, da ist das ganz normal.«

»Ja, aber ...« Plötzlich kam sich Marlene albern vor und ein bisschen wie eine dieser hysterischen Glucken. Natürlich war es normal, dass man sich in einer Beziehung auch mal ein paar Tage nicht sah. Doch ihr Bauchgefühl hatte nun mal Alarm geschlagen. »Du warst so zurückhaltend – immer so kurz angebunden.« *So abweisend*, lag es Marlene noch auf der Zunge, aber sie sprach es nicht aus.

»Ich brauchte einfach ein wenig Abstand nach den letzten Wochen. Das ist alles. Komm, lass uns gehen. Ist langsam kalt.« Johannes strich Marlene eine Haarsträhne hinters Ohr. Dann umschloss er ihre behandschuhten Finger mit seiner Hand und drückte einen Kuss darauf.

Kapitel 33

Wie so oft, wenn Johannes und Marlene die Nacht zusammen verbrachten, war sie schon früh auf den Beinen. Als Lehrer war Johannes nicht nur unter der Woche Frühaufsteher, sondern auch am Wochenende.

Heute war er bereits um sieben Uhr mit seinem Kumpel Alex in der Boulderhalle verabredet. Da Canan bei Dennis übernachtet hatte und ebenfalls nicht für ein gemeinsames Frühstück zur Verfügung stand, schnappte Marlene sich zwei der Hefezimtschnecken, die sie heute Morgen schon für Lottes Buchcafé gebacken hatte, und füllte sich einen Kaffee in ihren Thermosbecher, den sie vor der Arbeit noch genießen wollte. Dann machte sie sich auf den Weg zur Isar. Denn es war ein herrlicher Morgen.

Weil Samstag war, war noch kaum jemand unterwegs, also konnte sie in Ruhe ihren Gedanken an die letzte Nacht und die hitzigen Küsse von Johannes nachhängen. Sie war froh, dass zwischen ihnen alles wieder in Ordnung und das ungute Gefühl des Zweifels so schnell verschwunden war, wie es aufgetaucht war.

Auf der Wiese am Flussufer hatte sich über Nacht schon zarter Raureif niedergelassen. Nicht mehr lange, dann würde es schneien, dachte Marlene. Doch die Kälte machte ihr nichts aus. Denn in ihr steckte noch immer die Wärme von letzter Nacht, die sie mit Mütze, Wintermantel und Fäustlingen versuchte zu beschützen.

Marlene atmete tief ein und spürte, wie die eisige Morgenluft wohltuend durch ihre Lunge strömte. In München hatte man selten das Gefühl, frische Luft zu atmen – außer natürlich man fuhr aufs Land oder saß direkt am Isarstrand –, aber heute war einer dieser seltenen Tage. In der Nähe der Max-Joseph-Brücke suchte sie sich schließlich einen großen Stein am Ufer und setzte sich mit ihrem Frühstück to go und einer neuen Buchempfehlung von Lotte darauf, bis ihr Hintern die Temperatur eines Eiswürfels angenommen hatte.

Als sie schließlich den Weg ins Buchcafé antrat, traf Marlene auf Gerti.

»Was machst du denn hier? Ich hab dich schon vermisst. Bist du umgezogen?«, wollte Marlene wissen und drückte ihr die zweite Hefezimtschnecke in die Hand, die sie selbst nicht gegessen hatte.

»Ach, ich wollt's a bisserl ruhiger ham … Danke, des Schneckerl is fein.«

»Ruhiger als bei uns im Viertel? Da steppt ja wohl nicht gerade der Bär.«

»Na, des ned, aber die Randalekids wollten mi ned in Ruh lassn … Meine Sachen wolltns mir wegnehmen. Da bin ich lieber gangen. Hier ists ja a schöö …«

»Das tut mir leid. Und ich dachte, es wäre besser geworden. Hab das Grüppchen schon lange nicht mehr am Abend streunern sehen.«

»Aha«, war alles, was sie dazu sagte. Lange hatten ihre Unterhaltungen noch nie angedauert. Marlene stellte meist ein, zwei Fragen, die Gerti mehr oder weniger ausführlich beantwortete. Dann gab sie Marlene zu verstehen, dass es ihr jetzt reichte mit dem Smalltalk.

»Gut, also dann mache ich mich mal auf den Weg. Vielleicht kommst du ja mal wieder vorbei. Du weißt ja, ich hab jederzeit eine Tasse Kaffee für dich.«

Gerti nickte. »Pfiadi«, verabschiedete sie sich mit ihrem

üblichen Gruß und zauberte Marlene damit ein Lächeln ins Gesicht.

***

Marlene war auf dem Weg ins Lager, um ihre Tasche und ihren Wintermantel abzulegen, als ein Geräusch an der Tür sie zurückhielt. Leise linste Marlene durch die Tür und sah Lotte an ihrem Schreibtisch sitzen. Die Schultern hingen nach unten, und sie weinte. Erst dachte Marlene, sie müsste sich irren. Obwohl jeder im Leben ab und zu Schwäche zeigte, hatte sie Lotte trotzdem immer für zu robust gehalten, als dass sie die Ursache für Schniefgeräusche und tränendurchtränkte Taschentücher sein könnte.

Marlene klopfte leise an die Tür, um sich bemerkbar zu machen. Gern hätte sie Lotte auch noch ein paar Minuten allein gelassen, aber mittlerweile war es schon kurz vor neun, und die ersten Kunden würden bald auf der Matte stehen. Sie mussten öffnen. Da Lotte Marlenes Klopfen nicht gehört hatte, versuchte sie es erneut und räusperte sich dann. »Guten Morgen, Lotte«

Marlene hatte damit gerechnet, dass sich Lotte in Windeseile die Tränen aus dem Gesicht wischen, die Schultern straffen und ihr einen flapsigen Spruch entgegenfeuern würde, doch das Gegenteil war der Fall. Sie blieb in derselben Haltung sitzen und schniefte weiter.

»Was ist los, kann ich dir irgendwie helfen?« Als Lotte noch immer nicht reagierte, ging Marlene zu ihr und kniete sich neben ihre Chefin – die irgendwie auch zu einer Freundin geworden war – auf den Boden. Jetzt sah sie nicht nur ihr Gesicht, sondern auch, dass sie in ihrer von Altersflecken übersäten Hand eine Todesanzeige hielt. »Oh … Lotte, ist jemand, gestorben, den du kennst?«

Sie schüttelte schwach den Kopf. »Nicht heute … letztes Jahr. Aber es tut deshalb nicht weniger weh.«

»Wer war es?«, fragte Marlene vorsichtig, rechnete allerdings nicht damit, dass Lotte mit ihr darüber reden würde.

»Jemand, der mir einmal sehr, sehr viel bedeutet hat. Jemand, dem ich viel Schmerz, aber auch das alles hier zu verdanken habe. Doch unsere Wege haben sich schon vor etlichen Jahren getrennt.«

Sofort musste Marlene an den Brief denken, den sie vor einigen Tagen in der Schachtel mit der Weihnachtsdeko gefunden hatte. »Geht es um den Mann, der dir das Geschäft hier geschenkt hat?«

»Welcher Mann? Und woher weißt du Naseweis davon?«

»Sei nicht böse. Ich wollte nicht schnüffeln, aber ich hab in der Kiste mit der Weihnachtsdeko einen Brief gefunden – genauer gesagt in dem Charles-Dickens-Roman. Ich wollte ihn eigentlich gar nicht lesen, nur waren meine Augen schneller als mein Kopf. Tut mir leid.« Marlene sah Lotte zerknirscht an. Wäre jemand so in ihre Privatsphäre eingedrungen, wäre sie vermutlich ziemlich verletzt. Doch Lotte reagierte zu ihrer Erleichterung nicht mit Ärger.

»Ich bin selbst schuld, wenn ich meinen privaten Kram hier überall rumliegen hab. Außerdem hab ich dir ja gesagt, du kannst ruhig nach der Kiste suchen.«

»Darf ich?« Marlene zeigte auf die Todesanzeige, die Lotte noch immer zwischen ihren Fingern hielt, aber jetzt Marlene entgegenstreckte. »Danke schön.«

Marlene nahm das Stück Papier entgegen und las erst den kurzen Text und dann den Namen. »Ach so …«, sagte sie schließlich. Sie war automatisch davon ausgegangen, dass es ein Mann gewesen sein musste, der Lotte das Herz gebrochen hatte. Doch »H« hatte nicht für einen Männernamen gestanden, sondern für Hannah Richter. Die, wie Marlene der Anzeige entnehmen konnte, Schauspielerin, Ehefrau und Mutter war. »Möchtest du mir von ihr erzählen?«

»Was soll ich denn erzählen?« Lotte schnaubte verächtlich, doch Marlene spürte, dass die alte Dame gern über ihre einstige Liebe sprechen würde.

»Na, zum Beispiel etwas aus der Zeit, als ihr zusammen gewesen seid. Wie lange wart ihr ein Paar?«

»Wir waren nie zusammen im eigentlichen Sinne … Als ich jung war, da wurde man nicht einfach ein Paar, wenn man als Frau eine Frau liebte. Oder als Mann einen Mann. Und schon gar nicht, wenn man in der Öffentlichkeit stand, so wie Hannah. Aber geliebt … geliebt haben wir uns vier intensive Jahre.«

Marlene musste schlucken. Was für ein Privileg es doch war, mit der Person zusammen sein zu dürfen, die man liebte. »Okay, also habt ihr euch vier Jahre heimlich gesehen und geliebt. Und was ist dann passiert? Wieso musste es enden?«

»Hannah war Schauspielerin. Selbst wenn ihr Name heute nicht mehr vielen etwas sagt, so war sie damals in Deutschland doch recht erfolgreich. Sie hatte schon immer Angst gehabt, dass Gerüchte irgendwann ihrer Karriere schaden würden. Es zermürbte sie mehr und mehr, ständig fürchten zu müssen, jemand könnte herausfinden, dass sie eine Frau liebte. So schön es auch war, wenn wir uns bei unseren seltenen Treffen für uns hatten, die Heimlichtuerei machte sie wahnsinnig. Unsere Liebe hatte ein Ablaufdatum, das war uns sehr deutlich bewusst gewesen. Aber es zog mir doch den Boden unter den Füßen weg, als dann der Produzent einer ihrer Filme sich in sie verliebte, um ihre Hand anhielt und sie schließlich ihre Entscheidung traf.«

Marlene wusste nicht, was sie sagen sollte. Es tat ihr so unendlich leid, dass Lottes Liebe ein so trauriges Ende genommen hatte. »Und wie ist es dazu gekommen, dass sie dir ein so großes Geschenk wie das Buchcafé gemacht hat?«

»Als wir uns kennenlernten, da war hier drin noch eine kleine Änderungsschneiderei. Die Dame, der die Schneiderei gehörte, war schon sehr alt. Sie hatte meinen Auftrag mit dem von Hannah verwechselt, die zu der Zeit für ihren allerersten Film, hier in München, vor der Kamera stand. Das heißt, mein Kostüm wurde auf Hannahs Maße angepasst und ihres auf meine. Hannah war das Gegenteil von mir … Groß gewachsen, schlanke Taille …« Lotte unterbrach ihre Erzählung, und an ihrem Blick war zu erkennen, dass sie Hannah für einen Moment wieder vor sich hatte. »Jedenfalls hatte ich damals bereits eine Weile meine Ausbildung zur Buchhändlerin abgeschlossen und träumte davon, einmal meine eigene Chefin sein zu können. Was dich vielleicht nicht überraschen wird – ich lasse mir nicht gern vorschreiben, was ich zu tun habe.« Über Lottes Gesicht huschte ein freches Grinsen. »Eines Tages schloss die alte Schneiderin ihr Geschäft, und Hannah machte mir dieses Geschenk, von dem ich gar nicht wissen will, was es sie gekostet hat. Wahrscheinlich hat ihr Gatte auch noch ordentlich etwas dazugegeben. Das Ganze geschah ungefähr ein Jahr, nachdem sie sich entschlossen hatte zu heiraten.«

»Wow, Lotte, das ist …«

»… lange her.«

Als hätte Lotte einen Knopf, mit dem sie ihre gefühlvolle Seite an- und ausknipsen konnte, stand sie auf, drückte ihren Rücken so weit es ging durch und setzte eine strenge Miene auf. »Schluss jetzt. Wir haben schon viel zu lange getratscht. Der Laden sollte bereits seit einer Viertelstunde offen sein. Die Kundschaft hat es nicht gern, wenn man sie warten lässt.« Und mit diesen Worten verschwand Lotte aus dem Lager. Marlene hingegen schaffte es nicht, sich sofort von der rührenden Geschichte zu lösen.

Kein Wunder, dass Lotte ihr geraten hatte, die Meinung anderer nicht zu hoch zu bewerten und so zu leben, dass man selbst mit sich im Reinen war. Die Gedanken daran begleiteten Marlene den gesamten Vormittag. So lange, bis Amelie das Buchcafé betrat, ohne wie üblich ein fröhliches »Hallo« durch den Raum zu schmettern.

Zehn Minuten später setzte sich Marlene zu Amelie an den Tisch. Das Mädchen hatte seit ihrer Ankunft mit einer Mischung aus Traurigkeit und Zorn ihren Laptop angestarrt, ohne auch nur ein Wort zu tippen.

»Hey, stimmt etwas nicht?«, fragte Marlene.

Amelie schwieg, obwohl sie förmlich danach schrie, gefragt zu werden, was los war. »Soll ich dir einen Tee machen, und wir quatschen ein bisschen? Es ist ohnehin grade nichts los.« Marlene legte ihre Hand auf Amelies Arm.

»Tu doch nicht so, als wäre ich dir wichtig ...«, sagte Amelie traurig.

Marlene suchte Amelies Blick, aber die wich ihr aus. Sie kannte die Siebzehnjährige gar nicht so niedergeschlagen. »Was ist denn los? Wie kommst du darauf, dass wir keine Freundinnen sind?«

»Ach, nichts ...«

»Komm schon, Amelie. Ganz offensichtlich hab ich dich mit irgendwas verletzt, also rede bitte mit mir.«

Amelie druckste noch einen Moment herum, dann sah sie Marlene an. »Weißt du, ich dachte, du und ich, wir wären sowas wie Freundinnen. Und ich dachte, wenn Johannes erstmal diese grässliche Katrin in den Wind schießt und mit dir zusammenkommt, dann wird endlich wieder alles wie früher.«

»Wie früher? Was meinst du denn damit?«

»Weißt du, früher waren meine Eltern, Johannes und ich ein richtig gutes Team. Wir haben Ausflüge in die Berge gemacht, Spiele- und Filmabende und all sowas ... und er war auch jede Woche mindestens einmal bei uns. Ich dachte, ohne Katrin würde es endlich wieder so werden, wie es mal war, nur dass du eben jetzt mit dabei sein wirst. Und darauf hab ich mich echt gefreut. Aber nichts hat sich geändert. Es ist genau das Gleiche wie mit dieser Stewardess. Meine Eltern und ich sind dir völlig egal …«

Marlene tat es weh, Amelie so verletzt zu sehen. Und was ihre junge Freundin sagte, schockierte sie. Wie konnte Amelie nur denken, dass ihr nichts an ihr lag?

»Okay, ich kann nachvollziehen, dass du enttäuscht von mir bist, ich hatte wirklich eine ganze Weile keine Zeit mehr für dich. Aber Amelie, wie kommst du darauf, dass ich deinen Bruder von euch fernhalte?« So hatte es Amelie zwar nicht gesagt, doch wenn sie ihre Worte richtig interpretiert hatte, dann meinte sie genau das damit.

»Ich hab ihn gestern gefragt, ob er zu Mamas und Papas Hochzeitstag zum Essen vorbeikommt. So wie früher, da haben wir beide immer für sie gekocht. Aber er meinte, er ist schon mit dir verabredet und kann es nicht mehr absagen. Ach, ich kann dir noch tausend Beispiele nennen. Seit ihr zusammen seid, hat er uns bloß einmal besucht und das auch nur kurz.«

Amelie war ein cleveres Mädchen, weshalb Marlene sich wunderte, dass ihr gar nicht in den Sinn kam, dass Johannes' Distanzierung einen ganz anderen Grund haben könnte. Hatte sie nie das schneidende Schweigen und die Distanz zwischen ihren Eltern und Johannes gespürt? Hatte sie tatsächlich nie mitbekommen, wie tief der Streit zwischen den beiden Parteien saß?

Während Marlene noch versuchte, die richtigen Worte zu finden, sprach Amelie schon weiter: »Bei seiner alten Freundin, da war das nie so. Die ist einfach immer mitgekommen zu unseren Ausflügen oder den Spieleabenden.«

»Katrin?«, fragte Marlene etwas zu laut, weil sie diese Aussage ziemlich überraschte. Irgendwie kam sie nicht mehr ganz mit.

Amelie verdrehte fast schon amüsiert die Augen. »Natürlich nicht Katrin! Ich meine Simone, die Freundin, die er vor Katrin hatte. Keine Ahnung, wieso er sich von der getrennt hat.«

Marlene klingelten die Ohren von all dem, womit Amelie in den letzten Minuten herausgeplatzt war, und sie verstand dabei nur die Hälfte. »Hör mal«, begann Marlene daher mit dem Einzigen, wozu sie wirklich etwas sagen konnte. »Eins will ich gleich mal klarstellen. Natürlich sind du und ich Freundinnen. Ich hab dich sehr gern, und es tut mir leid, wenn ich dir das Gefühl gegeben habe, dass du mir nicht wichtig bist. Ich möchte nicht schuld daran sein, dass Johannes keine Zeit für euch hat.«

Marlene wollte ihre junge Freundin nicht enttäuschen, daher wählte sie ihre Worte sehr vorsichtig. Sie durfte Amelie nichts versprechen, was sie nicht würde halten können. Es wäre falsch gewesen, ihr jetzt zuzusichern, in Zukunft regelmäßig mit Johannes bei Amelie vorbeizukommen, nur um sie zu trösten.

Schließlich war Marlene nicht das Problem, sondern das zerrüttete Verhältnis zwischen Johannes und seinen Eltern. Sie konzentrierte sich also auf das, was sie in der Hand hatte – und das war die Freundschaft zwischen ihr und Amelie. Und sie musste zugeben, dass sie in den letzten Wochen tatsächlich wenig Zeit für sie gehabt hatte.

»Verzeihst du mir, und wir gehen morgen zusammen einen Kaffee trinken?«

Amelie blickte auf und schien zu prüfen, ob Marlene ihre Entschuldigung ernst meinte. Offenbar war sie zufrieden mit dem, was sie sah, denn im nächsten Moment war ihre Traurigkeit wie weggefegt, und sie klappte ihren Laptop wieder auf mit den Worten:

»Okay … ich muss dir was zeigen.«

Kapitel 34

»Ist das dein Ernst? Sie hat gewonnen?« Marlene war nach einem Abendessen mit Canan und Dennis zu Johannes aufgebrochen, der vor einer halben Stunde vom Bouldern mit seinem Kumpel Alex zurückgekommen war und jetzt seinen Kopf aus der Dusche streckte.

Marlene nickte stolz, als würde es sich um ihre, nicht um Johannes' Schwester handeln. Sie war froh über seine Reaktion, hatte er doch das letzte Mal, als sie sich über Amelies Text unterhalten hatten, ablehnend reagiert.

»Ja. Sie hat mir vorhin die E-Mail gezeigt. Die besten fünf Geschichten werden in einer Anthologie veröffentlicht. Ich kann das Buch mit Amelies Geschichte drin also bestellen und in Lottes Laden auf den Empfehlungstisch auslegen. Dann kann jeder es kaufen. Ist das nicht toll? Und als zweite Siegerin bekommt sie sogar ein Preisgeld von zweitausend Euro.«

»Wow, das klingt ziemlich cool. Ich werde ihr später schreiben und ihr gratulieren.«

»Oder wir könnten die Tage gemeinsam bei ihr vorbeigehen. Dann kannst du ihr persönlich gratulieren«, schlug Marlene zögerlich vor.

Der Wasserstrahl stoppte, und Marlene hörte einen leisen Seufzer. Langsam schob Johannes den Duschvorhang zur Seite und schnappte sich das Handtuch, das neben der Dusche am Haken hing. »Was soll der Vorschlag? Du weißt, dass ich keinen Wert darauf lege, meinen Eltern über den Weg zu laufen.«

Marlene zögerte. Zum einen, weil sie ihn nicht verärgern wollte, und zum anderen, weil sein Anblick sie aus dem Konzept brachte.

»Lass uns lieber irgendwas unternehmen«, schlug er vor und gab ihr einen nassen Kuss.

»Es ist nur …« Marlene druckste herum. »Amelie war heute bei mir im Café, und sie war ziemlich verletzt und auch ein bisschen sauer.«

»Wieso das denn?«

»Sie hat mir vorgeworfen, wie Katrin zu sein und dass ich schuld daran bin, dass du keine Zeit mehr mit deiner Familie verbringst.«

»Ach, meine Schwester ist kein nachtragender Mensch … Morgen hat sie ihren Ärger sicher längst vergessen.«

»Es war ihr aber ernst, Johannes. Sie war richtig traurig, weil sie gehofft hatte, du würdest wieder so viel Zeit wie früher mit deiner Familie verbringen, wenn du nicht mehr mit Katrin zusammen bist.«

Abermals ein Seufzer von Johannes. Dieses Mal jedoch tiefer und resignierter.

»Ich finde, du solltest mit ihr reden. Sie weiß gar nicht, warum du dich so zurückgezogen hast – dass es an dem Streit mit deinen Eltern liegt.«

»Und das ist auch gut so. Ich setze schließlich nicht umsonst alles daran, mir nichts anmerken zu lassen, wenn wir aufeinandertreffen.«

»Aber das kann doch so nicht bleiben. Johannes, das ist nicht gesund. Rede mit Amelie. Oder rede mit deinen Eltern, und versuche das Ganze in Ordnung zu bringen.« Und schon wieder war es passiert. Obwohl Marlene sich vorgenommen hatte, sich nicht zu sehr einzumischen, hatte sie es doch getan.

Johannes schwieg laut vor sich hin, während er das nasse Handtuch wieder aufhängte und in eine Jogginghose schlüpfte. Als Marlene gerade ansetzte, um sich bei ihm für ihren zu forschen Vorstoß zu entschuldigen, drückte er ihr erneut einen Kuss auf die Lippen.

»Okay, mal sehen«, sagte er, ging dann aus dem Badezimmer und murmelte etwas vor sich hin, das klang wie: »Dich und Katrin in einen Topf zu werfen ist der Witz des Tages. Katrin wäre froh gewesen, nichts von meiner verkorksten Familie mitzubekommen. Und dich kann ich kaum davon abhalten, dich einzumischen.«

***

»Sag mal, hast du an Weihnachten schon was vor?«, fragte Johannes, als sie später am Abend gemeinsam im Bett lagen. Er hatte den Kopf auf Marlenes Bauch gebettet, und sie steckte mit der Nase in einem ihrer Romane.

Marlene sah zu ihm und schüttelte den Kopf. »Normalerweise feiere ich immer mit meiner Mutter und meinem Großvater, aber seit unserem letzten Streit gehen wir uns eher aus dem Weg. Ich habe also nicht vor, nach Frankfurt zu fahren.«

»Nun, wenn du nichts vorhast, wie wäre es, wenn du zu mir kommst. Ich könnte uns was kochen.«

Marlene konnte nicht anders, als ihn anzustrahlen. Der Gedanke daran, Heiligabend mit Johannes zu verbringen, war wunderschön, und sie freute sich schon jetzt darauf. Vorsichtig beugte sich Marlene nach unten, und hauchte Johannes einen zarten Kuss auf die Lippen. »Das klingt wunderbar. Ich feiere sehr gern mit dir Weihnachten.«

Kaum hatte sich Marlene aufgerichtet, zog Johannes sie schon wieder zu sich herunter und gab ihr einen Kuss, der ihr sofort Lust auf mehr machte. Als er dann auch noch begann, an dem Bund ihrer Yogaleggings herumzuspielen, ließ Marlene ihr Buch sorglos zu Boden plumpsen und gab sich ganz in Johannes' Hände.

Kapitel 35

Marlene unterhielt sich mit Johannes' Eltern in deren Wohnzimmer, während Amelie und Johannes zur Feier des Tages in der Küche das Essen vorbereiteten. Die lederne Sitzgarnitur, auf der Marlene saß, fühlte sich kalt und ein wenig unbequem an. Die ganze Atmosphäre an diesem Abend stand in starkem Kontrast zu den fröhlichen Gesichtern, die Marlene von einem Foto anstrahlten, das über dem Esstisch hing. Alle waren in leichter Wandermontur, und im Hintergrund erkannte Marlene einen See.

Auch wenn die ganze Situation angespannt, ja, beinah unangenehm war, seit Johannes und sie die Wohnung betreten hatten, so fühlte sich Marlene beim Anblick des Fotos doch bestätigt. Es war richtig gewesen, Johannes in den letzten Tagen zuzureden, damit er einem Treffen mit seiner Familie zustimmte. Es hatte Marlene viel Überzeugungsarbeit gekostet, bis er einverstanden gewesen war, nochmals einen Schritt auf seine Eltern zuzumachen. Doch es würde sich ganz bestimmt auszahlen.

»Das ist ein schönes Foto, war das am Starnberger See?«, fragte Marlene, um die Stimmung ein wenig aufzulockern.

Johannes' Vater schüttelte den Kopf. »Chiemsee. Ist schon ein paar Jahre her. Damals konnte Amelie noch laufen, und wir waren häufig zusammen wandern. Watzmann, Zugspitze …«

»Hubert!«, flüsterte Johannes' Mutter scharf. »Bitte, Amelie ist in der Küche …«

Obwohl Marlene aufgrund der Reaktion ein wenig zusammenzuckte, war sie nicht überrascht. Amelie hatte ihr bereits kurz nach ihrem Kennenlernen erzählt, dass ihre Eltern nie über den Unfall und ihre Behinderung sprachen und lieber so taten, als gäbe es sie nicht.

Es kehrte Schweigen ein. Doch ehe die Stille gänzlich unangenehm werden konnte, streckte Amelie den Kopf durch die Küchenschiebetür. »Wir sind in etwa zehn Minuten bereit für den ersten Gang. Ihr könnt schon mal Platz nehmen«, verkündete sie.

Dass Amelie so unendlich glücklich über die vorübergehende Familienzusammenführung zu sein schien, zauberte Marlene ein Lächeln auf die Lippen. Und das, obwohl Marlene im Inneren angespannt war, als stünde ihr eine Prüfung bevor. Immerhin hatte sie auf dieses Treffen gedrängt.

Sie hoffte inständig, dass es kein Fehler war. Sie wollte weder Johannes noch Amelie oder ihren Eltern weiteren Kummer bereiten. Aber sie konnte einfach nicht glauben oder akzeptieren, dass zwischen den vieren oder besser gesagt, zwischen den dreien, nichts mehr zu retten war. Nicht, nachdem Amelie ihr erzählt hatte, was für ein unzertrennliches Team sie vor dem Unfall gewesen waren.

»Dann begeben wir uns mal zu Tisch«, sagte Johannes' Mutter und klatschte einmal in die Hände. Das Ledersofa gab ein beleidigtes Quietschen von sich, als Marlene aufstand.

»Das Essen schmeckt wirklich super, ihr zwei!« Marlene lächelte in Amelies Richtung und strich Johannes kurz, aber liebevoll über den breiten Rücken.

»Die Knödel sind euch toll gelungen«, lobte Johannes' Mutter. Wie Marlene zuvor erfahren hatte, kochten Johannes und Amelie zum Hochzeitstagsessen immer das Gleiche. Einen gemischten Salat zur Vorspeise und zum Hauptgang Schweinsbraten mit Semmelknödel. Es war das Gericht, das an der Hochzeit der Eltern serviert worden war.

»Wir waren zwar ein bisschen aus der Übung, aber wir sind immer noch ein gutes Team.« Johannes streckte Amelie die Hand entgegen, damit sie einschlagen konnte.

Marlene lächelte. »Es ist schön, dass ich dabei sein darf, bei eurem Familienritual.«

Johannes' Vater schnaubte. »Von wegen Familienritual! Der Johannes kommt ja fast nicht mehr her.« Der leichte Münchner Dialekt, den beide Eltern sprachen, kam nun bei seinem Vater durch.

»Hubert, nicht …«, flüsterte die Mutter so leise, dass Marlene nicht einmal sicher war, ob sie es gesagt oder die Worte nur mit ihrem Mund geformt hatte.

Johannes, neben ihr, versteifte sich. »Ich hab einfach viel zu tun.« Marlene spürte, wie er vermutlich Amelie zuliebe versuchte, einen neutralen Ton anzuschlagen. »Da ergibt sich nicht so oft die Gelegenheit.«

Johannes Vater brummte abfällig und wollte wohl gerade neu ansetzen. Doch Amelie kam ihm zuvor. »Lass mal, Papa. Ich hab ihm vorhin schon eine Standpauke gehalten.«

»Aha?! Na dann.«

»Ja, und Johannes hat mir versprochen, dass er ab jetzt wieder öfter vorbeikommen wird«, sagte Amelie zufrieden.

»Ich werd's zumindest versuchen.« Johannes erwiderte das Lächeln seiner Schwester. Doch es tat Marlene beinah weh zu sehen, wie gezwungen es wirkte.

»Na, da haben wir es ja wieder …« Johannes' Vater schnalzte mit der Zunge. Gleichzeitig legte dessen Frau, der wohl klar war, worauf sie nun zusteuerten, beschwichtigend die Hand auf seinen Arm. Doch wütend schüttelte er sie ab.

»Was haben wir ja wieder?« Johannes' Stimme zitterte.

»Deine Versprechen sind einfach nichts wert, Sohnemann!«, knurrte Johannes' Vater, und seine Augen funkelten düster.

Johannes sog scharf die Luft ein. »Wann habe ich nicht gehalten, was ich versprochen habe?«

»Du hast vielleicht kein Versprechen gebrochen, aber es ist kein Geheimnis, dass du dich lieber vor deiner Verantwortung wegduckst.«

»Was willst du damit sagen?«, entgegnete Johannes mit messerscharfer Stimme.

Marlene sah erst zu Johannes und dann zu Amelie, die bedröppelt in die Runde blickte; die Hand, in der sie die Gabel hielt, war auf halbem Weg zum Mund stehengeblieben. Da Johannes' Vater nicht auf seine Frage einging, stellte Johannes sie erneut. »Sag schon, dir liegt doch etwas auf der Zunge. Was willst du mir mit deinen Anspielungen sagen?«

»Das war keine Anspielung. Ich habe gesagt, was ich gemeint habe. Aber wenn du unbedingt darauf bestehst, dann erläutere ich es dir noch einmal ausführlich. Erst fährst du betrunken mit dem Auto und verursachst dadurch einen Unfall, der meiner Tochter die Beine kostet. Und dann hast du nicht mal den Schneid, dafür gradezustehen, sondern verkriechst dich, tauchst nicht mehr auf und lässt deine Familie damit im Stich. Und das, obwohl sowohl Amelie als auch wir dich dringend gebraucht hätten.«

»Ich habe *ein* Bier getrunken. Ein gottverdammtes Bier, und das nicht erst zehn Minuten bevor ich mich ans Steuer gesetzt habe. Ich war nicht betrunken, ich war fahrtüchtig ...«

»Ausreden, Johannes. Das sind Ausreden. Fakt ist doch, es führt schon ein Minimum an Alkohol dazu, dass man sich beim Autofahren nicht mehr richtig konzentrieren kann. Selbst wenn du nur ein paar wenige Promille gehabt hast. Wie kannst du sicher sein, dass es deine Reaktion nicht beeinflusst hat?«

»Zum hundertsten Mal. Ich hatte null Komma eins Promille, Papa. Null Komma eins, und die Staatsanwaltschaft ...«

Johannes' Vater schlug mit der Faust auf den Tisch und

schnitt ihm so das Wort ab. Marlene zuckte heftig zusammen. »Es ist egal … vollkommen egal, dass es nur so wenig war und auch, dass die Staatsanwaltschaft das Verfahren sofort eingestellt hat. Du hattest getrunken. Basta. Und anstatt dein Verhalten wiedergutzumachen, lässt du dich einfach nicht mehr blicken.« In seinen Augen stand so viel Verachtung, dass Marlene ein Schauer über den Rücken lief.

»Hört endlich auf, euch zu streiten.« Amelie schluchzte. »Johannes hat nichts falsch gemacht. Es war der andere Fahrer, der in uns hineingerauscht ist, während wir an der Ampel gewartet haben. Und wenn es etwas gab, das ihn abgelenkt hat, dann war das nicht irgendein bescheuertes Bier, sondern ich. Ich habe ihn im Auto durchgehend angezickt, weil ich nicht nach Hause wollte. Ich habe mich damit abgefunden, dass ich im Rollstuhl sitze. Wieso könnt ihr das nicht endlich auch tun?« Keiner am Tisch sagte mehr etwas, obwohl Amelie ganz offensichtlich auf eine Antwort wartete. Am liebsten hätte Marlene Amelie in den Arm genommen, die im Augenblick so furchtbar verletzt wirkte. »War ja klar, und jetzt schweigen wieder alle …«, sagte sie enttäuscht, und mit diesen letzten Worten löste Amelie die Bremse des Rollstuhls und verschwand in ihrem Zimmer.

»Wir werden jetzt gehen«, verkündete Johannes mit bemüht ruhiger Stimme. Doch Marlene sah, wie seine Hände zitterten.

»Sollten wir nicht noch nach Amelie sehen?«, flüsterte Marlene ihm beim Hinausgehen zu. Johannes antwortete nicht, und da er direkt auf die Garderobe zuging und sich anzog, tat sie es ihm gleich. »Ähm … Danke für die Einladung«, stammelte Marlene beim Verlassen der Wohnung und fügte dann noch ein verlegenes »Auf Wiedersehen!« hinzu.

***

»Johannes, alles in Ordnung?«, fragte Marlene, als sie nur noch ein paar Meter von ihrer Wohnung entfernt waren. Sie hatte ihm ein wenig Zeit lassen wollen, also waren sie den Heimweg schweigend gegangen.

Obwohl Marlene seinen Blick suchte, schaffte er es, stur an ihr vorbeizusehen und sie zu ignorieren.

»Rede mit mir. Bitte! Es tut mir so leid, wie der Abend gelaufen ist. Ich konnte ja nicht ahnen, dass …«

»Du konntest es nicht ahnen? Nein? Hab ich dir nicht tausend Mal gesagt, dass es so kommen wird? Wenn meine Eltern und ich aufeinandertreffen und zu allem Überfluss auch noch über den Unfall reden, eskaliert es. Wir hatten vielleicht kein besonders gutes Verhältnis mehr, aber immerhin hatten wir uns arrangiert. Doch jetzt ist nicht nur alles noch viel schlimmer als zuvor. Als wäre das nicht genug, hat Amelie den ganzen Streit mitbekommen.« Johannes' Augen funkelten gefährlich. Marlene traute sich kaum, etwas zu sagen. »Wieso nur musst du dich denn immer überall einmischen. Kannst du dich nicht einfach mal raushalten?«

»Du hast gesagt, du magst es, dass ich mich für die Angelegenheiten von anderen interessiere«, stammelte Marlene ein wenig hilflos.

»Herrgott, ich weiß, was ich gesagt hab. Aber damit hab ich nicht gemeint, du sollst bei mir die Hobbypsychologin spielen. Manche Dinge lassen sich einfach nicht in Ordnung bringen.«

»Ich glaube aber, man sollte es zumindest versuchen …«

»Ach ja?«

»Ja.«

»Dann bring erstmal dein eigenes Leben in Ordnung, ehe du anfängst, in meinem herumzupfuschen.«

»Was meinst du damit?«

»Ich meine damit, dass du mir Vorhaltungen machst, weil ich ein verkorkstes Verhältnis zu meinen Eltern habe. Aber deine Beziehung zu deiner Mutter sieht auch nicht besser aus. Du bettelst doch seit Jahren verzweifelt um ihre Anerkennung. Und weil du so unbedingt in ihre Fußstapfen treten wolltest, hast du blind eine Karriere angetreten, die du weder wolltest, noch macht sie dich glücklich. Und jetzt dümpelst du seit einem Dreivierteljahr bei einer alten Frau im Laden herum und vergeudest dein Talent dort beim Kaffeekochen und Bücherstapeln.«

»Hör auf, Johannes, du bist wütend und sagst Sachen, die du nicht so meinst.« Marlenes Augen füllten sich mit Tränen. Seine Worte waren wie Nadelstiche in ihrem Herzen.

Johannes hielt kurz inne und sah Marlene dann aus dunklen Augen an, in denen ein Sturm tobte. »Ich hab keine Lust mehr auf das hier ... Such dir jemand anders, bei dem du dein Helfersyndrom ausleben kannst.« Er spuckte die Worte regelrecht aus.

Noch in dem Moment, da Johannes sich umdrehte und wütend davonging, platzten die Tränen aus Marlene heraus und flossen noch, als sie längst in die sicheren Wände ihrer Gipfel-WG geflohen war.

Kapitel 36

Als Marlene wach wurde, dauerte es einen Moment, ehe sie es schaffte, die Lider zu öffnen. Ihre Augen waren vom vielen Weinen am gestrigen Abend noch immer verquollen, und sie hatte ihre Kontaktlinsen vergessen herauszunehmen. Zusammen mit den Mascara-Resten, die Marlene auch nicht mehr abgewaschen hatte, hatten die Fremdkörper in ihren Augen über Nacht dafür gesorgt, dass ihre Wimpern nun regelrecht zusammenklebten. Ächzend rollte Marlene sich aus dem Bett und hievte sich ins Bad, wo sie sich eine ausgiebige Dusche gönnte, obwohl sie bereits spät dran war. Ohne wie sonst zu frühstücken und natürlich auch ohne etwas für Lottes Buchcafé zu backen, verließ sie die Wohnung.

Im Kopf spulte sie noch einmal das Gespräch mit Canan am gestrigen Abend ab. Marlene hatte im Schneidersitz auf ihrem Bett gesessen und Canan unter Tränen erzählt, was passiert war. Canan hatte zugehört, nachgefragt, getröstet, umarmt, und am Ende hatten sie einfach schweigend nebeneinandergelegen, weil alles gesagt war.

»Was glaubst du, wie er das gemeint hat, als er sagte, er hat keine Lust mehr auf das hier?«, hatte Marlene irgendwann in die Stille gefragt, woraufhin sich Canan zu ihr umgedreht hatte.

»Ich denke, er wollte einfach nicht mehr reden und seine Ruhe. Er wird sich bestimmt schnell wieder einkriegen und schon morgen oder übermorgen bei dir entschuldigen. Kopf hoch!«, hatte Canan aufmunternd gemeint, doch Marlene war sich dessen nicht so sicher.

Mit schwerem Herzen und rotgeränderten Augen schlurfte Marlene ins Buchcafé. Lotte war gerade dabei, einen Stapel Bücher in dem Regal für Neuzugänge unterzubringen. »Was ist denn mit dir los?«, wollte Lotte wissen.

»Johannes und ich haben uns am Wochenende gestritten.«

»Hm …« Mehr sagte Lotte nicht. Noch so eine Person, die verstummte, sobald es um Gefühle und Probleme ging, dachte Marlene bitter. War es denn wirklich so falsch von ihr, dass sie immer versuchte, die Leute und ihre Motive verstehen zu wollen? Dass sie nachfragte, auch wenn es keine einfachen Themen waren? Dass sie wissen wollte, wie sich die Menschen fühlten?

»Es sind nur noch wenige Tage bis Weihnachten. Ich schätze, ich werde deine Hilfe gut brauchen können, aber wenn du nicht arbeiten kannst, dann kriege ich das heut auch ohne dich hin.« Lotte sah nicht auf, während sie sprach.

»Danke, doch ich glaube, zu Hause rumzusitzen und nichts zu tun macht das Ganze auch nicht besser.«

Lotte nickte zufrieden. »Gut. Dann ab an die Arbeit.«

Sosehr es Marlene an diesem Tag auch versuchte, sie schaffte es nicht, sich von der fröhlichen Weihnachtsstimmung anstecken zu lassen, die die Kunden in das Buchcafé herein- und auch hinaustrugen. Marlene stürzte sich regelrecht in ihre Arbeit. Sie machte extra keine Pause, nicht mal, als Canan kurz im Café vorbeikam, um zu quatschen. Doch sobald sie eine Sekunde nicht mehr durch irgendwelche Kunden abgelenkt war, wanderten ihre Gedanken sofort zu Johannes … Schlimmer hätte der Abend mit seinen Eltern wirklich nicht enden können.

»Marlene!« Lotte war wieder aus dem Nichts aufgetaucht und erschreckte ihre Mitarbeiterin einmal mehr ungewollt. »Backst du für morgen noch mal?«

»Wenn ich soll.« Marlene zuckte gleichgültig die Schultern.

»Könntest du die hier machen?«

Marlene nahm das Papier entgegen, das Lotte aus ihrer Blusentasche gezogen hatte. »Helenenschnitten«, las sie laut. »Was ist das?«

»Na, was wohl … Weihnachtsgebäck natürlich!«

Die unbekannten Helenenschnitten schafften es – als einzige Sache an diesem Tag –, Marlenes uneingeschränkte Aufmerksamkeit auf sich zu ziehen. »Die klingen lecker.«

»Sind sie auch.«

»Ist das ein Rezept von dir?«, wollte Marlene weiter wissen, doch Lotte hatte dem Gebäck genug Zeit gewidmet und verschwand mit einem geknurrten »Nein« wieder im Lager.

Kapitel 37

Es waren nur noch drei Tage bis Heiligabend, und Marlene schloss müde vom gut laufenden Weihnachtsgeschäft das Buchcafé hinter sich zu. Lotte war bereits vor drei Stunden gegangen.

Nachdem ihre Chefin vormittags vom ersten Plätzchen gekostet hatte, das Marlene exakt nach deren handgeschriebenem Rezept hergestellt hatte, wurde ihr Blick ganz sanft. »Ich habe gedacht, ich würde den Duft und den Geschmack nicht ertragen können«, hatte Lotte mit untypisch weicher Stimme gesagt, »aber die hier nehmen mich mit auf eine wunderschöne Reise in die Vergangenheit. Sie schmecken haargenau wie die von Hannah damals. Danke, Marlene!«

Danach war Lotte ganz ruhig geworden, und ihr Gesicht strahlte etwas Entrückt-Zufriedenes aus. Am Nachmittag hatte Marlene – wie schon an etlichen Tagen zuvor – ihrer Chefin vorgeschlagen, früher nach Hause zu gehen, damit sie ihre Arthrose-geplagten Beine hochlegen konnte. Es überraschte sie nicht, dass Lotte den Vorschlag zum ersten Mal annahm und sich mit der gesamten Keksdose voller Helenenschnitten bereitwillig auf den Weg nach Hause machte.

Kaum hatte sie die Tür abgesperrt, zog sich Marlene fröstelnd den Schal um ihren Hals enger und steckte die bloßen Hände in die Manteltaschen. Fast eine Woche war vergangen seit ihrem Streit mit Johannes, und bisher hatte sie kein Lebenszeichen von ihm erhalten. Obwohl sie ihre Finger lieber in der wohlig-warmen Manteltasche gelassen hätte, kramte sie ihr Handy aus ihrer Umhängetasche. Heute hatte sie den ganzen Tag keine Zeit dafür gefunden, daraufzuschauen, doch es zeigte lediglich ein paar neue E-Mails und Nachrichten von Canan an.

Marlene wollte das Telefon gerade wieder einstecken, da sah sie im orangenen Lichtkegel der Straßenlaterne, dass die Teenie-Gang dabei war, das Hab und Gut von Gerti mit Füßen zu treten und es hin- und herzuwerfen. Gerti stand ein wenig abseits und wirkte winzig klein und zerbrechlich. Ohne nachzudenken, lief Marlene los, und je näher sie kam, desto besser konnte sie hören, dass sie Gerti nicht nur mit Taten, sondern auch mit Worten bedrohten.

»Verpiss dich, du eklige alte Pennerin.«

»Geh sterben in der Isar!«

»Hey!«, rief Marlene im Heranlaufen in voller Lautstärke und stellte sich an die Seite von Gerti. »Hört sofort auf!«

»Wieso sollten wir. So eine wie die brauchen wir hier nicht.«

»Falsch! Solche wie *euch* brauchen wir hier nicht!«

»Hört, hört!« Der Älteste der Teenie-Gang lachte gehässig wie eine Hyäne. Es war ein fieses Geräusch.

Marlenes Hände begannen zu zittern. »Verzieht euch. Aber schnell, sonst rufe ich die Polizei.« Sie umklammerte das Handy in ihrer Manteltasche. Einen Moment glaubte sie, dass die Drohung Wirkung zeigen und die aufmüpfigen Jugendlichen abhauen würden. Doch dann trat der Älteste der Gruppe, der offenbar so etwas wie deren Anführer war, auf sie zu. So nah, dass Marlene, trotz der Dunkelheit, seine pickelige Haut und die vermutlich von Drogen geröteten Augen gut erkennen konnte. Sein Zigarettenatem, den sie in ihrem Gesicht spüren konnte, löste in ihr einen Brechreiz aus, den sie nur schwer unterdrücken konnte.

»Droh mir noch einmal, Schlampe, und du wirst sehen, was du davon hast!«

Marlene hielt den Atem an und rührte sich keinen Millimeter. Etwas zu sagen traute sie sich jetzt nicht mehr, denn sie wusste, dass sie den Randalierer bereits bis zum Äußersten provoziert hatte. Vielleicht hatten sie und Gerti Glück und es würden gleich ein paar Passanten um die Ecke biegen, dachte sie, doch niemand kam …

»Komm schon, Kevin. Lass uns abhauen«, zischte einer der Gruppe plötzlich und legte dem Jungen mit dem Zigarettenatem beschwichtigend seine Hand auf die Schulter.

Marlene atmete leise auf, als er sich von ihr abwandte. Nur sehr langsam bewegte sie sich auf Gerti zu. »Alles in Ordnung?« Ihre Stimme war nur ein Flüstern.

Die Obdachlose versuchte, mit fahrigen Fingern ihre Habseligkeiten in der Dunkelheit zusammenzusammeln.

»Warte, ich helfe dir.« Marlene holte ihr Handy aus der Manteltasche, um Gerti ein wenig Licht zu machen. Doch noch bevor sie den Button für die Taschenlampe antippen konnte, traf sie etwas Hartes in ihrem Rücken. Sie knallte mit einem dumpfen Schlag auf den eisigen Asphalt. Schmerzen durchzuckten ihren Brustkorb und ihre Hand. Marlene japste und rang hilflos nach Atem. Der Aufprall war so hart gewesen, dass es ihr die Luft aus der Lunge gedrückt hatte. Ihre Stirn fühlte sich mit einem Mal feucht an, und sie spürte ein heftiges Pochen in ihrem Kopf. In ihrer Benommenheit hörte Marlene die Jugendlichen durcheinanderreden:

»Bist du bescheuert, Kevin!?«

»Bewegt sie sich noch?«, fragte eine Stimme ängstlich.

»Du hast sie komplett k. o. geschlagen!«

»Haltet euer Maul! Die wollte die Polizei rufen! Habt ihr nicht gesehen, dass sie ihr Handy schon aus der Tasche geholt hatte?« Die aufgeregten Stimmen entfernten sich, wurden immer leiser.

»Marlene?« Gertis Gesicht tauchte über ihr auf, und sie spürte ihre raue, kalte Hand auf ihrer Wange. Dann verschwamm alles um sie herum, und aus dem Dämmerlicht wurde ein tiefes schwarzes Loch.

***

Als Marlene zu sich kam, hörte sie jemanden gedämpft sprechen. Sie versuchte, die Augen zu öffnen und sich ein wenig zu regen, doch sofort durchfuhr sie ein stechender Schmerz, der sich bis in ihre Zehen zog. Ohne sich bemerkbar zu machen, blieb sie liegen und lauschte den undeutlichen Stimmen im Hintergrund, bis es wieder still um sie wurde und sie erneut hinabglitt in einen Zustand, der irgendwo zwischen Schlaf und Bewusstlosigkeit lag. Wenige Sekunden später – zumindest fühlte es sich für Marlene so an, in Wirklichkeit hatte sie keine Ahnung, wie viel Zeit vergangen war – drangen erneut Stimmen an ihr Ohr. Und diesmal erkannte sie trotz des Dämmerzustands und der geschlossenen Augen, wer es war.

»So, bin wieder zurück. Sorry, hat etwas länger gedauert. Hab mich irgendwie auf dem Rückweg verlaufen.« Canans Stimme steckte voller Tatendrang, doch wurde mit jedem Wort ruhiger.

Marlene hätte sich Canan gegenüber gern bemerkbar gemacht, ihr gesagt, dass sie sie hörte, aber sie konnte einfach nicht genügend Kraft aufbringen, die Benommenheit beiseitezuschieben.

»War sie zwischendurch mal wach?«

»Nein«, antwortete eine Männerstimme.

»War die Ärztin oder der Pfleger wieder da, während ich weg war?«

»Nein.«

»Hm, ich werde noch mal nachfragen. Sie sollte doch langsam mal die Augen aufmachen, oder? Schließlich hat die Ärztin vorhin erklärt, es gäbe keinen Grund zur Sorge.«

»Was genau hat die Ärztin denn gesagt?« Jetzt erkannte Marlene auch die Männerstimme. Sie gehörte zu Dennis.

»Sie meinte, dass Marlene Glück hatte. Sie hat viel Blut verloren durch die Platzwunde am Kopf, die sie sich beim Aufprall auf den Asphalt zugezogen hat. Deswegen ist sie wohl auch so weggetreten. Aber der Verlust ist nicht kritisch. Gebrochen ist außer ihrem Mittelhandknochen nichts. Die Ärztin vermutet, dass Marlene den Sturz abfangen wollte und dass es dabei passiert ist. Dann sagte sie noch irgendetwas von Gehirnerschütterung und weiteren Checks, aber das hab ich mir nicht alles merken können, so schnell hat sie geredet …«

Langsam erinnerte sich Marlene wieder daran, was passiert war, und ihr wurde klar, warum sie solche Schmerzen hatte und weshalb es in ihrem Kopf im Augenblick so nebelig war. Trotzdem dauerte es noch weitere Minuten, bis sie endlich richtig zu sich kam.

»Hey …«, machte sich Marlene schließlich bemerkbar.

»Hey du, was machst du denn für Sachen, Mensch.« Canan sah Marlene besorgt an und streichelte ihr vorsichtig über den Arm.

»Danke, dass ihr hier seid.«

»Ist doch klar … Schließlich bin ich dein Notfallkontakt.« Canan lächelte Marlene aufmunternd an. »Wie geht's dir?«

»Hm … ganz gut, denk ich.« Obwohl ihr Kopf noch immer brummte und die Hand pochte, war zumindest nicht mehr alles so verschwommen und dämmrig um sie herum. Auch die Ärztin, die ins Zimmer kam, als Marlene gerade dabei war, ihren Freunden zu erzählen, was passiert war, war zufrieden mit Marlenes Zustand. Aufgrund ihrer Verletzungen legte sie Marlene jedoch nahe, achtundvierzig Stunden zur Beobachtung im Krankenhaus zu bleiben. Im selben Atemzug schickte sie Canan und Dennis nach Hause, da die Besuchszeit schon lange zu Ende war.

Kapitel 38

»Guten Morgen, Schlafmütze!«, begrüßte Canan Marlene, als sie am nächsten Tag zu Besuch kam. »Sorry, dass ich erst so spät komme. Ich konnte deine Badelatschen ewig nicht finden, und ich weiß ja, dass du ohne die garantiert keinen Fuß in diese Dusche setzen wirst.«

Marlene lächelte matt. »Was würde ich nur ohne dich machen.«

»Wie fühlst du dich heute?« Canan sah ihrer Freundin prüfend in die Augen.

»Schon viel besser als gestern Abend. Die Hand ist in Ordnung. Aber der Kopf brummt immer noch wie verrückt. Sag mal, hast du zufällig mein Handy irgendwo gesehen? Es war nicht bei meinen Sachen.«

Canan öffnete die Tasche, die sie für Marlene gepackt und mitgebracht hatte. »Gerti hat es gestern Abend bei uns vorbeigebracht. Es muss dir aus der Hand gefallen sein, als der Typ dich angegriffen hat.«

Marlene sah auf das zerbeulte Gerät in Canans Hand und bekam eine Gänsehaut. Das Display war komplett zersplittert, der Bildschirm schwarz. Sie nahm es an sich und versuchte, es anzuschalten, doch es leuchtete lediglich kurz auf und wurde sofort wieder dunkel.

»Hier, ich hab dir auch dein Ladegerät mitgebracht. Vielleicht liegt's daran.« Canan steckte das Kabel in die Steckdose neben Marlenes Bett und reichte ihr das Endstück. »Funktioniert es noch?«

Marlene schüttelte den Kopf. »Das Teil ist hinüber.«

»Mist.«

»Würde es dir etwas ausmachen, Johannes zu schreiben, dass mein Handy kaputt ist?« Marlene wusste nicht, wo sie und er in ihrer Beziehung gerade standen. Genau genommen konnte sie nicht einmal mit Sicherheit sagen, ob sie überhaupt noch eine Beziehung hatten. Aber falls er versuchen wollte, sie zu kontaktieren, sollte er wissen, dass sie im Augenblick nur via Canan oder Brieftaube erreichbar war.

Canans Gesichtsausdruck veränderte sich. »Ich hab ihn schon gestern Abend angerufen, nachdem ich bei dir im Krankenhaus war. Ich dachte, er muss wissen, was dir passiert ist.«

»Oh, okay.« Marlenes Herz zog sich schmerzhaft zusammen, denn Canan sah nicht aus, als hätte sie gute Nachrichten für Marlene.

»Er hat auf meine Anrufe nicht reagiert, also hab ich ihm eine Sprachnachricht hinterlassen. Auf die hat er sich auch noch nicht gemeldet. Aber ich bin sicher, er hat einfach nur sein Handy nicht gecheckt. Es sind ja Ferien. Er wird bestimmt jeden Moment anrufen«, fügte Canan rasch hinzu. Vermutlich, weil ihr nicht entgangen war, wie sich Marlenes ohnehin schon schmerzender Körper verkrampft hatte.

Marlene nickte, ohne davon überzeugt zu sein, und blickte ein wenig verloren aus dem Krankenhausfenster. Wäre es ein normaler Tag im Dezember gewesen, hätte sie es genossen, ein paar vereinzelte Schneeflocken umherschweben zu sehen. Sie wäre rausgerannt und hätte sich darüber gefreut, wenn eine der kleinen weißen Kunstwerke auf ihrer Nasenspitze gelandet wäre. Doch heute sah sie nach draußen und fühlte sich elend. Sie war froh, dass Canan an ihrer Seite war, aber sie hätte Johannes jetzt so sehr gebraucht. Seine Nähe, seine Umarmung, einfach alles. Er hatte allerdings anders entschieden.

»Also das sieht doch alles sehr gut aus, Frau Baumgärtner.« Die Ärztin machte ein paar Notizen auf ihrem Tablet und erklärte danach ihrer Assistentin etwas zum weiteren Vorgehen. »Ich denke, ihrer Entlassung morgen Mittag steht nichts im Wege. Haben sie jemanden, der Sie abholen wird?«

»Meine Mitbewohnerin und ihr Freund werden mich mit dem Auto abholen kommen. Ich werde mich also nicht durch die Tram drücken müssen.«

»Sehr gut. Jetzt kurz vor den Feiertagen ist sowieso die Hölle los.«

Marlene lächelte nur so lange, bis der Visite-Trupp den Raum verlassen hatte. Das würde definitiv nicht das Weihnachtsfest werden, das Marlene sich im Vorfeld vorgestellt hatte. Immerhin musste sie nicht Heiligabend in diesem kargen Krankenhauszimmer verbringen und durfte morgen nach Hause.

Ein wenig griesgrämig schlüpfte Marlene in die Schlappen, die Canan ihr von daheim mitgebracht hatte, und klemmte sich sowohl ihre eigene leere Glasflasche als auch die von ihrer neuen Zimmernachbarin unter den Arm. Mühsam drückte sie die schwere Tür auf und schlurfte den Gang entlang bis zur Wasserstation, wo sie gedankenverloren dabei zusah, wie das Wasser langsam in die Gefäße plätscherte.

»Ich hab vergessen zu fragen, ob Sie medium oder still wollen. Darum hab ich beides geholt«, richtete Marlene das Wort an die gebrechliche ältere Frau im Nebenbett, noch bevor sie richtig eingetreten war.

»Medium bitte. Es ist Besuch für dich gekommen.« Marlenes Zimmernachbarin deutete zu dem Stuhl am Fenster, der von der Tür nicht einsehbar war.

»Ich hoffe, du bist zurückgekommen, um mir was zu lesen zu bringen. Ich dreh durch, wenn ich noch länger ohne Beschäftigung hier rumliege …« Marlene stockte. »Johannes! Ich hatte mit Canan gerechnet.«

Johannes erhob sich langsam von dem wackeligen Plastikstuhl und streckte dann zur Begrüßung die Hand halbherzig in die Höhe. Er steckte in einer Art Outdoor-Klamotten, seinen Bart hatte er offenbar die letzten Tage nicht rasiert, und seine Haare versteckte er unter einer Mütze.

»Was machst du hier?« Vermutlich war es eine blöde Frage. Doch weil Marlene keine Ahnung hatte, wo sie und Johannes im Moment standen, war es nun mal das Erste, was ihr in den Sinn gekommen war. Führten sie noch eine Beziehung? Oder war das hier nur noch ein Anstandsbesuch, um sein Gewissen zu beruhigen? Ihre Gefühle waren völlig durcheinandergeraten, und sein Anblick machte alles nur noch viel verworrener. »Ich schätze mal, du bist hier, weil Canan dich mit Nachrichten bombardiert hat.«

»Ich bin hier, um zu sehen, ob es dir gut geht.«

Obwohl Marlene am ganzen Körper spürte, dass er ihren Blick suchte, wich sie ihm weiter aus. Johannes trat auf sie zu, wollte ihr wie so viele Male zuvor eine Strähne aus dem Gesicht streichen, doch seine Hand blieb auf halbem Weg stehen, und er ließ sie wieder sinken.

»Es tut mir leid, dass ich erst so spät hier auftauche. Ich war Ski fahren in den Bergen, ein wenig den Kopf freikriegen, nachdenken … Ich hab eben erst die Nachrichten erhalten und bin sofort hergekommen. Mein Handy lag die ganze Zeit in meiner Wohnung.«

Marlene wollte etwas sagen, aber sie konnte nicht.

»Sagst du mir, wie es dir geht? Bitte red mit mir. Ich hab mir Sorgen gemacht.«

»Wann?«, platze es schließlich aus Marlene heraus. »Die zwanzig Minuten von deiner Wohnung zum Krankenhaus? Ich hab mir die ganze Woche Sorgen um dich gemacht, und es hat dich einen Dreck geschert. Du bist einfach untergetaucht. So beendet man eine Beziehung nicht.«

»Ich hab unsere Beziehung nicht …« Johannes sah zu der

älteren Patientin im Nachbarbett, die dem Streitgespräch aufmerksam folgte. »Können wir vielleicht woanders hingehen?«

Marlene nahm wortlos ihre Jacke und bedeutete Johannes, ihr zu folgen. Obwohl sie noch immer in ihren Badelatschen steckte und es schon dämmerte, ging sie direkt nach draußen. Sie brauchte dringend etwas frische Luft. Außerdem hatte sie die Hoffnung, im Freien mehr Abstand zwischen sich und Johannes bringen zu können.

Ein paar Meter gingen sie schweigend nebeneinanderher. »Canan hat mir in einer ihrer Nachrichten erzählt, was passiert ist: dass du niedergeschlagen wurdest, weil du der Obdachlosen helfen wolltest.«

»Sie heißt Gerti«, erklärte Marlene überflüssigerweise, denn Johannes kannte den Namen.

»Du kannst einfach nicht anders, als dich einzumischen, oder? Selbst wenn es bedeutet, dass es für dich schmerzhaft wird …«

Marlene blickte nach oben. Der Himmel sah aus, als würde es bald schneien. »Ich hab da nicht drüber nachgedacht, das ist einfach ein Reflex gewesen.«

»Du bist eine sehr furchtlose und faszinierende Frau, weißt du das?«

Johannes blieb stehen und suchte erneut Marlenes Blick. Doch das Einzige, was Marlene erwiderte, war ein abwertendes Grunzen.

»Marlene …« Johannes Stimme klang sanft, als er sich so vor sie stellte, dass sie ihm nicht länger ausweichen konnte. »Ich weiß, ich habe bei unserem Streit Sachen gesagt … Ich wollte unsere Beziehung nicht beenden. Ich war einfach nicht ich selbst.«

»Du hast mich ziemlich verletzt.«

»Ich weiß. Es tut mir leid.«

»Aber es war nicht nur, was du gesagt hast. Du hast mich nach unserem Streit wie eine lästige Affäre tagelang ignoriert.

Du hättest mit mir reden können, anstatt einfach zu verschwinden und alle meine Nachrichten unbeantwortet zu lassen.«

»Ich weiß. Und auch das tut mir leid, ganz ehrlich. Ich weiß nicht, was ich noch sagen soll, außer, es tut mir leid! Ich brauchte einfach eine Auszeit.«

Marlene seufzte erschöpft. Johannes' Verhalten gab Marlene Rätsel auf; Rätsel, die sie nicht entschlüsseln konnte, wenn er es nicht zuließ. Marlene atmete tief ein und aus. »Johannes, ich kann und will es nicht lassen, mich um die Angelegenheiten meiner Freunde zu kümmern. Und ich kann eine Beziehung nur mit ganzem Herzen führen. Aber du willst niemanden, der sich in dein Leben einmischt, hast kein Interesse daran, mich an dem, was dich wirklich beschäftigt, teilhaben zu lassen. Das habe ich jetzt verstanden. Ich will aber keinen Partner, den ich nicht verstehe, der nicht mit mir spricht – der einfach tagelang untertaucht, immer wenn etwas passiert. Ich bin nicht die Richtige für so eine Art von Beziehung. Oder liege ich falsch mit dem, was ich sage?«

Marlene gab ihm eine letzte Chance zu reagieren. Ihre Augen füllten sich mit Tränen, und das Pochen in ihrem Kopf wurde stärker. Mit verschleiertem Blick sah sie zu Johannes, in der Hoffnung, irgendetwas von ihm zu hören oder in seinem Gesicht lesen zu können, das die Endgültigkeit, auf die sie zusteuerten, aufhalten konnte. Doch es war nicht zu erkennen, was in ihm vorging.

»Es tut mir leid«, flüsterte er.

»Ja, das sagtest du schon.« Marlene zitterte – vor Kälte und vor Verzweiflung. Denn als sie sich abwandte, um zu gehen, wusste sie, Johannes würde sie nicht aufhalten.

In ihr stieg ein Gefühl auf, das sie zuvor in ihrem Leben noch nie gespürt hatte. Nicht bei früheren Beziehungen, die in die Brüche gegangen waren. Nicht in den vielen Jahren der Auseinandersetzung mit ihrer Mutter oder sonst wann … Als

Marlene von der frischen Winterluft hinein in die kargen Räume des Krankenhauses trat, hatte sie für eine Sekunde das Gefühl, nicht mehr atmen zu können. Ein erstickter Laut entfuhr ihr – und im nächsten Moment brachen heiße Tränen aus ihr heraus, die auf ihren eisigen Wangen eine brennende Spur hinterließen.

Kapitel 39

Drei Monate später

Marlene stand mit ihren Freunden in Lottes kleinem Buchcafé und ließ den Blick von einer Ecke in die andere schweifen. Es hatte sich einiges getan, seit Marlene vor etwa zehn Monaten dort begonnen hatte zu arbeiten, und das galt nicht nur für das Buchcafé, sondern auch für sie selbst.

Marlene hatte diese Monate gebraucht, um zu sich zu finden. Und nun hatte sie zum ersten Mal in ihrem Leben das Gefühl, ganz genau zu wissen, wer sie war und was sie wollte. Als Marlene nach der Trennung von Johannes allein und mit gebrochenem Herzen in ihrem harten Krankenzimmerbett lag und ohne Unterlass weinte, hätte sie es sich nicht vorstellen können. Aber nun war sie glücklich.

Zufrieden schaute sie in die Runde. Alle Menschen, die ihr in München wichtig waren, waren heute da. Canan und Dennis waren da. Annika, Louisa und ihr Mann Theo ebenfalls. Auch Amelie war gekommen. Zu Anfang war es ein wenig angespannt zwischen ihnen gewesen; der Streit und die Trennung von Johannes hatte die Leichtigkeit ihrer Freundschaft etwas beschwert. Aber nach einer Aussprache hatten sie das Thema »Johannes« einfach komplett ausgeklammert, und Amelie hatte Marlene regelmäßig im Buchcafé besucht.

Und natürlich war Lotte da. Es war nett von ihrer Noch-Chefin gewesen, Marlene anzubieten, ihre kleine Abschiedsfeier im Buchcafé zu veranstalten. So konnte auch Amelie dabei sein, für die die vielen Treppen bis zur Gipfel-WG eine unnötige Hürde gewesen wäre.

»Marlene, ich bewundere dich dafür, dass du den Mut hast, jetzt noch mal ganz von vorn anzufangen.« Annika kam auf Marlene zu und hielt ihr das Sektglas entgegen, um mit ihr anzustoßen. »Du hast einiges durchgemacht im letzten Jahr …«

Marlenes Magen zog sich zusammen. Von allem, was im letzten Jahr passiert war, war es die Trennung von Johannes gewesen, die sie am stärksten aus der Bahn geworfen hatte. Nach dem Krankenhaus hatte sie tagelang nur im Bett gelegen und nichts getan, als zu lesen. Denn jedes Mal, wenn sie aufgehört hatte und nicht mehr abgelenkt war, dann musste sie wieder an Johannes und seine moosgrünen Augen denken – und dann waren ihr sofort die Tränen in die Augen geschossen. Dabei hatte ihre Beziehung nicht einmal besonders lang angedauert. Doch Herzen brauchten keine Ewigkeiten, um sich so an jemanden zu binden, dass sie zerbrachen, sobald dieser Jemand plötzlich fort war.

Marlene schob die düsteren Gedanken beiseite und räusperte sich. »Na ja, ganz von vorn muss ich ja nicht anfangen«, antwortete sie. Sie legte das kleine Geschenk beiseite, das Lotte ihr vorhin wortlos als Dankeschön für die gemeinsame Zeit überreicht hatte, und schnappte sich ihre Bierflasche, um Annika zuzuprosten. »Mir wird sehr viel aus meinem alten Studium angerechnet für das Lehramtsstudium. Und so kann ich dann nach ein paar Semestern abschließen und schon mit dem Referendariat beginnen. Es wird also zum Glück nicht ewig dauern, bis ich eine echte Lehrerin bin.«

»Trotzdem, ich finde, es gehört Mut dazu«, bekräftigte Annika.

»Vor allem gehört eine Portion Ehrlichkeit dazu«, schaltete sich Lotte ein, und als beide Frauen sie fragend anblickten, erklärte sie weiter. »Es braucht Ehrlichkeit, um sich einzugestehen, dass man nicht den richtigen Weg eingeschlagen hat. Man muss sich dazu selbst hinterfragen, und das schafft nicht jeder.«

Sich selbst hinterfragen, ja, das hatte Marlene im vergangenen Jahr mehr als nur einmal getan. Und jetzt endlich konnte sie sagen, dass sie sich auf einem Weg befand, der sie glücklich machte. Ein Weg, den sie nicht gewählt hatte, weil es jemand von ihr erwartete, sondern weil es sich richtig anfühlte. Ihre Mutter und ihr Großvater hatten tagelang auf sie eingeredet, dass sie einen Fehler machen würde. Aber Marlene war selbst so sehr davon überzeugt, dass Lehrerin zu werden das Richtige für sie war, dass die Bedenken ihrer Familie sie nicht von ihrem Vorhaben abbringen konnten. Auch das war ihr zum ersten Mal in ihrem Leben gelungen. Tatsächlich war Marlene ein wenig stolz, dass sie es endlich geschafft hatte, sich von den Erwartungen ihrer Mutter und des Großvaters abzukapseln.

»Ich kenne Menschen, die haben ein Leben gelebt, das sie niemals wollten. Einfach nur, weil sie nicht mutig genug waren, sich ihren Familien gegenüber zu behaupten. Und weil sie nicht ehrlich genug waren, sich einzugestehen, dass die Wahl, die sie getroffen haben, falsch war.« Als Lotte redete, schimmerte Traurigkeit in ihren Augen. Sofort fragte sich Marlene, ob Lotte bei dem, was sie sagte, an Hannah dachte.

»Marlene«, Canan war neben ihr aufgetaucht und raunte ihr ins Ohr, »da ist grade ein neuer Gast gekommen.«

Marlene drehte sich zur Tür, und sofort geriet ihr Herz für einen schmerzhaften Augenblick aus dem Takt. Am Eingang stand Johannes und unterhielt sich mit seiner Schwester.

»Was macht er hier?«, fragte Marlene.

»Hast du ihn nicht eingeladen?«

Marlene schüttelte den Kopf, während sie ihn ausgiebiger betrachtete, als sie wollte. Seit fast drei Monaten, als im Januar ihr letzter Schreibkurs an seiner Schule stattgefunden hatte, hatten sie sich nicht mehr gesehen. Und damals war es auch nicht mehr als ein kurzes, verkrampftes »Danke« und »Auf Wiedersehen« gewesen.

In Marlenes Augen sah Johannes besser aus denn je, denn seine moosgrünen Augen strahlten etwas aus, dass Marlene zuvor noch nie darin gesehen hatte. Sie wusste, es war gefährlich, mit ihm zu sprechen, denn es würde ihre Gefühle wieder völlig durcheinanderbringen. Trotz ihres klopfenden Herzens ging sie auf ihn zu.

»Hi«, brachte Marlene schließlich hervor, als sie vor ihm stand. Zu ihrer Überraschung strahlte Johannes, als er sie begrüßte. Ein wunderschöner Anblick, der Marlene unter die Haut ging.

»Ist es okay, dass ich hier bin? Amelie hat mir von deinen Plänen erzählt und dass München eine Weile auf dich verzichten muss.« Schon übermorgen würde Marlene für zehn Wochen zurück in ihre frühere Heimat Frankfurt ziehen, um in der Zeit ein Praktikum an ihrer alten Schule zu absolvieren. Es war ihr wichtig, noch einmal einen richtigen Einblick in den Schulalltag zu bekommen, bevor sie in ihr neues Studium startete. »Glückwunsch zur Entscheidung. Ich glaube, du wirst eine super Lehrerin werden.«

»Danke.« Marlene lächelte zaghaft. Im vergangenen Vierteljahr hatte sie sich oft gewünscht, sie könnte mit Johannes über ihre Pläne sprechen, ihm davon erzählen.

Marlene bemerkte, wie Johannes ein wenig unruhig von einem Fuß auf den anderen trat. »Hey … ich weiß, ihr seid hier gerade am Feiern. Aber möchtest du trotzdem mit mir eine Runde um den Block gehen?«

Marlene sah sich um. Alle ihre Freunde waren gekommen, nur wegen ihr. Eigentlich konnte sie jetzt nicht einfach mit ihm verschwinden. Aber wenn sie ehrlich zu sich war, dann wollte sie genau das …

Eine Weile gingen sie schweigend nebeneinanderher, unbewusst in Richtung Isar. Schließlich ergriff Johannes das Wort. »Weißt du, ich bin nicht nur gekommen, um dir zu deiner Entscheidung zu gratulieren. Ich wollte dich auch etwas fragen, bevor du nach Frankfurt gehst.«

»Okay?«

Johannes räusperte sich. »Ich weiß, für dich beginnt jetzt ein neues Kapitel … aber kannst du dir vorstellen, dass ich in deinem Neuanfang eine Rolle spiele?«

Marlene sah ihn aus großen Augen an. Sie hatte mit vielem gerechnet, doch damit nicht – nicht, nachdem sie nach ihrem Streit und nach ihrem Gespräch im Krankenhaus Tage und Wochen vergeblich darauf gewartet hatte, dass Johannes aus der Versenkung auftauchen und sein Schweigen brechen würde.

An ihren Gefühlen für Johannes hatte sich nichts geändert. Marlene liebte ihn noch immer. Das hatte sie sich spätestens dann eingestehen müssen, als sie ihn vorhin im Buchcafé hatte stehen sehen. Doch sie war auch nach wie vor der Meinung, dass es für sie keine Zukunft gab, so wie die Dinge lagen. Sie beide wollten unterschiedliche Sachen. Marlene seufzte, und ihr Herz fühlte sich plötzlich schwer an. »Johannes, ich glaube nicht …«, begann sie.

»Bevor du antwortest. Ich hatte viel Zeit, um nachzudenken. Und mittlerweile habe ich kapiert, dass du eine Frau bist, mit der man nur dann eine Beziehung führen kann, wenn man bereit ist, sein Leben wirklich zu teilen. Und dazu gehört auch, ehrlich zueinander zu sein. Als wir zusammen waren, da war ich das nicht. Deshalb möchte ich dir zumindest jetzt einiges erklären.«

Marlene bekam Gänsehaut. Ausgiebig betrachtete sie Johannes und stellte überrascht fest, dass er geordnet und klar wirkte. Also hatte sie ihr Bauchgefühl doch nicht getäuscht. Es steckte noch mehr dahinter.

»Nach dem Unfall, da ging meine damalige Beziehung

sehr schnell in die Brüche. Simone – so hieß meine Freundin – war toll, und wir hatten bis dahin eine ziemlich spitzenmäßige Beziehung. Amelie hat sie vergöttert. Aber es hat nicht einmal zwei Monate gedauert, da hat sie die Situation nicht mehr ausgehalten, und wir haben uns getrennt. Sie sagte damals, dass meine Probleme sie überforderten. Ich konnte sie gut verstehen, denn mich selbst haben sie auch überfordert. Ungefähr nach einem halben Jahr, als Amelie gerade aus der Reha kam, habe ich dann Katrin kennengelernt. Zu diesem Zeitpunkt war Katrin mehr, als ich mir hätte wünschen können. Sie war hübsch, verrückt nach mir, brachte mich auf andere Gedanken …«

»Okay?!« Marlene sah ihn fragend an. Sie verstand nicht, wieso Johannes ausgerechnet jetzt anfing, von seinen Exfreundinnen zu sprechen.

»Ich hätte mir doch besser aufschreiben sollen, was ich dir sagen will. Scheiße … Du weißt, ich bin nicht gut in diesen Gesprächen. Worauf ich hinauswill, ist Folgendes: Katrin war auch deswegen gut für mich, weil sie gerade oberflächlich genug war, um nicht mitzubekommen, dass manchmal eine dunkle Wolke über mir hing. Ich kann mich nicht erinnern, dass sie je versuchte, hinter die Fassade von jemandem zu schauen. Nie im Leben wäre sie auf die Idee gekommen, mehr über meine Familiengeschichte erfahren zu wollen oder darüber, was in mir vorgeht. Und ich war froh, so brauchte ich mir wenigstens keine Sorgen zu machen, dass die Beziehung an meinem Rucksack voll Problemen zerbricht – so wie bei Simone damals. Aber dann habe ich dich kennengelernt. Du hinterfragst ständig alles, willst alles verstehen, versuchst, dich in jeden hineinzuversetzen. Auch wenn ich es später vermasselt habe – ich hab gemerkt, dass ich keine Beziehung mehr will, die gerade mal so an der Oberfläche kratzt. Weißt du noch die Nacht, als ich diesen Albtraum hatte?«

Marlene nickte. »Du hast im Schlaf um Hilfe geschrien

und bist panisch aufgeschreckt. Du warst richtig fertig. Aber als ich mit dir darüber reden wollte, bist du mir ausgewichen und hast gesagt, es sei halb so wild.«

»Nun ja, das war gelogen. Genau genommen hat es mir eine Scheißangst gemacht. Ich habe nämlich befürchtet, dass die Albträume wieder anfangen.«

Marlene horchte auf. »*Wieder* anfangen? Was meinst du damit? War dieser Traum damals etwa kein Einzelfall?«

An Johannes' Blick erkannte Marlene, dass sie mit ihrer Schlussfolgerung richtiglag, ohne dass er etwas sagen musste.

»Nach dem Unfall … da konnte ich nicht mehr schlafen. Nicht nur so wie die letzten zwei Jahre, ab und zu mal eine Nacht, in der ich aufschrecke. Ich konnte wochenlang nicht mehr richtig schlafen, war völlig neben der Spur. Ich hab es mit Schlafmitteln versucht, aber das ging komplett nach hinten los. Ich war nicht mehr ich selbst, war ein Wrack. Und natürlich konnte ich dann auch nicht mehr ordentlich arbeiten. Keiner will für seine Kinder einen Lehrer haben, der völlig unzurechnungsfähig ist. Das war der Zeitpunkt, an dem ich zum Arzt gegangen bin. Der schickte mich dann zu einer Therapeutin, und die sagte mir, sie vermute bei mir so eine Art Trauma.« Er malte Anführungszeichen in die Luft.

»Ein Trauma?«

»Sowas in der Art, ja. Weil ich dabei zugesehen habe, wie Amelie … wie Amelie beinah gestorben wäre. Mich dafür verantwortlich fühle. Mit ihr habe ich dann den Unfall aufgearbeitet, und nach einer Weile ging es mir dann wieder besser. Auch deshalb, weil ich sehen konnte, wie es Amelie bei der Reha von Tag zu Tag besser ging.«

»Das muss eine schreckliche Zeit für dich gewesen sein …«

»War es. Aber ich bin überzeugt, egal wie schlimm es für mich war, für Amelie war es hundertmal schlimmer.« Er sah verschämt auf den Boden. Doch Marlene war sich nicht einmal so sicher, ob er wirklich recht hatte. Sie konnte sich nicht vorstellen, wie schwer die Zeit für Johannes oder Amelie gewesen sein musste. Aber sich für das Unglück einer anderen Person verantwortlich zu fühlen war zweifellos eine der schwersten Bürden, die ein Mensch tragen musste. »Eigentlich hab ich den ganzen Schlafkram gut im Griff gehabt, daher dachte ich auch, es sei besser, dir nichts von allem zu sagen. Ich hatte Angst, dass du mich für verkorkst hältst. Und irgendwie war ich auch der Ansicht, es sei nicht nötig, mit dir darüber zu reden.«

»Nicht nötig? Wieso das denn?«

Johannes zögerte einen Moment. »Na ja … Auslöser für mein Schlafproblem und die Tiefphasen waren, neben den Unfallbildern und den Schuldgefühlen, die ständigen Auseinandersetzungen mit meinen Eltern. Also hab ich angefangen, meiner Familie einfach aus dem Weg zu gehen. Meine Therapeutin fand das zwar nicht gut, und ich habe daraufhin die Sitzungen beendet, aber für mich hat die Strategie zumindest meistens funktioniert. Dass Amelie dachte, Katrin wäre der Grund für mein Untertauchen, lag am Timing und war ein glücklicher Zufall.«

»Oh«, hauchte Marlene, denn langsam dämmerte ihr, in welche Wunde sie damals ihren Finger gelegt hatte, durch ihr Drängen auf eine Aussprache und auf das gemeinsame Mittagessen bei seinen Eltern. »Es tut mir ja so leid, Johannes. Wenn ich gewusst hätte …«

Er lachte bitter und schüttelte den Kopf. »Marlene, es gibt nichts, was dir leidtun müsste. Ich bin derjenige, der sich falsch verhalten hat. Von Anfang bis Ende. Erinnerst du dich noch daran, dass ich am Abend der Albtraumnacht, als wir dachten, Amelie sei verschwunden, nicht bei dir bleiben wollte?«

Marlene nickte. Gern hätte sie auch etwas gesagt. Doch es

waren so viele Dinge, die sie gerade von Johannes erfuhr, dass sie nicht wusste, was sie erwidern sollte.

»Zuerst hab ich gedacht, ich könnte das bei dir wie in meiner Beziehung mit Katrin regeln. Mich verkrümeln, wenn's mir nicht gut geht … Die Zeit nach irgendwelchen kritischen Situationen vorsorglich allein verbringen. Doch als es dann so weit war, an jenem Tag wollte ich einfach nur noch bei dir sein.« Johannes sah Marlene aus seinen tiefgrün funkelnden Augen an, und die Ehrlichkeit, die Marlene darin entgegenstrahlte, nahm ihr beinah den Atem. »Als du gefragt hast, ob ich bleibe, da wusste ich, ich sollte ablehnen, wenn ich nicht riskieren will, dass es eine unschöne Szene gibt. Aber dein Anblick hat es mir einfach unmöglich gemacht zu gehen … Und dann, anstatt ehrlich zu dir zu sein, habe ich dich nach dieser Nacht jeden Tag abgewimmelt.«

Marlene blickte auf. Sie erinnerte sich an den Moment und das seltsame Gefühl im Bauch, als er ihr erklärt hatte, er habe etwas Abstand von ihr gebraucht. Damals hatte sich das für sie so falsch angefühlt, doch sie hatte nicht sagen können, weshalb.

»In Wirklichkeit war das Gegenteil der Fall. Ich wünschte mir nichts anderes, als bei dir zu sein. Aber ich wollte sichergehen, dass ich meine Laune im Griff habe, dass die Albträume nicht wieder anfangen, ehe ich mich neben dir schlafen lege. Ich hab gesehen, wie sehr es dich erschreckt hat. Das wollte ich nicht noch mal riskieren. Und ich wollte nicht, dass du noch mehr von meinen Problemen mitbekommst als ohnehin schon. Wäre es noch mal passiert, hättest du nicht mehr lockergelassen.«

»Das stimmt. Ich hätte dich garantiert danach gefragt«, sagte Marlene kleinlaut.

Johannes lächelte gequält. »Ich weiß … Also lag ich in dieser Woche jeden Abend in meinem Bett, wünschte mir, bei dir zu sein, und starrte – wütend über mich selbst und die

Unfähigkeit, mein Chaos in den Griff zu kriegen – die hässliche Decke an.«

Marlene suchte seinen Blick. »Und du hast geglaubt, das mit dir selbst auszumachen und mich auszuschließen sei der richtige Weg? Lieber hast du in Kauf genommen, dass ich glaube, du hättest die Nase voll von mir, anstatt dass ich erfahren könnte, dass du traumatisiert bist und unter Albträumen leidest?«

Johannes hob etwas unsicher die Schultern und ließ sie dann mit einem Seufzer wieder fallen.

»Bist du nicht auf die Idee gekommen, dass ich hätte bei dir sein wollen, wenn du solche Nächte hast? Wenn du ein Tief hast? Und bist du nicht auf die Idee gekommen, dass ich dich und deine Reaktion nach dem Essen mit deinen Eltern hätte verstehen können? Wenn du mir diese Dinge anvertraut hättest?«

Johannes sah Marlene mit einer Mischung aus Zuneigung und Erstaunen aus tiefgrünen Augen an, die im Sonnenlicht wie Smaragde glänzten. »Damals hab ich das geglaubt, ja. Heute nicht mehr. Nachdem ich mich nach unserer Trennung zwei Wochen im Selbstmitleid gesuhlt habe, weil ich es nicht auf die Reihe gekriegt habe, im Krankenhaus und davor mit dir zu reden, habe ich meine damalige Therapeutin angerufen.«

»Wirklich?«

Johannes nickte. »Ich habe sie gefragt, was ich tun kann. Sie hat mir einen Mediator mit Schwerpunkt Familie empfohlen, und meine Eltern haben sich tatsächlich darauf eingelassen.«

»Das ist super!«, sagte Marlene und fügte dann etwas verhaltener hinzu. »Oder?«

»Ja, das ist es. Irgendwie war es ziemlich eigenartig, als Mann über dreißig mit seinen Eltern eine Art Familientherapie zu machen. Aber es hat mir gutgetan. Und ich glaube ihnen auch …«

Konzentriert griff Johannes nach ihrer Hand und verschränkte seine Finger mit ihren. In seinem Blick lag so viel Aufrichtigkeit, wie Marlene bislang nur ein einziges Mal gesehen hatte. An dem Abend, als Johannes ihr vom Unfall erzählt und sie danach geküsst hatte.

»Es tut mir so leid, was ich alles zu dir gesagt habe. Ich weiß, ich habe es ziemlich vermasselt. Ich bin nicht wirklich gutes Beziehungsmaterial. Aber ich will, dass du weißt, du bist das Beste, was mir hätte passieren können. Ich liebe dich dafür, dass du ständig alles hinterfragst und dich überall einmischt. Und wenn du mir noch eine Chance gibst, dann werde ich es garantiert kein zweites Mal versauen … Ich liebe dich, Marlene.«

Marlene blickte auf ihre vereinten Hände. Noch nie hatte Johannes ihr seine Liebe gestanden. Es war das erste Mal. Die ganze Zeit, während er sprach, konnte sie spüren, wie schwer es ihm gefallen war, ihr all diese Dinge anzuvertrauen. Doch mit jedem Wort, das er gesagt hatte, sah sie mehr und mehr den echten Johannes. Alles, was sie bislang von ihm erfahren hatte, wie sie ihn erlebt hatte, ergab nun endlich ein Bild.

»Danke«, sagte sie schließlich und hauchte ihm einen zarten Kuss auf die Stelle seiner Wange, wo seine Grübchen hervortraten, wenn er lachte. »Danke, dass du mir all das anvertraut hast.«

Johannes zeigte ein zerknirschtes Lächeln. »Ich offenbare dir das völlige Ausmaß meines verkorksten Ichs, und du sagst Danke?«

Marlene zuckte die Schultern. »Was hast du denn erwartet?«

»Ich weiß nicht … Ich schätze, ich dachte, du würdest schockierter sein.«

Beide lachten unsicher und sahen sich verstohlen an, bis

Johannes' klingelndes Telefon sie unterbrach. Er nahm ab, und nach einem kurzen Wortwechsel sagte er zu Marlene:

»Wir müssen los. Amelie hat angerufen, ich soll dich gefälligst wieder zurückbringen. Sie haben noch eine Überraschung für dich geplant.«

»Oh …« Marlene hatte sich nicht abgemeldet, und ihr Handy lag noch in ihrer Tasche im Buchcafé. Kein Wunder also, dass ihre Freundinnen ihr hinterhertelefonierten. Der Zeitpunkt allerdings hätte ungünstiger nicht sein können.

»Kommst du noch mit rein?«, wollte Marlene wissen, als sie wieder vor Lottes Buchcafé angekommen waren.

Johannes schüttelte den Kopf. »Ehrlich gesagt mag ich nicht. Zum einen, weil ich mich hier selbst eingeladen habe, aber hauptsächlich deswegen, weil mir jetzt nicht wirklich nach einer Party ist. Ich werde lieber nach Hause gehen.«

Marlene konnte das Universum an Gefühlen in ihrem Inneren nicht richtig einordnen. Zu viel spielte sich in ihrem Kopf und in ihrem Herzen ab. Doch eins wusste sie: Sie wollte nicht, dass Johannes jetzt ging.

»Ist das okay?«, fragte er etwas unsicher, weil Marlene nicht reagiert hatte. »Ich weiß, ich war derjenige, der hier aufgetaucht ist, aber ich wollte einfach unbedingt mit dir reden. Und das nicht erst in zehn Wochen oder am Telefon.«

»Klar ist das okay. Ich kann das verstehen.« Marlene lächelte schwach, und im nächsten Moment klopfte Canan von innen gegen die Ladenscheibe, sodass Marlene daran erinnert wurde, dass ihre Freundinnen auf sie warten. Widerwillig verabschiedete sie sich von Johannes, mit dem unsicheren Gefühl im Bauch, nicht zu wissen, was die letzte Stunde für sie beide bedeutete.

Kapitel 40

Marlene sah gedankenverloren aus dem Zugfenster, in das irgendjemand mit einem spitzen Gegenstand ein Herz eingekratzt hatte, und sie spürte ein Kribbeln im Bauch. Seit Johannes und sie sich vor zehn Wochen an ihrem letzten Tag in München ausgesprochen hatten, hatte sie ihn nicht mehr gesehen. Johannes hatte ihr an diesem Abend sein Innerstes offenbart, und er hatte Marlene damit endlich die Möglichkeit gegeben, ihn besser verstehen zu können.

Und dafür hätte sie ihn am liebsten in ihre Arme geschlossen und nie wieder losgelassen. Aber es war viel passiert. Für sie war es nicht der richtige Zeitpunkt gewesen, weil sie zum ersten Mal verstand, was in Johannes vorging, und in Ruhe herausfinden musste, ob das reichte, um ihnen beiden eine zweite Chance zu geben. Zumal sie am nächsten Tag nach Frankfurt hatte abreisen müssen. Und für ihn ebenfalls nicht, denn Johannes hatte an diesem Abend zum ersten Mal offen mit jemandem gesprochen, der nicht seine Therapeutin war. Er hatte seine Probleme geteilt, die ihn in der Vergangenheit belastet hatten, und die Ängste und Sorgen geschildert, die ihn heute noch quälten. Auch er brauchte Zeit, damit umzugehen. Das letzte Mal waren sie förmlich in ihre Beziehung hineingerannt – von null auf hundert. Marlene hatte Angst, dass es ein Fehler sein könnte, ihrem Bauchgefühl zu folgen, ehe ihr Kopf und ihr Herz die Gelegenheit hatten, zuzustimmen. Also war Marlene nach Frankfurt gefahren, ohne ihn noch einmal zu sehen.

Doch sie schrieben sich und telefonierten, und manchmal hatten sie sogar eine Art Date via Skype, bei dem sie ihn endlich ansehen konnte. Das waren die schönsten Momente, doch immer dann war ihre Sehnsucht nach ihm auch so groß, dass sie es kaum mehr aushielt, einen weiteren Tag ohne ihn zu sein. Wenn sie seinen liebevollen Blick auf ihr ruhen sah, sein befreites Lachen hörte, dann hätte sie ihn am liebsten berührt.

Marlene erzählte ihm, wie es bei ihr in der Schule lief, und manchmal gab er ihr auch Tipps oder half ihr bei Problemen mit Schülern. Und Johannes berichtete ihr von Amelie, vom Buchcafé, dass Lotte Eigner schon das nächste Event plante oder was sonst noch in München passierte. Sie sprachen über die Fortschritte, die er mit seinen Eltern machte, aber auch über die Auseinandersetzungen, die sie immer noch hatten, und wie sehr ihn das manchmal wieder zurückwarf. Sie redeten so viel und so ehrlich miteinander, dass Marlene sich gelegentlich fragte, ob er vielleicht nur so offen war, weil sie ihm nicht in echt gegenüberstand. Doch dann dachte sie an seine vielen Worte am Tag vor ihrer Abreise, und ihre Angst löste sich sofort wieder in Luft auf.

Als der Schaffner den Münchner Hauptbahnhof ansagte, erreichte Marlenes Nervosität einen neuen Höhepunkt. Einfach alles an ihrem Körper fühlte sich kribbelig an. Vor allem aber in ihrem Bauch tobten eine Million Schmetterlinge, als wären sie gerade erst aus ihrem Kokon geschlüpft und hätten deshalb einen ganz besonders starken Bewegungsdrang.

Als der Zug im Schneckentempo in den Münchner Bahnhof einfuhr, konnte Marlene schließlich keine Sekunde länger stillsitzen. Sie wuchtete ihren Riesenkoffer unter dem Sitz hervor und quetschte sich damit den engen Gang hindurch bis zur Tür. Doch bis das Knöpfchen grün leuchtete, damit sie die Tür öffnen konnte, dauerte es noch eine gefühlte Ewigkeit.

Marlene wusste, dass sie vermutlich auf Johannes warten

musste. Er hatte heute Nachmittag Elternsprechstunde und würde kaum pünktlich loskommen. Aber trotzdem war ihre innere Ungeduld so groß, dass sie beinah zum Ausgang joggte, den Koffer immer vor sich herschiebend. Erst als sie ihr Handy klingeln hörte, hielt sie kurz an, um ranzugehen. Doch sie war schon zu spät, sie hatte Johannes' Anruf verpasst. Als sie ihn gerade zurückrufen wollte, ploppte eine Nachricht auf.

»Tut mir so leid, ich schaffe es nicht, dich abzuholen. Das Gespräch zieht sich – die Eltern der Schülerin sind aufgebracht … Wir sehen uns bei dir. Ich beeile mich.«

Obwohl sich ihr Wiedersehen nicht lange verzögern würde, war Marlene enttäuscht. Jede weitere Minute ohne Johannes war eine zu viel. Mit etwas weniger Eile setzte sie sich in Bewegung und steuerte die Tram an. Nicht mehr lang, sagte sie sich. Sofort fing das aufgeregte Kribbeln in ihrem Bauch wieder an, wurde stärker und stärker, je näher sie ihrem Zuhause kam. Dabei hatte sie noch nicht mal eine Ahnung, wie lange Johannes noch brauchen würde. Von seinen Erzählungen wusste sie, dass Gespräche mit wütenden oder besonders engagierten Eltern zu den zeitintensivsten gehörten.

Nachdem Marlene an ihrer Haltestelle ausgestiegen war und ihr Ungetüm von Koffer erfolgreich vor ihr Wohnhaus verfrachtet hatte, gönnte sie sich eine kurze Verschnaufpause, ehe sie die Treppen in Angriff nehmen würde. Als Marlene sich gerade wieder in Bewegung setzen wollte, spürte sie plötzlich den sanften Druck einer Hand auf ihrer.

»Da bist du ja«, sagte Johannes, als hätte er nach langer Suche endlich einen verschollenen Schatz entdeckt. Sein Atem ging unregelmäßig, er musste gerannt sein.

»Hey …«, stammelte Marlene. Seine Berührung, der Klang seiner Worte und der Anblick seiner moosgrünen Augen verursachten ein Dutzend verschiedener Emotionen in Marlene. Sie fühlte sich mit einem Mal ganz wackelig auf den Beinen, doch wollte zugleich schreien, so viel Energie sprudelte durch sie hindurch. Sie wollte lachen und weinen, wollte Johannes um den Hals fallen, ihn küssen und an sich ziehen.

Dann wiederum hatte sie Angst, es könnte seltsam zwischen ihnen sein, nach allem, was gewesen war. Angst, sie hätte sich nur eingeredet, dass jetzt, bei ihrem zweiten Anlauf, alles gut werden würde. Angst, dass Johannes vielleicht doch noch nicht bereit für diese Beziehung sein könnte, über die sie nie geredet hatten bei ihren Telefonaten.

Das alles, und noch viel mehr, schoss ihr in einem Bruchteil einer Sekunde durch den Kopf und ließ sie in eine Starre verfallen. Bis Johannes einen Schritt näher kam, ihr zart über die Wange strich und sie mit schiefgelegtem Kopf eingängig betrachtete.

»Du weißt gar nicht, wie sehr du mir gefehlt hast«, flüsterte er schließlich, auf eine Art, die Marlene Gänsehaut bescherte, und dann hauchte er ihr einen Kuss auf den Mund. Und ganz plötzlich war nur noch ein einziges Gefühl bei Marlene übrig. Das, bedingungslos geliebt zu werden.

»Ich liebe dich auch«, kam es Marlene automatisch über die Lippen, obwohl es Johannes in diesem Moment gar nicht ausgesprochen hatte. Aber das musste er nicht, denn Marlene konnte es endlich in seinem Blick lesen. Weil er es ihr erlaubte – er war nun kein verschlossenes Buch mehr.

Aus Johannes' zurückhaltendem Lächeln wurde ein breites Grinsen. Mit einer blitzschnellen Bewegung griff er Marlenes beide Hände und zog sie so fest an sich, das Kinn auf Marlenes Kopf, bis sie seine Wärme durch ihre Kleidung spüren konnte. Und gerade als Marlene dachte, sie könnte nicht mehr Glück empfinden, da löste er sich für einen Moment von ihr und gab ihr einen so aufrichtigen und seelenvollen Kuss, wie sie ihn von ihm noch nie zuvor bekommen hatte. Und da wusste sie, dass sie es dieses Mal schaffen würden.

- Ende -